ナポレオンじいちゃんとぼくと永遠のバラクーダ

BARRACUDA FOR EVER

パスカル・リュテル
PASCAL RUTER

田中裕子 訳

小学館

ナポレオンじいちゃんとぼくと
永遠のバラクーダ

BARRACUDA FOR EVER

パスカル・リュテル
田中裕子 訳

小学館

BARRACUDA FOR EVER

by Pascal Ruter

ミシェル・モローへ。

あなたのおかげでこの物語を形にすることができました。

心からの感謝をこめて。

装画　murano
装丁　芥陽子

第一章

ぼくのおじいちゃんのナポレオンは、八十五歳で人生をやり直すことにした。そこで、おばあちゃんのジョゼフィーヌを無理やり裁判所へ連れていった。いつもおじいちゃんの言いなりになっているおばあちゃんは、今回もされるがままだった。

秋のはじめ、おじいちゃんとおばあちゃんは離婚した。

「人生を再スタートしたいんです」と、担当の裁判官におじいちゃんは言った。

「あなたにはその権利があります」と、裁判官は答えた。

お父さん、お母さん、ぼくの三人もその場に立ち会った。お父さんは、ぎりぎりまでおじいちゃんの気が変わることを期待していたみたいだけど、そうはならないってぼくにはわかってた。だって、おじいちゃんは一度決めたことは絶対に変えないから。

おばあちゃんはさっきからずっと泣いている。ぼくはその腕をつかんだまま、数秒ごとにティッシュを手渡した。ティッシュはすぐに涙でびしょびしょになる。

「レオナール、ありがとう。ああ、それにしても、ナポレオンったらもう！」そう言いながら、鼻をかみ、ため息をつき、にっこりと笑う。とてもやさしい、すべてを受けいれるような笑顔だ。

「でもしかたないわね、あの頑固者がそうしたいって言うなら」

おじいちゃんはその名のとおり、まさに「ナポレオン」だ。おろしたての白いズボンのポケットに両手をつっこみ、肩で風を切って裁判所の階段を降りていく。その威厳に満ちた表情は、ヨーロッパを征服した皇帝そのもの。そして満足げな目つきで、通りを行き交う人たちを見下ろした。

おじいちゃんはぼくの憧れだ。人生はわからないことだらけだけど、おじいちゃんは何でも知っているんだ。

いつの間にか秋になっていた。しとしとと雨が降り、空気が冷たい。おばあちゃんがぶるっと体を震わせ、コートの襟（えり）を立てる。

「さあ、みんなでお祝いしよう！」と、おじいちゃんが叫ぶ。

でも、お父さん、お母さん、そしてもちろん、おばあちゃんも、その言葉には耳を貸さず、地下鉄の入口に向かってすたすたと歩いていった。

屋台のアイス売りの前を通りかかると、「バニラアイス、食べるか？」と、おじいちゃんがぼくに言う。

「ふたつ」と言って、アイス売りのお兄さんにお札を差しだす。「ひとつはおれに、もうひとつはこの子に。え、ホイップクリームをつけるかって？　もちろん。おい、ココ、おまえもつけるだろう？」

そう言いながら、こっちに向かってウインクをする。ぼくはうなずいた。お母さんはあきれたように肩をすくめ、お父さんはうつろな目で遠くを見ている。

「だよな、ホイップクリームはつけないと。なあ、ココ!?」

おじいちゃんはいつもぼくのことを「ココ」って呼ぶんだ。どうしてかはわからない。もしかしたら、おじいちゃんが昔通っていたボクシングジムとかリングの上では、誰もが「ココ」って呼ばれていたのかもしれない。

でも、ぼくの名前はレオナールで、ココじゃない。レオナール・ボヌール、十歳。この世の中は、ぼくにはまだ謎だらけで、ミステリアスで、少し意地悪に思える。そしてしょっちゅう、ぼくはこんなに小さいからみんなから見えないんじゃないかって気がするんだ。そんな時、おじいちゃんは「ボクサーの体は大きくなくていいんだぞ。チャンピオンになるには、体格より階級と才能が大事なんだ」となぐさめてくれる。でもぼくはボクサーじゃない。透明人間だ。

ぼくは、ある嵐の晩にこの世に生まれおちた。雷のせいで分娩室の電球がショートし、真っ暗ななかで産声を上げたらしい。十年たった今も、その時の闇がまだぼくにまとわりついている。

「どうだ、ココ、うまいか？」

「うん、すごくおいしいよ、ありがとう」

おばあちゃんはどうやら、少し気分が落ちついたようだ。顔色は青いけど、ぼくの視線に気づくとにっこりほほえんで、「よかったね」と小声で言った。

つり銭を渡そうとするアイス売りのお兄さんに向かって、おじいちゃんが「きみはいくつだ？」とたずねた。

「二十三歳です。それが何か？」

「別に、聞いてみただけさ。あ、つりはとっといてくれ。いいから、いいから、今日はめでたいんだ！」

「なんてひどいことを言うのかしら……」と、おばあちゃんはつぶやいた。

パリから郊外へ向かう電車は、仕事帰りの人たちで混み合っていた。ぼくたち家族はボックス席に座ったまま、ひとことも口をきかなかった。ぼくはおばあちゃんの横にぴったりとくっついた。だって、もうすぐ会えなくなるかもしれないって思ったから。おばあちゃんは頬(ほお)におしろいをはたいたみたいで、いつものようすにもどっていた。窓ガラスにひたいをくっつけて、次々と移り変わる風景をながめている。悲しみに沈んだ横顔がとてもきれいだ。時々、長年連れそってきたおじいちゃんのほうをちらりと見ている。その瞳は、宙を舞う枯葉と同じ色。おばあちゃんは何を考えているんだろう？　一瞬、その唇に笑みが浮かんだ。

きっとおばあちゃんは、すべてお見通しなのだろう。

おじいちゃんは、バニラアイスでひげを白くしていた。前の座席にどっかりと足をのせ、口笛を吹きながら、「今日はすごい一日だったな！」と声を上げる。

「それはこっちのセリフよ」と、おばあちゃんはつぶやいた。

第二章

次の週、ぼくたちはみんなでパリのリヨン駅までおばあちゃんを見送りに行った。なぜか、離婚したはずのおじいちゃんもいっしょにやってきた。

おばあちゃんは、生まれ故郷の南フランス、エクス＝アン＝プロヴァンスのそばの村へ帰ることにしたんだ。おばあちゃんの姪(めい)に当たるおばさんが、小さな家を用意してくれたらしい。

「ものごとのいいところを見るようにしないとね」と、おばあちゃんは言った。幼なじみに会ったり、子供の頃に歩いた道を散歩したりするのを楽しみにしているという。それに、南フランスはいつだって天気がいいらしい。

「ここよりずっと暖かいのよ」

おばあちゃんは寒がりだから、そのほうがいいのかもしれない。パリは今日も冷たい雨だった。駅舎の窓ガラスの上を細かい水滴がすべり落ちている。

プラットホームに山のように荷物を積み上げて、列車の到着をみんなで待った。おじいちゃんは、列車が来ないのを心配しているみたいに、そわそわと行ったり来たりしてる。

「レオナール、遊びに来てくれるでしょう？」と、おばあちゃんがぼくに聞いた。

「もちろん、しょっちゅう行くわ。だってそんなに遠くないもの」と、お母さんがぼくのかわりに答える。でもそれほど近くもない。ぼくたちが住むパリ郊外からおばあちゃんの生まれ故郷まで、鉄道で五時間、車で八時間くらいだ。

「母さんもたまには帰ってきてよ」と、お父さんは言った。

「ナポレオンが帰ってきてほしいって言ったらね。それまでは帰らないわよ。本人にもそう言っておいてちょうだい。あたしはあの頑固者のことを誰よりもよくわかってるの。そう、すべてお見通しよ、あの人の……」

おばあちゃんはそこまで言うと、考えこむような顔になった。

「やっぱり、何も言わないでちょうだい。機が熟したら、あの人が自分から言うでしょう。ええ、熟したリンゴが木から落ちるように、自然にそうなるはずだわ」

その時、おじいちゃんが小走りにやってきて叫んだ。

「おい、列車が来たぞ！　準備しろ！　乗りおくれるんじゃないぞ！」

「本当に人をイラッとさせる名人だな、父さんは」と、お父さんがつぶやいた。

おじいちゃんは一番大きなスーツケースを持ち上げると、おばあちゃんのほうを振り返って猫なで声でささやいた。

「おまえのために一等車を予約してやったぞ」

「お心づかいに感謝するわ」

ぼくたちは、おばあちゃんといっしょに列車に乗りこんでおばあちゃんを指定席に座らせると、すべての荷物をそのまわりに積み上げた。

「奥さん、すいません。そこのばあさんを気にかけてやってくれますか。ああ見えて意外と気が弱いんで」と、近くに座っていた女の人におじいちゃんは小声で言った。

「あなた、あの人になんて言ったの？」と、おばあちゃんがたずねる。

「何でもない。出発が遅れそうですねって言っただけさ」

ぼくたちがプラットホームにもどるとすぐに、エクス＝アン＝プロヴァンス行き列車の出発を告げるアナウンスが流れた。ガラス窓の向こうでおばあちゃんが笑っている。まるでちょっと小旅行に出かけるだけというように。

動きだす列車に向かって、ぼくたちは小さく手を振った。車両が次々と通りすぎ、とうとうテールライトの赤い光が雨のなかに消えた。行ってしまった……。アナウンスが次の列車の出発を告げ、ホームに続々と新しい乗客たちが集まってくる。

「さあ、飲みに行こう！　おごるぞ！」と、おじいちゃんが叫んだ。

駅構内のカフェは旅行者でごったがえしていた。ベンチシートの隅があいているのをおじいちゃんが見つけたので、みんなで詰めてそこに座った。するとおもむろに、おじいちゃんが今後のプランについて語りはじめた。

「まず、家をリフォームするつもりだ。壁紙を貼りかえ、ペンキを塗りなおし、あちこち傷んだところを直す。リニューアルってやつだ」

「じゃあ、ぼくが業者を手配するよ」と、お父さんが言う。

「業者なんかいらん。自分でやる。ココが手伝ってくれるさ」

おじいちゃんはそう言いながら、ぼくの肩に軽くパンチを入れた。

「あんまりいい考えとは思えないわ。この人の言うとおりにしたらどう？」と、お母さんが言う。

「そうだよ、父さん、よく考えてよ。業者にやってもらうほうが簡単じゃないか。あっという間にできあがるよ」

「いやなこった！　スズメがパン屑をついばむようにコツコツと少しずつやるんだ。すべてひとりでやるぞ！　第一、おまえたちには何も頼まないさ、ココは別だがな。そうやって人をバカにするなら、もううちには来ないでくれ！　ひとりでどうにかする自信はあるんだ。ホームジムだって自分で設置するつもりさ」

「ホームジムだって？　バーベルがあればいいじゃないか！」と、驚いたお父さんが叫んだ。

「なるほど、バーベルか。いいアイデアだ。バーベルは必ず手配しよう、忘れてたよ」

お父さんがため息をついて、お母さんと顔を見合わせる。それから咳ばらいをひとつして、言いにくそうに話しはじめた。

「あのさ、父さん、正直言ってぼくは……」

「ストップ。何も言うな。おまえの言いたいことはわかってる」と、おじいちゃんはストローでコーラをすすりながら話をさえぎった。

そう、うちの両親、とくにお父さんにとっては、すべてがありえないのだ。

「八十五歳、いや、もうすぐ八十六歳になろうっていうのに、今さら離婚なんてするか、ふつう？　ホームジムを欲しがって、孫にその設置を手伝わせるっていうのもありえないよ。だいたい、その歳(とし)になってどうして家をリフォームする必要があるんだ？　インテリアだろうがエクステリアだろうが、リニューアルなんてもうしなくていいだろう？　その歳ですべきことは待つことだけだ。そうさ、終わりが来るのを待つだけさ！」

……っていうのが、お父さんの言い分だ。

「おまえがどう思おうが関係ない。だいたい、おまえの許可をもらう義務などないんだ。わかったか？」と、おじいちゃんは反論した。

お父さんは、みるみる顔を真っ赤にし、目をつり上げて口をゆがめた。今にも怒りを爆発させそうだ。お母さんがなだめるように、お父さんの腕にそっと手を置く。

「じゃあいいよ、わかったということにしておく」

おじいちゃんは、ぼくにウインクをしながらこう言った。

「ラウ・ヴィ、チュー・ミー・エスティス・スフィーチェ・クラーラ・ブーボ？」

ぼくはうなずいた。エスペラント語で、「おれは何も間違ってないだろう、ココ？」という意味だ。おじいちゃんはエスペラント語をすらすらと話せる。ぼくも基本的なことは教えてもらっている。

エスペラント語は、ぼくとおじいちゃんが内緒話をするときに使う、ふたりだけの秘密の暗号だ。遠くの国で使われているというこの言葉の音が、ぼくは大好きだ。へんてこだけど、どこかなつかしい。口のなかに土をたくさん詰めて話しているような感じがする。

おじいちゃんは「ひとつ目の人生」でこの言葉を覚えたという。リング上で次々とパンチをくりだしていた時代、外国人ボクサーたちとコミュニケーションを取るのに便利だったからだ。つまり、トレーナー、マネージャー、ジャーナリスト、ファンたちにわからないよう、選手同士で内輪の話をするために使ってたんだ。

「なんて言ったんだい？」と、お父さんがぼくにたずねた。

「別に。ふたりともあれこれ気づかってくれて親切だな、って」

ぼくたちは駅舎から外に出た。タクシー乗り場の前に旅行者たちが長い列をつくっている。

「よっ、おまえさん、フリーかい？」と、おじいちゃんがひとりの運転手に向かってたずねた。

「フリー？　ああ、空車だよ」

「そうか、そいつはよかった！　おれもフリーなんだ」

そう答えると、おじいちゃんは大声で笑った。

第三章

おじいちゃんはすでにふたつの人生を生きてきた。もしかしたら、他にもたくさんの人生があったのかもしれない。九つの命を持っているという猫のように。

ひとつ目の人生では、ボクサーとして世界中のリングを渡り歩いてきた。たくさんの新聞の一面に写真がのった。タイトルマッチが行われるほの暗い会場、パチパチと光るフラッシュ、勝利のはかない喜び、敗北後のロッカールームでの孤独……そういったすべてを経験してきたんだ。ところがある時、おじいちゃんはそのキャリアに自らピリオドを打った。その理由はぼくたち家族にもよくわからない。

ふたつ目の人生で、おじいちゃんはタクシー運転手になった。自分のことを、アメリカ英語の発音で「タクシーマン」と名乗る。引退した今も、「TAXI」と書かれた表示灯を、愛車のプジョー404の上にのせたままだ。学校にぼくを迎えに来る時、その表示灯をわざと光らせる。すでに日が暮れている冬場には、「TAI」の三文字が闇のなかに浮かびあがる。「X」はもう光らない。ぼくの目の前に車を停め、助手席のドアを開けると、いつももったいぶった口調でこう言うんだ。

「だんな、どちらまで？」

ところが、おばあちゃんが出て行った次の週の金曜日、おじいちゃんはこう言った。「これから、いいところへ行くぞ！」

「ボウリング？」

「いや、ボウリングじゃない。行ってからのお楽しみだ」

おじいちゃんは、「よく考えた末に決めたことなんだ」と言う。せっかく三つ目の人生が始まったのだから、それを記念するビッグイベントが必要なのだ。

「ハッピーなイベントだぞ！」と、右側優先のルールを無視しながら叫んだ。

「わかったよ。でもね、今、左側を走ってるのは知ってる？」

フランスでは車は右側通行だ。

「大丈夫だ！　イギリスでは左側を走るのがふつうだ！」

「ここはイギリスじゃないよ」

「どうしてさっきからみんなクラクションを鳴らしてるんだ？　おまえにはなんでかわかるか？」

「おじいちゃん、免許はいつ取ったの？」

「たった今から、おれを『おじいちゃん』と呼ぶのを禁止する。おれはナポレオン、または皇帝陛下だ。で、なんの免許の話だ？」

太陽がゆっくりと沈みつつあった。赤信号にぶつかるたび、急ブレーキのせいでぼくがフロントガラスのほうに投げだされないよう、おじいちゃんは腕を伸ばしてガードしてくれた。シートベルトがついてるのを忘れているみたいに。

三十分ほど大通りを走った後、舗装されていない土の道に入った。

「うん、たぶんここだ」

エントランスの看板に三つのアルファベットが書かれている。

「SPA?」

「よし、よく読めた。その三文字さえ読めればこの社会で十分生きていける。さあ、レッツゴー。行くぞ」

どうやら犬のシェルターのようだ。コンクリートの細い坂道を上りながら「犬をもらいに来たの？」と、ぼくはおじいちゃんにたずねた。

「いや、秘書探しに決まってるだろう？　なんだかんだと質問ばかりするな」

ずらり並ぶケージのあちこちから、ワンワンという低い声や、キャンキャンというかん高い声が聞こえる。世界中から集めたかのようにいろいろな種類の犬がいた。毛並みもさまざまで、長いの、短いの、ふさふさしたの、薄いの、直毛の、カールしたのなどがいる。いじめられていたらしい犬は、ケージの隅にちぢこまっているけれど、よその人がやってきたとわかると尻尾を振って近づいてきた。

皮膚病にかかって体をかきむしっている犬、目の病気のせいで涙を流している犬、自分の尻尾を追いかけてぐるぐる回っている犬もいる。

ケージの上に犬種が表示された、立派な純血種もいた。がっしりしたスパニエル、たくましいボースロン、元気いっぱいのジャック・ラッセル・テリア、どっしりしたラブラドール、エレガントなコリー、すらりとしたグレイハウンド……立派な犬ばかりで、どれを連れて帰ったらいいか迷ってしまいそうだ。

おじいちゃんは「これは選べないな！」と、うなった。「全員を連れて帰ることはできないし、くじ引きをするわけにもいかないし」

そこへ、スタッフの女性がやってきた。

「犬に何を求めるかによりますよ」と、いかにもプロらしいきびきびした口調で、迷っているおじいちゃんにアドバイスをする。

「だから、それがわからないんだよ。おれはただ、ふつうの犬らしい犬が欲しいだけなんだ」

おじいちゃんはそう言うと、ケージの上に何の表示もない犬を指さした。

「これはなんていう犬だ？」

「これですか？　ええと、たぶんワイヤー・フォックス・テリアです」

その犬はどんよりした目をこっちに向けて、少しのあいだ鼻をクンクン鳴らしていたが、深いため息をひとつつくと、そろえた前脚のあいだに顔をうずめた。

「本当か？」と、おじいちゃんが念を押す。

「ええと、じつはよくわからないんです。セッターかしら……いえ、お待ちを。確認します」

女性は手にした書類の束を忙しげに何度もめくった。数枚の紙が風にさらわれ、コンクリートの小道の上を飛んでいく。

「わかりません」

「そうか。まあいい、犬種なんて知らなくてもたいしたことない。なあ、ココ?」

「そうだよ、たいしたことないよ」

「で、何歳だ?」

「はい、一歳くらいです。……いえ、二歳かしら」

そう言いながら、困ったような苦笑いを浮かべる。

「そうですね、おそらくそれより少し下、いえ、少し上」

またしても忙しげに書類をめくる。紙が次々と風に飛ばされ、敷地内のあちこちに散らばっていった。

「わかったわかった、もういい。年齢なんてどうでもいいさ。で、この犬種は何歳くらいまで生きるんだ?」

「とても丈夫な犬です。そうですね、二十年以上は生きますよ。……あら、どうしました、そんな顔をされて? 何か心配ごとでも?」

「そりゃあ、心配に決まってるだろう」

「あ、そういうことですね……ええ、お察しします」

「動物を飼う時の心配はまさにそこだよ。たいていの犬は自分より先に死んじまう。そしたら、こっちはつらい思いをしなきゃならないだろう?」

「妙な感じだな。来た時はふたりだったのに、帰る時は三人だ」

ぼくたちはにっこりと笑いあった。犬にも話しかけてみたかったけどやめておいた。犬に話をするなんて、ちょっと変な感じがしたからだ。

おじいちゃんがポケットから真新しいリードを取りだした。ヘビのようにとぐろを巻いていて、まだ値札がついたままだ。

「用意がいいね、おじい……ナポレオン」

「当たり前だ。ほら、見ろ」

車のトランクを開けると、ドッグフードが何袋も入っている。おじいちゃんは後部座席のドアを開け、うやうやしい口調で言った。

「さあ、新しい人生のスタートだ！　だんな、どちらまで？」

すると犬はなかに飛び乗って、座席シートのにおいをクンクンとかいだ。どうやら気に入ったようで、すぐに気持ちよさそうにそこに寝そべった。

壊れたタクシーメーターには「００００」と表示されている。ぼくはそれを見て、本当に新しいことが始まったような気分になった。

「そうさ、犬種なんかどうだっていいんだ。犬は犬だ。犬らしい犬であれば、それで十分さ」

ギアをニュートラルから一速に入れながら、おじいちゃんはそう言った。

あとは名前をどうするかだ。メドール？　レックス？　リンチンチン？　バルー？　うーむ、どれもピンとこない。赤信号で停止した時、ぼくたちは後部座席を振り返った。犬がつぶらな瞳をこっちに向けて、不思議そうな表情をする。アイラインを入れたみたいに目のまわりが黒く縁(ふち)どられている。

「個性的な名前にしよう。どこにもない新しいのがいい。ありきたりなやつなんてまっぴらだ！　それで決まりだ！　句点、そして改行だ！」

「……句点、改行？　それ、名前にいいんじゃない!?」と、ぼくは叫んだ。

「おお、いいぞ！　句点改行、か！」

ぼくたちは後部座席を振り返った。

「どうだ、句点改行。名前をもらってうれしいだろう？」

おじいちゃんがたずねると、犬は「ワン」と返事をした。

「この子にピッタリじゃない？　あ、出ないと、もう青だよ」

「ああ、いい名前だ」車を発進させながらおじいちゃんも言う。「犬向きだし、個性的で、しゃれていて、カッコいい。『句読点』や『カギカッコで閉じる』よりずっといい。おまえ、犬並みの嗅覚があるな。感覚が鋭いぞ」

おじいちゃんの家に到着すると、トランクからふたりがかりでドッグフードを運びだして、地下室の棚に積み重ねた。

「ご苦労だったな。じゃあ、おまえにいいものをやろう」

おじいちゃんはそう言うと、棚の引き出しから何かを取りだした。布の袋のなかに小さなものがぎゅうぎゅうに詰めこまれている。

「ドッグフードじゃないから安心しろ。開けてごらん」と、おじいちゃんは意味ありげな笑みを浮かべながら言った。

ビー玉だった。何百個もある。陶製、ガラス製、マーブル模様入り、大玉、小玉……どれもおじいちゃんが集めたものだという。

「子供の頃のだけじゃない。これだけ集めるのに長い年月がかかったんだ。だが、今となってはおまえのほうが使い道があるだろう。おれのビー玉遊びの相手は、もうほとんどいなくなっちまった。こういう時、ふつうは集めた切手なんかをあげるんだろうが、おれは切手はどうも苦手でな。手紙もたくさんはもらわなかったし、自分からもあまり書こうとしなかったからな」

ぼくの足はガタガタ震え、心臓がバクバクした。口をぎゅっと結んだまま、何も言えなくなってしまった。それほどうれしかったのだ。

そのようすを見たおじいちゃんは、「おい、まさかめそめそ泣いたりしないだろうな」と、からかうように言った。

第四章

次の日、おじいちゃんが句点改行を連れてぼくの家にやってきた。穏やかで、従順で、素直な性格の犬だった。ちょっとのことで大喜びする。こうして句点改行はぼくたち家族の一員になった。

「犬種はなんだい？」と、お父さんがたずねる。

「やっぱりな、おまえは真っ先にそう言うんじゃないかと思ったよ。ただの犬だ、悪かったな」

「そんなに怒らなくてもいいじゃないか。ちょっと聞いてみただけだよ。だって、みんなよく言うだろう、『この子はプードルだ』『この犬はラブラドールよ』とかって」

「だから、こいつはただの『犬』なんだよ！　雑種犬！　句点改行！」

「わかったよ、そんなにかっかするなよ。『句点改行』なんて言って、話を打ち切らなくてもいいじゃないか」

「句点改行はこいつの名前だよ。おれはかっかなんかしてないぞ。いや、でもたしかにおまえの態度にはムカつくな。どうしてなんでもそうやって分類したがるんだ？　おまえはガキの頃からそうだった。切手集めなんかに夢中になりやがって。そうやって昔から、人間でも犬でも切手でも、分類して小さな箱のなかに閉じこめようとするんだ。そうすれば相手は身動きが取れなくなるからな、まるで……」

お父さんはあきれたように肩をすくめ、おじいちゃんの話をさえぎった。

「だいたい、なんで犬なんか飼うことにしたんだよ？　どうして急に？　よりによってこんな時に」

「こんな時ってどんな時だ」

「別に、なんでもない」

おじいちゃんは、急に犬を飼うことにした理由を説明しはじめた。じつは、昔からずっと犬を飼いたかったのだという。でも子供の頃は、パリ市内の狭いアパートで暮らしていたので無理だった。ボクサーになってからも、世界中を飛び回っていたので、犬を飼うなんて考えられなかった。たとえ句点改行のように聞き分けのいい犬でも、当時のハードな生活にはきっと音(ね)を上げていただろう。

「それに、おまえの母親は犬アレルギーだったんだ。まったく運が悪かった！　だがこれでようやく犬を飼えるぞ。死ぬまで面倒をみてやるんだ」

「縁起でもない！　死ぬまでだなんて！」と、お父さんが眉(まゆ)をつり上げる。

「犬が死ぬまでって意味だ」と、おじいちゃんは肩をすくめた。

お母さんはスケッチブックを取りだし、色鉛筆で句点改行を描きはじめた。犬もそれを承知しているかのように、りりしい横顔を向けている。こうして最初のデッサンはあっという間にできあがった。

ぼくは絵を描いてるお母さんを見るのが好きだ。お母さんは近くにあるものはなんでも絵にしてしまう。描いてる最中は夢中になりすぎて、まわりが見えなくなるらしい。

お母さんは六歳になるまでしゃべることができなかった。しゃべれるようになった今も、あまり多くの言葉を発しない。なんだか、言葉の持ち合わせが少ないせいで、使うのをためらっているみたいだ。話すかわりに絵を描いた。鉛筆で線を三本引くだけで、紙の上に命が生まれる。さっと手を動かすだけで、人物の目が生き生きとし、なにげないしぐさにたくさんの意味がこめられる。

キャビネットの引き出しには、そうして描かれたデッサンが何百枚も入っている。お母さんは、数枚をまとめて綴(と)じて、たわいもない話だけど詩情あふれる絵本をつくったりもする。そういう絵本を図書館や小学校で読み聞かせすることもある。

お父さんは句点改行の全身をじろじろながめながら、百科事典をめくった。どうやらこの犬は、フォックス・テリア、グレイハウンド、スパニエル、マルチーズの特徴をあわせ持っているらしい。まるでパズルみたいだ。でも、ふさふさした長い尻尾だけは、いったいどこから来たのかわからなかった。最後にそこだけちょこんとつけ足したみたいな感じがする。

「そうだ、おまえに頼みたいことがある」

突然、おじいちゃんがお父さんに向かって切りだした。大きな封筒から、タイピングされた書類の束を取りだす。

「裁判官からもらったんだ。なんて書いてあるか教えてくれないか？　自分で読んでもいいんだが、メガネを忘れてしまった」

お父さんは書類を受けとると、さっそく読みはじめた。

「おいおい、嘘（うそ）だろう？　『離婚理由：人生の再スタート』だって？　父さん、これはあんまりじゃないか？」

それを聞いたおじいちゃんは得意げに笑った。句点改行が尊敬するようなまなざしでご主人を見上げている。

「要約すると、『全員が合意し、争いはない』って書かれてる」

「まさにそのとおりだ。みんなが納得し、すべてがスムーズに進んだ」

「父さんにとってはね。でも母さんは……」

「うるさい、おまえに何がわかる？　で、他には何か書いてなかったか？」

「どうやらすべての手続きが完了したようだね。あとは専門的なことがいくつか……」

「そこは飛ばせ！」

次々とページをめくって最終ページまでくると、お父さんはこう言った。

「ねえ、最後に鉛筆で書かれてるやつ、読んだ？　『グッドラック』だって」

「へえ、あの裁判官、いいやつだな。あいつとは気が合いそうだ。このあいだも、これから飲みに行こうと誘おうかと思ったよ」

そう言うと、おじいちゃんはお父さんの手から書類をひったくった。

「こいつは額に入れてトイレに飾っておく。新しい人生のスタートの記念としてな」

そして、ぼくの鼻先にその書類を突きだした。

「見ろ、ココ！　立派な免状だろう？　初めてもらう免状だから、ロッキーの写真の隣に飾っておこう！」

おじいちゃんはそう言うとにっこり笑った。きらきらと輝く青い瞳、ふさふさしたきれいな白い髪。長い前髪がさらりと顔にたれる無造作な感じ、細かいしわに縁どられた少年のようなまなざし。すべて、ぼくの憧れだ。たとえ戦う相手がいなくても、いつもこぶしを握りしめているのもカッコいい。

「父さんが満足ならかまわないさ。どうせあれこれ口出しされたくないんだろう？　ぼくの意見なんて聞いてくれないだろうし。でもこれだけは言わせてほしい。母さんに対するあの仕打ちはないよ。それがぼくの正直な気持ちだ」

「うん、まったくおまえの言うとおりだ」

その言葉に、お父さんはうれしそうな顔をした。ところが、おじいちゃんはすぐにこう続けた。

「ふたつの点でな。まず、おれはあれこれ口出しされたくないということ。もうひとつは、おまえの意見なんて聞かないということだ」

それから、ぼくに向かってエスペラント語でこう言った。

「チュー・ヴィー・ネ・タクサス・リン・ツィムツェルバ？（まったく、くだらないと思わないか？）」

ぼくは笑ってごまかした。

「なんて言ったんだい、レオナール？」と、お父さんがたずねる。

「別に。おまえの父さんはやさしいな、感謝してるよ、ってさ」

お父さんの表情が一気に明るくなる。ぼくはそのようすを見て、さみしいような切ないような気持ちになった。お母さんが、お父さんの肩をそっと抱きしめる。

「まあ、そういうことだな」と、おじいちゃんはぶつぶつ言いながら肩をすくめた。

次の日、ぼくは学校でアレクサンドル・ラウツィックと友達になった。名前をたずねた時、「名字にはｉがふたつ入るんだ」と念を押された。アレクサンドルにとって、そのふたつのｉはとても重要らしい。きっとぼくにとってのおじいちゃんのビー玉と同じなんだろう。大切なビー玉はいつも通学カバンのなかにしのばせてある。

アレクサンドルは、毛皮と革とビロードでできていて羽根飾りがついた、ちょっと変わったつば付き帽をいつもかぶっていた。毎朝登校すると、廊下のコートかけにその帽子を大事そうに引っかける。もともとはその目立つ帽子のせいで、アレクサンドルのことが気になりはじめたんだ。

おとなしそうで、どこかさみしそうで、いつもクラスメートたちから離れたところにぽつんとひとりでいた。でも、そんなところに逆に親しみを感じた。そして、初めて言葉を交わしてから数時間後、ぼくたちは親友になっていた。自分によく似た、何でも打ち明けられる友達がいるって、なんて素晴らしいんだろう。おじいちゃんのビー玉が魔法をかけてくれたんだろうか？　とにかく、ワクワクした気分ですっかり舞い上がって、すぐにアレクサンドルをビー玉当てに誘った。おじいちゃんのビー玉を利用して、もっと増やしたいというもくろみもあった。

　ところが、ビー玉はアレクサンドルのポケットに次々と消えていった。くそっ、今度こそ……と思いながら、袋から新しいビー玉を取りだす。もうすぐこっちにツキが回ってくるはずだ、と信じながら。ところが、そうはならなかった。疫病神（やくびょうがみ）に邪魔されているみたいに、ビー玉はまたしてもコースをそれて的をはずしてしまう。

　アレクサンドルは、淡々と、ほとんど上の空で、ぼくのほうを見もせずにビー玉を次々とポケットに入れた。ポケットはみるみる膨（ふく）らみ、なかでカチカチと音を立てている。もうやめよう、でないと全部なくなってしまう……そう思いながらも、ぼくは新しいビー玉を取りだす手を止められなかった。アレクサンドルは信じられないくらいビー玉当てがうまかった。弓や射撃の名手のように、必ずぴたりと的に当てた。

　最初に、ふつうのビー玉がなくなった。続けて、かなりきれいなビー玉がなくなった。そしてとうとう、宝石のように美しいビー玉がすべてなくなってしまった。たった一日で、ぼくは宝物をすべて失った。

「終わりだ。もうビー玉がない」と、ぼくは言った。

不思議なことに、アレクサンドルをうらむ気持ちはこれっぽっちもなかった。大事なものを一気に使いはたしてしまった自分が悪いのだ。

ぼくは、心も袋も空っぽの状態で、泣きじゃくりながら家へ帰った。どうしてこんなことになったんだろう？　なぜこんなになるまで続けてしまったんだろう？　でも、今となってはもう手遅れだった。

第五章

ビー玉事件の次の日、おじいちゃんはぼくにこう宣言した。

「ココ、おまえをおれの副官に任命する。今日からレオナール・ボヌールは皇帝ナポレオンの副官だ。これは正式命令だぞ！」

「かしこまりました、皇帝陛下！」と、兵士のような直立不動でぼくは答える。

「まず、切れた電球から片づけようじゃないか。これでこの国の未来はもっと明るくなるぞ。なあ、ココ？」

「そうだね、陛下」

おじいちゃんは電球を取りはずすためにスツールにのり、ぼくは倒れないようその脚を支えた。

「ちゃんとスイッチは切ってあるよね？　おじいちゃん」

「心配するな、ココ。それから、おじいちゃんはやめろ」

「わかったよ、おじいちゃん。心配はしてないけどさ、おじいちゃんがクロクロみたいになったら嫌だからね」

通称クロクロこと、往年の人気歌手のクロード・フランソワは、バスタブのなかで電球を取りかえていて感電死してしまったのだ。

「ああ、かわいそうなクロクロ！　あのニュースを思いだすと今でもショックで泣けてくる。電気ショックだ……なーんてな、わはは」

おじいちゃんは笑いすぎて、危うくスツールから落ちそうになった。

「おっと危ない。さあ、まじめにやろう。新しい電球をくれ」

おじいちゃんが電球を取りつけたとたん、パンという音がして火花が散り、家中の灯が消えて真っ暗になった。

「いたたっ、くそっ！」火花を受けた手を振り回す。「ああそうか、あれをやってなかったんだな……。だが、おかしいな、この家の電気を取りつけたのはおれだぞ、間違えるはずがない。ああ、そうか、ジョゼフィーヌが業者を呼んでめちゃくちゃにしちまったんだな。まったく女ってのは油断も隙もありゃしない」

おじいちゃんは床の上に飛びおり、両足をきれいにそろえて着地した。どこかからロウソクを探してきて火をつける。

「すると光があった！　……天地創造だぞ、わかるか？」と、得意げに言う。

句点改行はこの予想外の出来事に大喜びだ。お座りをして尻尾をぶんぶん振り回し、次はどんなに楽しいことが起こるかとワクワクしながら待っている。

「なあ、ココ」

「うん」

「こうしてふたりでいるのは楽しいと思わないか？」と、古びたソファに腰かけながら言う。

「三人だよ！」と、句点改行をなでながらぼくが訂正する。

でも、おじいちゃんの言うとおりだ。こうしているとすごく楽しい。ぼくたちは、真っ暗な空き家に押し入ったふたりの泥棒みたいだ。ふたりの泥棒と一匹の犬。

「だが、こいつは番犬としてはどうかな」と、おじいちゃんが言う。

その声が聞こえたのか聞こえなかったのか、句点改行はお腹（なか）をなでてもらおうとあお向けにひっくり返った。

「ここへおいで、ココ。話がある」と、おじいちゃんがソファの隣をポンと叩（たた）く。

その声はやさしくて、少し震えていた。何かが足りない……ふいにそんな気がした。そうだ、いつもこの部屋にいるはずのおばあちゃんがいないからだ。おじいちゃんもぼくと同じように、胸にぽっかり穴があいた気がしているはずだ。

「なあ、ココ。たとえ会えなくても、そばにいる者もいるんだ」

不思議なことに、おじいちゃんは心からくつろいでいるように見えた。骨ばった大きな両手を、二枚の大きな葉っぱのように膝の上にのせている。ロウソクがぼくたちをやさしく照らしている。

「すぐに小さくなるんだな、ロウソクってのは」とつぶやくと、自分の言葉に驚いたかのように、背筋をしゃきっと伸ばした。

「十五分経過。しんみりタイムは終了だ。哲学ごっこはやめて腕ずもうをしよう」

ぼくたちはテーブルをはさんで、神妙な面持ちで向かい合った。手を組み合わせる。手のひらをくっつける。腕の筋肉に力をこめる。レディ、ゴー！　組んだ腕が左右に揺れる。しかめ面（つら）を見合わせる。おじいちゃんは歯を食いしばり、荒い息をしていた。これは演技？　それとも……もしかしたら今度こそ勝てるかも？

おじいちゃんの手の甲がテーブルまであと一センチのところに迫り、ぼくが勝利を確信した瞬間、おじいちゃんがにやりと笑った。口笛を吹き、テーブルに置いたもう一方の手の指先に視線を向ける。あっという間に形勢が逆転した。おじいちゃんが軽々とぼくの腕を半回転させ、テーブルにそっと押しつける。

まさにその瞬間、玄関のドアをノックする音が聞こえた。

「誰かと約束してたの？」

「いや、してないぞ。開けてきてくれ。おれはブレーカーを見てくる。まったくちっとものんびりできないな」

ドアを開けると、ふたりの男の人がいた。同じスーツを着て、同じアタッシェケースを持っている。

「坊や、ひとりかい？」と、そのうちのひとりが言った。

ようやく電灯がついて、おじいちゃんが現れた。驚いたことに、何者かもわからないその人たちをあっさり家に招き入れてしまう。でもよく見ると、その両手には固いこぶしが握られていた。

「ニー・アムジーヂョス、ブーボ！　イリ・ネ・エルテーノス・トリ・ラウンドイン！（おもしろくなってきたぞ、ココ！　こいつら、三ラウンドまで持たないだろうな）」

リビングのソファに腰かけたふたりは、アタッシェケースからカタログとパンフレットを取りだしてテーブルに並べた。どうやら何かを売りつけに来たセールスマンらしい。おじいちゃんが興味津々にパンフレットに見入る。とくに、掲載されている写真に釘づけになっていた。

「これですか？　これは昇降機です。階段の手すりに取りつけると、楽に昇り降りできますよ。ミニエレベーターのようなものです。素晴らしい商品です」と、ひとりのセールスマンが言う。

「なかなかいいな。で、そっちは？」

「補聴器です。耳が聞こえにくくなった人のためのものです」

「え、何器だって？」と、おじいちゃんが耳をそば立てる。

「ほ・ちょう・き・です！」

「捕虫器？　虫を捕まえるための機械か？　いらないいな、このへんに虫はいないんだ。それよりもっと困ってることがある」

それを聞いたふたりのセールスマンはそっと目配せを交わし、あからさまな愛想笑いを浮かべた。

「これはなんだ？」と、おじいちゃんがまた別の写真を指さす。

「見、見えにくい人のためのルーペです」

「へえ、醜い人のためのルーペか。このあたりにも必要なやつがたくさんいるよ。ん、これはなんだ？　赤ん坊が使う歩行器にそっくりだな」

「いえ、これはベビーウォーカーではなく、足が不自由な人のための歩行車です。カーボンとチタン製で、ディスクブレーキがついた最新モデルです。将来のためにいかがですか？」

「素晴らしい。まさにこういうのを探していたんだ」

おじいちゃんの言葉に、セールスマンたちが満足げな笑顔を見せる。

「なあ、ココ！　ブーボ、チュー・ヴィ・クレダス、ケー・リー・イラス・チェー・シア・アマンティノ！（見てろ、こいつらを痛い目にあわせてやる）」

どうやらおじいちゃんの怒りの導火線に火がついたらしい。あとは爆発するのを待つだけだ。

ぼくは花火が上がるのを待っているような気分になった。

「さあ、ぜひともあなたさまの将来についてお話ししましょう」と、セールスマンのひとりが力説する。

「いや、むしろおまえたちの将来についておれが教えてやろう、きちんとな」

おじいちゃんが腕組みをし、両目を矢のようにつり上げながら言った。

その急変ぶりに驚いたふたりは、助けを求めるようにぼくのほうを見た。ぼくは、どうしようもないことを伝えるために肩をすくめる。

「まず、くだらない御託を並べるのはすぐにやめるんだな、バカ者どもめ。でないと、そのツラに一発お見舞いするぞ。ところで聞きたいんだが、ここにあるガラクタはいったいどういう人向けのものなんだ？」

「ええと、なんというか、少しばかりお歳をめされた人のためのものです」

「『じじい』ってことか？　わかりやすく言ってくれ」そう言って、おじいちゃんが片方の眉を上げる。

「ええ、まあ、そういうことです」

おじいちゃんが貧乏ゆすりを始めた。床のタイルがかたかたと鳴る。

「ということは、この家にもその『じじい』がいるってことだな？　おい、ココ、この家に『じじい』なんていたか？」

「ううん、どこにもいないよ」ぼくは部屋中を見回しながら言った。「だって、句点改行だってまだ子供だもの」

句点改行が、その言葉を肯定するように「ワン」と鳴いた。

その声が、試合開始を告げるゴングだった。ふたりのフェザー級選手は、何も言いかえせずに縮こまっている。突然、おじいちゃんの体がみるみる大きくなったように見えた。天井に届かんばかりに巨大化し、小さなふたりを見下ろしている。おじいちゃんがこぶしを振るうと、テーブルにひびが入り、カタログとパンフレットが飛び上がった。

「くそったれどもめ、この家に『じじい』がいるかって聞いてるんだ。うんとかすんとか言ったらどうだ？　難しいことは聞いてないはずだぞ？　どんなにバカでも質問の意味ぐらいわかるだろ？　答えられるだろ？」

そう言いながら腕を振りまわす。カタログが投げ飛ばされて壁に激突する。

「いえ、ここにお年寄りはいません……住所が間違っていました。お年寄りがいるのは別の家です。ということで、お邪魔でしょうからそろそろおいとまします」

しばらくすると、ふたりがあたふたと帰っていく車のエンジン音が聞こえた。

「疫病神どもめ、このおれを死にぞこない扱いしやがって。来い、ココ。うっぷんばらしをするぞ」

おじいちゃんが何をしたいか、ぼくにはすぐにわかった。ふたりして立ち上がると、正面から向かい合う。

「さあ、ココ、打て、打つんだ。さあ、来い！　おれを倒してみろ！」

おじいちゃんの体はほっそりしている。手足も細くて、横から見ると毛布のように薄っぺらだ。ところがこうして真正面から向かい合うと、小山が立ちはだかっているようにがっしりして見える。

「ガードだ、しっかりガードしろ。おれの足を見るんだ」

軽く前かがみになって、顔の前にこぶしをかまえている。そうしていると、今でも現役のプロボクサーのようだ。これからもずっと、どんな相手だろうがひるまずに戦いつづけるんだろう。

一九五二年、世界ライトヘビー級タイトルマッチで、おじいちゃんは惜しくも判定負けとなった。対戦相手はロッキーだ。ぼくはまだ生まれてなかったけど、この試合のことは古い新聞や雑誌で見てよく知っている。おじいちゃんのボクシング人生において、最高の試合で、最後の試合でもあったんだ。この直後、おじいちゃんが引退宣言をすると、当時のマスコミは大騒ぎしたらしい。ぼくはこれまで一度も、この試合についておじいちゃんにたずねたことはなかった。でも今、どういうわけか急に聞きたくなってきた。

「ねえ、陛下、ロッキーに勝てなかった原因はなんだったの？」

返事がない。句点改行の食事の準備を始めたので、ぼくの声が聞こえなかったんだろうか……と思ったら、淡々とした声で答えが返ってきた。

「原因なんてないさ。おれが劣ってたわけじゃない。ジャッジのひとりが買収されてた。八百長試合だったんだ」

おじいちゃんはそう言うと、白いタオルで念入りに手をふいた。その姿は「これ以上何も聞くな」と言ってるようだった。

「新聞を信じるなよ。くだらない記事ばかりで、嘘っぱちしか書いてないんだから」と、ぼくの心を読んでいるかのように言う。

おじいちゃんは、食事をする犬の姿を黙って見つめていた。句点改行は容器のなかに顔を突っこみ、ハフハフと音を立てながらえさに食らいついている。

「犬ってのはよく食うな。すごいと思わないか、ココ？」

そう言って、もの思いにふけるような目をこっちに向ける。今日ここに来てからずいぶん長い時間がたったようだ。テーブルの上のロウソクはもうほとんど残っていない。おじいちゃんが火を吹き消した。

「ねえ、その試合のあと、どうしてボクシングをやめたの？　ずっと不思議だったんだ、どうしてリベンジしなかったのかなって」

「おいで」

おじいちゃんに連れられてトイレに向かう。ここには、当時の思い出がすべて集められている、ボクシングの祭壇がある。

おばあちゃんと離婚をした時に裁判官からもらった免状も、すでに立派な額に入って飾られていた。そのそばには、試合のもようを撮った写真がいくつも貼られている。いずれの写真にも、若い頃のおじいちゃんらしきボクサーの姿があった。だぶだぶの白いサテンのトランクスから細くて筋肉質の脚が突き出ている。口をぎゅっと結び、アッパーを打ったり、右ストレートを出したり、ディフェンスの体勢をとったり、相手のフックを器用にかわしたりしている。一度もノックアウトされたことがない、無敗のボクサーだったのだ。

「ココ、聞こえないか？」

ぼくは耳をすます。

「歓声が聞こえるだろう。みんなが叫ぶ声が。それから、パンチが当たる音も」

正直なところ、ぼくには、蛇口から水がポタポタ落ちる音しか聞こえなかった。だけど、こっくりとうなずいてみせる。

おじいちゃんは自分の写真をじっと見つめていた。

「おれは少しも変わってないなあ。ちっとも歳を取ってない。なあ、ココ？」

「うん、陛下は全然変わってないよ。これからもそうでしょう？　変わらないよね、ずっと？」

「変わらないさ、約束する」

おじいちゃんはファイティングポーズをとって、ロッキーの写真と向き合った。目を細め、肩を揺らす。

四角い顔をしたその相手は、あごを引き、口をぎゅっと結んでいる。むき出しの肩が汗に光っている。頬の真上にこぶしをかまえてガードをしている。これぞロッキーだ。おじいちゃんの最後のライバル、偉大なるロッキーだ。

おじいちゃんがため息をついた。

「ロッキーにリベンジだって？　したくてもできなかったのさ。試合の直後、病気で死んじまったんだよ。なんの病気かは忘れたけどな。今もやつのせせら笑う声が聞こえるようだよ。あの野郎、まんまと勝ち逃げしやがって」

リビングにもどると、「今日はよく働いたな」とおじいちゃんが言い、電話の受話器を手にとった。

「ふぬけ野郎に電話するぞ」

第六章

「ふぬけ野郎」っていうのは、お父さんのことだ。

小さい頃は、どういう意味かわからなかった。だからてっきり、やさしく愛情をこめた呼び名だと思っていた。でも少し成長した今なら、その意味が理解できる。だから、おじいちゃんがお父さんをそう呼ぶたびに、自分が悪く言われたように胸がしめつけられる。お父さんといっしょにバカにされた気がして、その言葉を聞くたびに息苦しくなるんだ。

「もしもし。おまえの息子とボウリングに行ってくるぞ」

電話に向かってそう言いながら、おじいちゃんはぼくにウインクした。

「何時に帰るかって？　知るか、そんなこと。おれが時計を持たない主義だって知ってるだろう？　え、おまえがおれにくれたやつか？　さあな、なくしたか売っぱらったかどっちかだ。それにボウリングっていうのは、やめ時を見きわめるのが難しいんだよ。ああ、もういい、どうせおまえにはわからん。え、ココは宿題をしたかって？　ああ、もちろんすませたさ」

おじいちゃんは受話器の口を手で押さえて、ぼくに向かって小声でこう言った。

「こいつは話が長いんだ。おまえは出かける準備をしておけ」

それから、また電話口に向かって話しかける。

「文法のテストだろ？　もちろんやったさ。そうそう、書きとりも。すべて完璧（かんぺき）さ」

そのあいだ、ぼくはボールとシューズの準備をした。おじいちゃんが電話を切る。

「ココ、ふぬけ野郎をまんまとだましたぞ。あいつ、おまえの宿題のことしか言わないな。おまえがあいつに似なくてよかったよ」

ぼくの胸はまたしてもしめつけられる。無理やり笑顔をつくる。そう、好きな相手だからって似ないこともあるんだ。

おじいちゃんは黒い革ジャンを羽織った。ふたりで家を出て、玄関マットの下に鍵を隠す。おじいちゃんがプジョー404の助手席のドアをうやうやしく開けた。

「だんな、どうぞお乗りください」

おじいちゃんはマイボールを持っているんだ。黒くて、ピカピカして、すごく重くて、「ボーン・トゥー・ウィン」という文字が刻まれている。英語で「勝つために生まれた」っていう意味だ。ボクシンググローブにも、同じ文字が白い糸で刺繡（ししゅう）されている。おじいちゃんは、「カッコいいだろ？　センスいいだろ？」といつも自慢している。

おじいちゃんはボクシングをやめたあと、退屈しのぎにボウリングを始めたらしい。するとあっという間に、リング上と同じようにレーン上でも大活躍するようになったのだ。

「正確、丁寧、ソフト。これぞボウリングの三つの極意。ビー玉といっしょだ」

駐車場に入ったおじいちゃんは、三台分のスペースを占領して車を停めた。ふたりで店に入る。

今夜のおじいちゃんは絶好調だった。勢いよく助走し、思いきり前足を踏みだす。美しく開かれた両脚は形のよいハサミみたいだ。ボールは、おじいちゃんと別れるのを嫌がっているように、名ごり惜しげに指から離れると、まるで空中に浮いているかのように、静かにエレガントにレーンをすべっていく。やがてモニターにスコアが表示され、画面の上で青いビキニを着た女の人がダンスを始める。ストライクを立てつづけに十回出した頃には、ぼくたちのまわりに人だかりがしてきた。

パーフェクトを狙うおじいちゃんが神経を集中させていると、静かにそのようすを見守っていた観衆のなかからヤジが飛んできた。

「ボールを落とすなよ、じいさん」

一瞬、おじいちゃんがぴたりと動きを止めた。手の上でボールをころがしながら、見物人たちのほうに冷ややかな視線を向ける。そこには、へらへらと笑いながらからかうようなしぐさをしている男たちがいた。病院送りになっても知らないぞ、とぼくは心のなかでつぶやく。おじいちゃんはぐっとこらえるような表情をし、気持ちを落ち着かせようと深呼吸をした。そして、助走のスタート地点に立った。

その時、「ピンまで届くのかい、じいさん」と、別の男が叫んだ。

空気が凍りついた。おじいちゃんがボールを置いて咳ばらいをする。ポーカーフェイスのまま、堂々と胸を張っている。

「行こう、ココ。ここはどうも悪臭がする」

「それから?」アレクサンドルがぼくにたずねた。翌日の学校の帰り道のことだ。「その後、どうなったの? 教えてよ、早く聞きたい」

「この話、おもしろい?」

「うん、おもしろい。早く話してよ」

「ぼくたちが駐車場にもどると、暗闇でその男たちが待ってたんだ。手の指をポキポキ鳴らしながら、こっちをにらんでる。不良っぽいやつらだった」

「わあ、大変だ。で、どうしたの? 店内に逃げたの?」

「まさか。おじいちゃんはやつらに言ったんだ。『ふつうは予約なしの指導はしてないんだが、特別にやってやろう。さて、誰からいく?』ってね」

「きみは? どこにいたんだい?」

「ぼくは車のボンネットに座って高みの見物さ。おじいちゃんのボールを抱えてね。あれでポップコーンがあれば、映画館にいるみたいだったよ」

「怖くなかったの? おじいちゃんがやられちゃうんじゃないかって、不安じゃなかった?」

ぼくは思わずふきだした。

「まさか! おじいちゃんは平然とぼくに言ったんだ。『思わぬ邪魔が入ったな。悪いけど二秒ほど待っててくれ』って。それから、パンッ、パンッ、パンッて、ひとりで大勢を相手に次々とパンチをくりだした。すごく速くてあっという間だったよ。きみにも見せたかったなあ。あいつら、ひとり残らず地面にのたうち回って、うめき声を上げてたよ。するとおじいちゃんは、『おまえら、身ぐるみはがされたくなかったらとっとと消えうせろ』って」

「そしたら？」

「とっとと消えうせたよ」

「カッコいい！」アレクサンドルは叫んだ。「すごくおもしろい話だったよ！」

でも、アレクサンドルのほうは家族の話をしたがらなかった。それだけじゃない。どうしてこの学校に転校してきたのか、なぜ新学年の初めにいなかったのかも、いっさい説明しようとしない。過去について聞かれるのを、嫌がるというより、むしろ怖がっているようだった。それなのに（いや、だから、と言うべきかもしれない）、ほとんどのクラスメートは、「どこから来たの？」「両親は何をしてるの？」「お父さんとお母さんはいるの？」など、アレクサンドルが嫌がる質問を次々と浴びせかけた。

アレクサンドルは、その手の質問をはぐらかすのがうまかった。ビー玉遊びと同じレベルの才能と言えるだろう。そのせいか、みんなもちょっかいを出すのにすぐに飽きてしまったようだった。アレクサンドルのことを知ろうとするのをやめて、そのかわりに完全に無視するようになった。アレクサンドルは存在しないのと同じだった。一風変わった行動をすることも、仲間はずれにされる原因になった。みんなはその行動を「気持ち悪い」と言ったけど、ぼくはむしろ興味を持った。

アレクサンドルは休み時間、いつもじっと虫を観察して、そのあとを追いかけまわしていた。でもじつは、虫が人間に踏みつぶされないよう、安全な場所に移動させていたんだ。アレクサンドルは、コウチュウ目、ハナムグリ属、エンマハンミョウ属、ヨーロッパミヤマクワガタなど、虫たちを正式な学名で呼ぶ。やがて、ぼくにとってこうした名前は、おじいちゃんのエスペラント語のように、ロマンティックな響きを持つかけがえのない言葉になった。

ぼくたちはつるむようになった。と言っても、いっしょにいられるのは休み時間と登下校の時だけだったけど。ぼくが余計な質問をしないことにアレクサンドルが気づいてからは、ますますぼくたちは仲よくなった。でもおじいちゃんのビー玉については、あれ以来あえて触れないようにしていた。あれはもうぼくのものじゃない、忘れてしまったほうがいい、と自分に言いきかせた。

ところが今日、おじいちゃんの武勇伝を話して聞かせると、アレクサンドルはポケットから布の袋を取りだした。袋の口を開き、なかに手をつっこむ。

「きみのおじいちゃんの話、すごくよかった。きみはビー玉打ちより話をするほうがずっとうまいね。はい、あげる」と言って、ビー玉をひとつ差しだした。

「でも……」

「あげるってば。そのかわり、また話を聞かせてよね」

第七章

　お父さんはいつも朝早く銀行に出かけるので、ぼくはなかなか顔を見ることができない。二階の部屋のベッドで寝ていると、車のエンジン音で目を覚ます。エンジンを暖め、ラジオの周波数を合わせてから、砂利の上を走る音を立てて出ていくんだ。メトロノームのようなその規則正しさが、ぼくを安心させる。

　ぼくが起き上がる頃、お母さんはたいてい絵を描いている。もしかしたら一晩中そうしていたんじゃないかって思うこともある。屋根裏部屋の一角がお母さんのアトリエだ。船のキャビンみたいにこぢんまりしている。天井が低いので、そこにまっすぐ立てるのは家中でぼくひとり。ぼくはその部屋であれこれ探しまわったり、糊(のり)やニスやパステルや絵の具のにおいをかいだりするのが好きなんだ。

　お母さんも、外で働こうとしたことが何度かあった。労働時間が決まっていて、偉い人の命令に従わなくてはならない、ごくふつうの仕事だ。だけど、いつも数週間でクビになった。時間を守れなかったり、書類や資料に絵を描いたり、オフィスで居眠りしたりしたからだ。いや、たいていの場合、クビになるのはもっと簡単な理由で、職場で誰とも話ができないからだった。

でもしかたがない、話したくても言葉が出てこないんだから。お母さんはただ、社会生活に向いていないだけなんだ。

そのかわり、お母さんは本物そっくりの花や木を描ける。今にも香りが漂ってくるようで、花粉症の人ならくしゃみをしたくなるだろう。陽の光がさんさんと降りそそいでいる絵を見れば、誰もが肌にじんわりと暑さを感じる。それにお母さんは、リアルな雨を描ける世界有数のアーティストのひとりなんだ。霧雨、小雨、にわか雨、どしゃ降りなどを描きわけた、雨がテーマの絵本をつくったこともある。それを見ると、屋根に当たる雨音が聞こえたり、肌に雨が当たる気がしたり、夏の雨に濡れた植物のにおいがしたりする。

今朝もいつものように、ぼくはなるべく音を立てないようにして、屋根裏部屋に続く階段を上った。お母さんを驚かせたいからだ。でも、お母さんは後ろを振り向きもせずにこう言った。

「残念でした、聞こえてるわよ」

アトリエはすごく散らかっているけど、ぼくはそこにいるとワクワクした。無数のスケッチブックがピラミッド状に積み上げられ、今にも崩れ落ちそうだ。CD、本、小さな箱なども、絶妙なバランスを保って積み重ねられている。壁いっぱいにごちゃごちゃと写真が貼られて、昔のは新しいのに埋もれてもう見えなくなっている。一歩歩くだけで、床に散らばるカラフルな絵本に足をぶつけてしまう。いったいどうしたらこんな乱雑なところで、あんなに透明感のある絵が生まれるんだろう。

「今日、おじいちゃんの家に行くの？」と、お母さんがたずねた。

「うん、壁の塗りかえに」

「ああ、そうだったわね。お父さんがぶつぶつ言ってたわよ。おじいちゃん、たまにやりすぎるから」と、お母さんが笑う。

数日前、ホームセンターに買い出しに行った時、おじいちゃんは代金をお父さんの銀行口座から引き落とすように指定していたのだ。名字が同じせいか、驚くことになんの問題もなく手続きできた。

「おじいちゃんは元気？」

「うん、元気すぎてついて行けないくらいだよ」

お母さんは、自分によく似た人物を絵に描くことがある。生き生きして、楽しそうで、ふつうの大人なら気にすることをなんとも思わないような女の人だ。でも心のなかにいつも静かな悲しみを秘めている。その女の人は、笑ったかと思えばすぐに泣く。ページをめくるたびに表情が変わる。

ある時、お母さんは小さな女の子が出てくる絵本をつくった。その女の子は病気で寝たきりだったけど、おかげで絵を描く喜びを発見した。色鉛筆や絵の具を使ってたくさん絵を描くようになったんだ。その話は、きっとお母さん自身のことなんだと思う。だってその子は、お母さんと同じエレアっていう名前だったから。

お母さんは、水がたっぷり入った瓶に絵筆を浸すと、さりげなさを装うような口調でこう言った。

「あなたたちが、あれこれ詮索（せんさく）されたくないのはわかってる。でももし助けが必要になったら、こっちにも知らせてほしいの。時々、もしかしたら……」

お母さんはそこまで言って口をつぐんだ。長い沈黙が流れる。たぶん、それ以上話すつもりはないんだろう。いつの間にか、また紙の上に絵筆を走らせている。

「今はどんな話を書いてるの？」と、ぼくは聞いた。

お母さんが意味ありげな笑顔を浮かべる。

「わたしもあれこれ詮索されるのは好きじゃないのよ。その時が来たら教えてあげる」

「いつ？」

「さあ」

ぼくは階段を下りかけて、急に立ちどまった。

「お母さん、やっぱりひとつだけ言ってもいい？」

「何？」と、振り返らずにお母さんがたずねる。

「どうしておじいちゃんがおばあちゃんと離婚したのか、ぼくにはよくわからないんだ。だって、おじいちゃんの再スタートにおばあちゃんが反対するはずがないし、それにおじいちゃんは今でもおばあちゃんのことばかり考えてる。口には出さないけど、ぼくにはわかるんだ」

絵筆が紙の上で大きくすべる音がして、ピタリと止まった。短い沈黙の後、お母さんが言う。

「もうおじいちゃんのところへ行ってあげなさい。皇帝ナポレオンにはそれなりの事情があるのよ」

自転車を数分走らせると、町の反対側にあるおじいちゃんの家に着く。ぼくの家より小さくて、窓には青いよろい戸がついている。まるで海辺の漁師小屋のようだ。

家に入ると、リビングが蒸気で真っ白になっていた。数日前、すべての家具を部屋の真ん中に集めておいた。おじいちゃんが脚立（きゃたつ）の上に立って、スチームクリーナーのノズルを壁に押し当てている。クリーナーはドラゴンのようなうなり声を上げている。レルネのヒュドラをやっつけようとするヘラクレスのようだ。

水気をたっぷり吸った壁紙が、壁からたれ下がっている。句点改行が、その切れ端に嚙（か）みつこうとして飛び上がる。

「調子はどうだ、ココ？」

「超元気。陛下は？」

「サイコー。すこぶる元気だ。おれもこの壁のようにひと皮むけた気分だよ。おい、窓を開けてくれ。なんにも見えやしない」

窓から蒸気が外へ出ていく。白い雲状のものが外の空気に触れたとたんに消えた。お母さんが見たら、さっそく絵にするにちがいない。

おじいちゃんはスチームクリーナーのスイッチを切って、下地用のヘラをこっちへ投げた。ぼくはそれを空中でキャッチする。

「ナイスキャッチ。次は下塗りをしよう。午後にはペンキを塗りはじめるぞ。時間を無駄にしちゃならない。いいな、ココ？」

「わかった」

「いいか、姿勢を低くしてとにかく突き進め。奇襲をかけるんだ。戦いに勝つにはそれしか方法はない。時間がかかりすぎると敵は守りを固めてしまうから、勝つのが難しくなる」

おじいちゃんは脚立の上に立ち、細長い手足を伸ばして作業をしていた。糊と濡れた紙のにおいがつんと鼻をつく。

「ねえ、陛下、ロッキーとは知り合いだったの？」

ヘラを握るおじいちゃんの手が止まった。目を閉じて考えこむ顔をする。

「ロッキーとは……そうだな、少しだけな。同じジムで練習してたから、ロッカールームでたまにすれちがったよ。変わったやつだった。字が読めないから、ファンレターをもらっても封を切ろうともしない。すべての手紙を大きな袋に詰めてサンドバッグがわりにしてた。だからいつも『おれに手紙を書いてくれ。そうすればますます強くなれる』って言ってたんだ。ボクシング史上ただひとり、一度も負けたことがない。無敗のボクサーだ」

「でも、陛下だったら勝てたかもしれない」

「ココ、別の話をしないか？」

「ねえ、ロッキーに子供はいたの？」

おじいちゃんは布切れでヘラをぬぐった。その体は、床に散らばる壁紙のように薄っぺらだ。おじいちゃんがこっちを見る。その時突然、おばあちゃんのにおいがいつの間にか消えていることに気づいた。さっき、白い蒸気の雲といっしょに外へ出ていってしまったんだろう。これで本当におじいちゃんとふたりきりだ……そう思った瞬間、さみしさを感じたことを恥ずかしく思った。

「子供？　さあ、知らないな。おいで、そろそろ教養タイムだ」

おじいちゃんはそう言うと、ヘラを洗面器に投げ入れた。バスケットボール選手が自信たっぷりにシュートを決める時のような、無造作でエレガントなしぐさだった。

小さなトランジスタラジオからザーザーという音がする。数秒後、パーソナリティーの声がはっきりと聞こえてきた。

ぼくたちはこのクイズ番組のすべてが好きだった。テンションが高いパーソナリティーが「さあ、みんないっしょに！　せーの！　千ユーロクイズーーー！」と叫ぶオープニング。問題が出されたあとに会場を包みこむ耐えがたいような沈黙。シンキングタイムの終わりを告げる「チャラララン」という効果音。でも一番好きなのは、クイズを続けるかどうか挑戦者が悩んでいるあいだ、会場のお客さんが「もう一回！　もう一回！」とコールを送るところだ。

時々、「これでやめます。ドロップアウトします」と言う挑戦者もいる。そんな時、おじいちゃんは必ず「なんだ、このふぬけ野郎！」と叫んだ。

おじいちゃんはタクシー運転手をしていた頃、カーラジオでこの番組をよく聞いていたらしい。たとえお客さんが乗っていても、どんなに急いでいても、必ず路肩や非常駐車帯に車を停めて、この十五分番組に耳を傾けたそうだ。

長寿番組でパーソナリティーがしょっちゅう交代したので、おじいちゃんは途中で誰が誰だかわからなくなった。だから、すでにやめた人も、途中で死んだ人も、今やっている人も、みんな一緒くたにして「クイズのやつ」って呼んでいる。

さあ、いよいよ番組の始まりだ。おじいちゃんがオイルサーディンの缶詰を開ける。親指と人差し指でサーディンを一匹つまみ、句点改行に差しだした。句点改行はひと口でペロリと平らげてしまう。そして、唇からサーディンの尻尾の端っこをはみ出させたまま、おじいちゃんの脚に鼻先を押しつけた。おじいちゃんは残りの二匹をつぶしてペースト状にして、輪切りにしたバゲットに塗ってぼくにくれた。

「おれは料理人になるべきだったな」と、おじいちゃんが自分の分をかじりながら言った。

パーソナリティーが一問目を出題する。

「いいですか、これは難問です。どうしてノーベル賞には数学賞がないのでしょう？」

数秒が経過する。

「よく考えてください。難しい問題です。答えは思いがけないものです」

おじいちゃんも大きくうなずきながら考える。

「ココ、わかるか？」

ぼくは肩をすくめ、首を横に振る。

「チャラランし」と、シンキングタイムの終わりが告げられる。冷たくて、容赦のない音だ。

「いいですか？　ノーベルは愛する女性をある数学者に奪われてしまいました。そのうらみから数学者に賞を与えるのを拒んだのです」

おじいちゃんはこの手のエピソードが大好きだ。

「わはは、聞いたか、句点改行？　インテリってのはみんな頭がおかしいな」

突然、おじいちゃんが興味津々の表情で耳をそばだてた。眉をひそめながら、ラジオに近づいていく。

「しっ」

「ぼくは何も言ってないよ、陛下が……」

「静かにしろ、おい、今の聞いたか？」

ぼくにもはっきりと聞こえた。数日後、番組がこの町で生中継されるらしい。それなら、ぼくだってうれしいに決まってる。パーソナリティーはこの町の素晴らしさを次々と並べ立てる。

「森があって、皇帝ゆかりの城館があって、それから……そうそう、大きなスポーツセンターもあります」

「ようやくこの日がやってくるのか！　今か今かと待ちつづけていたが、とうとう来るんだな、この町に！」と、おじいちゃんが歓喜の声を上げた。

おじいちゃんはラジオを消し、膝の上で頬杖(ほおづえ)をつき、遠くを見るような表情になった。それから突然、手招きをしてぼくを呼びよせると、小声でささやいた。

「なあ、思うんだけど」

「うん、何？」

「クイズのやつ、はたして幸せなのかな。いつもこうしてあちこちに引きずり回されて、ちっとも落ち着いて暮らせないだろう？　しかもやらされるのはクイズを出すことだけだ。どう思う、こんな人生？」

「もしかしたら、クイズを出すのが好きなのかもよ」

「おれだったらうんざりだな。きっとクイズのやつもそうだぞ。さあ、景気づけに腕ずもうといこう！　それからまた仕事だ！」

手を組み合わせる。手のひらをくっつける。腕の筋肉に力をこめる。レディ、ゴー！　組んだ腕が左右に揺れる。しかめ面を見合わせる。次の瞬間、ぼくの腕が半回転する……うーん、やっぱり勝てない。

「居眠りしてても勝てるぞ。おれを負かすには百年早いな！」

おじいちゃんが立ち上がってキッチンへ向かった。雑誌から切りぬいたらしい写真が、ふたつのマグネットで冷蔵庫の上に留められている。

「ヴェネツィアはいいなあ、カナル・グランデにゴンドラが浮かんでてさ……」

第八章

数日後、家を訪ねると、おじいちゃんはバスルームにいた。バスタブのなかに泡だらけの句点改行がいて、おとなしくされるがままになっている。

「陛下、句点改行を洗ってるの？」

「よくわかったな！　すごい観察力だ！」

「食器用洗剤で？」

「この洗剤はいいぞ。ほら、独特のにおいがするだろう？　ランド産の松の樹液でつくったエコ洗剤だ。よし、もう終わったぞ！」

句点改行はバスタブから飛びだすと、水滴をぽたぽたと垂らしながらどこかへ行ってしまった。

「今日は仕事をしないの？」

ぼくがたずねると、おじいちゃんはタオルで念入りに手を拭きながらこう答えた。

「ひと休みしよう。準備しないと」

「うん、わかった」

ぼくは反射的にそう言ったけど、少ししてふと我に返った。

「え？　なんの準備？」

「一大プロジェクトの準備さ。すごく大きな、歴史的な計画だ」

そう言って、おじいちゃんはダイニングテーブルをコンコンコンと三回叩いた。ものごとがうまく行くための古くからのおまじないだ。

「ココ、失敗するはずはない。すべて計算済みだからな。この週末に練習しよう。おまえと句点改行は助手をやってくれ」

「陛下、聞いてもいい？」

「なんだ、なんでも聞きなさい。疑問点は今のうちにクリアにしておかないと」

「どうしてクイズのやつを誘拐するの？」

そう、おじいちゃんの一大プロジェクトとは、クイズ番組のパーソナリティーを誘拐することだったんだ。生中継会場のスポーツセンターに到着する前に連れ去るのだという。

「どうしてかって？　よく考えてみろ。あいつを自由にしてやるんだ。おい、そんな目で見るな。クイズばかり出してるみじめな仕事から解放してやるんだよ。牢獄から出してやって、シャバの空気を吸わせてやるんだ」

ぼくはあっけにとられた。おじいちゃんが説明すると、どんなことでもステキに聞こえてしまうところがすごい。

「でも本人はそうしたくないかもよ?」と、ぼくは言った。

「もちろん、本人は嫌がるだろう。じゃないと『誘拐』とは言わないからな。だがいずれはおれたちに感謝するようになる」

「陛下がそう思うならいいけど」

ルート、所要時間、道具、作業手順……すべて完璧に計算されていた。慎重に行わなくてはならないけど、もっとも重要なのは句点改行の役割だ。

おじいちゃんはリビングを行ったり来たりした。洗面器やペンキの缶があちこちに置かれていて、まるで舞台のセットのようだ。すっかりその気になっていて、かなり興奮しているようだ。

「やつの車を停める。やつが出てくる。有無を言わせず連れ去る。数秒後には、やつはそこから消えてしまう」

「どうやって?」

「おれの車のトランクに入れるんだ」

プジョー404のトランクはすごく大きい。その大きさが役立つ時が初めてやってきたのだ。でもこの手のプロジェクトは行き当たりばったりでは無理だ。入念なリハーサルが必要になる。

「じゃあ、ココ、明日からスタートだ」

そう言ってから、おじいちゃんは口にチャックをするしぐさをした。

「このことは絶対に口外するなよ。すべて台無しになるからな」

もちろん、口にチャックどころか、舌を縛りつけておくつもりだ。お母さんが日曜に市場で買ってくるロースト肉のように、ひもでぐるぐる巻きにして動かないようにしておきたいくらい。表向きは、ぼくはおじいちゃんの家で毎日改装の手伝いをしてることになっている。お父さんたちから進み具合について聞かれるたびに、シーラー、パテ処理、八十番の紙やすり、モールディング、養生など、もっともらしい単語を並べてごまかした。そして、おじいちゃんにわざとペンキをつけてもらった手を見せる。嘘をつくのは気がひけるけど、おじいちゃんはこの「一大プロジェクト」にそうとう入れこんでるみたいだから、裏切るわけにいかないんだ。

実際は、おじいちゃんといっしょに町はずれの運河に出かけていた。かつては川船が牽引(けんいん)されていたという静かな小道にプジョー404を停める。運河には、うち捨てられた川船がいくつか浮いていた。おじいちゃんによると、パーソナリティーの車はパリから国道でやってきて、この道から町へ入ってくるはずだという。だからぼくたちは、ここで隠れて待ち伏せをしていればいいんだ。

「やつは南から北上し、この道を通ってまっすぐスポーツセンターへ向かう。わざわざ別のルートを通って遠回りするはずがない」

ぼくはおじいちゃんのこういうところが好きだ。ああでもないこうでもないと考えすぎて時間を無駄にしたりはしない。リハーサル期間は三日しかないんだから。

「一分の狂いもなく、すべて計算済みだ」

おじいちゃんはドッグフードの袋のなかをごそごそとかきまわした。それから手をパンパンと叩き、足を踏みならし、車道の路肩にドッグフードをまき散らす。句点改行はその合図をきっかけに死んだふりをする。

「あとは、血に見せかけてケチャップを少しこぼせば完璧だ。クイズのやつは必ず心配して車から降りてくる」

「本当に？」

「当たり前だ。やつは以前、犬を飼ってると話してた。愛犬家に決まってる」

なるほど、それならいけるかもしれない。でもおじいちゃんは、ぼくが少しだけ疑っていたのを見ぬいたらしい。

「だが、もしおまえがおれの指示や戦略を信じられないなら……」

「ちがうよ、念のために聞いただけだよ！」

おじいちゃんは、人差し指であごをこつこつと叩きながら、宙を見つめて考えこむ顔をした。

「やつが犬の話をしたのは、そう、一九七九年一月十七日、ヴァランシエンヌ（フランス北部の町）で中継をした時だった」

「すごい記憶力だね！」

三日間のリハーサルで、ぼくは句点改行を助けようと車から降りるパーソナリティーの役を演じた。句点改行は、おじいちゃんの指示どおりに路肩にひっくりかえった。舌をだらんとたらして、どこからどう見ても死んでいるようにしか見えない。じつに見事な演技だった。

おじいちゃんは、うしろからしのびよって、ぼくを羽交(はが)いじめにし、手で口をふさいだ。ぼくは抵抗して暴れるふりをするけど、あっという間に車のトランクに入れられてしまう。おじいちゃんがストップウォッチを止めて言った。

「やつをトランクに閉じこめるまで十七秒。バッチリだ」

そして車の屋根をポンポンと叩いた。

「ナイスポンコツ、４０４」

このリハーサル期間中、ずっと胸の奥に何かが引っかかっているような感じがしていた。おじいちゃんがずいぶんと危なっかしい綱渡りをしているように見えたからだ。それでもぼくたちは、思いきり笑って楽しんだ。クイズのやつの誘拐プロジェクトは、この世で一番素晴らしいゲームだった。

お昼になると、おじいちゃんがオイルサーディンの缶詰を開けた。おじいちゃんが一匹放り投げると、句点改行がジャンプして空中でキャッチする。残りは一匹ずつポケットナイフの刃の上に広げ、輪切りにしたバゲットパンにのせてくれた。パンの白い部分に油が染みて、食べながら膝にぽたぽたと汁がたれる。それを見ながら、またふたりで笑った。

「ねえ、陛下、クイズのやつはトランクに閉じこめるんだよね？」

「そのとおり」

「でも、そのあとはどうするの？」

おじいちゃんがにやりと笑う。すでに何か考えているのだ。

「ふふん、何一つとしてなおざりにはしてないぞ。言っただろう？　すべて計算済みなんだ」

そう言って、運河に浮かんでいる一艘（そう）の川船を指さした。

「あれにやつを乗せる」

「逃げられちゃうんじゃない？」

「それはない。やつが冷たい水のなかを泳ぎたいなら別だがな。つまり、すぐに船を出してしまうのさ」

おじいちゃんはそう言ってゲラゲラ笑った。笑いすぎて、サーディンがパンから落ちそうになった。

「え、陛下が船を？」

「そうだ、驚いたか？　トンズラするつもりさ。いや、長いあいだじゃない、ほんの数週間さ。気分転換したいだけだ。ふん、ふぬけ野郎め、ざまあみろ。このおれを閉じこめておきたいなら、走ってきて捕まえてみろってんだ。おい、どうした、なんでそんな目で見る？」

「船のこぎ方は知ってるの？」

おじいちゃんは肩をすくめた。

「なんだ、そんなことか！　船なんて車とたいして変わらないさ」

「じゃあ、どこへ行くの？　クイズのやつといっしょに」

「ヴェネツィアさ。ちっぽけなラジオなんかとは別世界だ。やつもようやくこれでスポーツセンターの観客席や、いつ行っても紙がない多目的ホールのトイレ以外のものを見れるようになるだろう。広々とした空の下で夢のような生活を送るんだ！　ま、船の上でクイズばかり出されても困るけどな」

ぼくは思わず笑顔になる。カナル・グランデにおじいちゃんの川船が浮かんでいるところが目に浮かぶ。パーソナリティーはいろいろなクイズを矢継ぎ早に出して、おじいちゃんをうんざりさせるだろう。このプロジェクト、やっぱりすごくいい。忘れられないゲームになるはずだ。自分を最強だと信じてるおじいちゃんが、ぼくは大好きなんだ。

「そうそう、クイズのやつといえば……」

おじいちゃんがカーラジオのチューニングを始めた。パーソナリティーの声は、最初は小さかったけど、すぐにはっきり聞こえるようになった。次々と問題を出してはいるものの、声に元気がなくてマシュマロみたいにフニャフニャだ。たしかに、この人にはぼくたちが必要かもしれない。

「頑張れ、待ってろよ。もうすぐおまえにもツキが回ってくる。おれたちがついてるぞ！」と、おじいちゃんが励ますように言った。

第九章

水曜の朝。とうとう決行の日がやってきた。おじいちゃんは元気いっぱいだ。出かける前にちらっと家を振り返っている。ぼくはあまり眠れなかったせいで、今にもまぶたがくっつきそうだ。ワクワクしながらも、ちょっぴり不安を感じている。本当に誰にも言わなくてよかったのかな、と考える。でも自信たっぷりなおじいちゃんを見ているうちに、そんな不安はふっとんでしまった。

「全隊、前へ進め！」

ぼくたちはプジョー４０４で運河沿いの小道へ向かった。ドッグフードとケチャップも忘れずにトランクに入れた。句点改行は、アメリカの映画スターのように後部座席にゆったりと座っている。

目的地に到着した。おじいちゃんはサイドブレーキを引いて、時計をコンコンと叩いて動いているかどうかを確かめる。

「時計もバッチリだ。決行三十分前」

ぼくたちはいっしょに車のまわりを歩いた。タイヤに空気がちゃんと入っているかどうか、おじいちゃんが足で蹴って確かめる。ぼくもその真似(まね)をする。おじいちゃんはトランクの前で立ち止まり、あごをなでながら言った。

「ココ、そういえば、クイズのやつの背丈はどのくらいだろう？　どうでもいいことかもしれないが、ふと気になったんだ」

「知らない。ラジオだと姿が見えないからわからないよね」

「もしあいつがバカでかくてトランクに入りきらなくて、脚が外に飛び出てしまったらどうする？　笑いごとじゃすまないぞ」

おじいちゃんはすぐにトランクを開けた。

「ココ、試しにおれが入ってみる。背が高いおれでも収まるなら大丈夫だろう。さあ、急がないと」

おじいちゃんはトランクをまたいでなかに入った。斜めに横たわって、ぴったり収まるくらいの大きさだった。

「ココ、トランクを閉めてみろ。どんな感じか確かめてみる」

カシャンと閉まる。沈黙。なんの音もしない。そのまま数秒たった。

「おじいちゃん、そこにいる？」

「いるに決まってるだろ。どこへ行くって言うんだ、ツイストでも踊りに行ったと思ったか？」

ぼくは笑った。句点改行がぼくを見つめる。

「さあ、そろそろ開けてくれ」

「無理だよ。だって、鍵を持ってるのはおじいちゃんだもん」

沈黙。そして数秒後、おじいちゃんがつぶやいた。

「なんてこった、ちくちょう、くそったれ」

おじいちゃんはジタバタしたり、イライラしたり、ドアを足で蹴とばしたり、こぶしで叩いたりした。でもどうしようもない。つまり、トランクから出られなくなってしまったのだ。

「せっかくの計画が台なしだ！　おれの一大プロジェクトが！　もう少しですごいことになったはずなのに！」

車がガタガタと揺れ、サスペンションがギシギシと鳴る。そのまま数分がたち、十五分、そして三十分が経過した。

「せっかくすべて細かく計算しておいたのに！　もうおしまいだ！　おれとクイズのやつの夢の生活が！」と、おじいちゃんが嘆く。

「助けを呼ぼう。お父さんがスペアキーを持ってるはずだよ」

「ダメだ。いいか、絶対にダメだぞ」

「でも、そのままだと食事もできないよ」

「大丈夫だ。ドッグフードがある」

そうは言っても、このままでいるわけにいかない。サイクリングやジョギングで通りかかる人たちが、みんな不審そうにこっちを見ている。そりゃそうだろう、十歳の男の子がひとりでプジョー404に話しかけているんだから。やがておじいちゃんの息が荒くなり、咳をして、ゼイゼイと苦しそうにしはじめた。

ぼくもお腹がすいて、喉(のど)がかわいて、なんだか怖くなってきた。

「しょんべんがしたい」と、おじいちゃんが言う。

小一時間後、パトカーがやってきた。きっと通行人の誰かが通報したんだろう。車道の路肩に停車すると、制服を着た警官ふたりが降りてくる。それを見た句点改行は、すぐにあお向けになって死んだふりをした。

警官が来たことを伝えると、おじいちゃんは声を上げて笑いだした。

「何がそんなにおかしいの？」

「だって」

「だって、何？」

笑いすぎてしゃべれなくなりながらも、どうにか声をしぼりだす。

「おれを捕まえに来たんだろうが、遅かったようだな。もうとっくに自分で自分を捕まえちまったよ！」

警官たちはすぐに、おじいちゃんがとんでもないことになっているのに気づいた。ぼくは警官にお父さんの電話番号を教えるしかなかった。あるいは、ぼくが警察署に連れていかれるかのどっちかだ。

数分後、お父さんがやってきた。スペアキーを指でぐるぐる回しながら、警官たちと何か話しこんでいる。最初は厳しい表情をしていた警官たちが、だんだんと表情をやわらげていく。ひとりがこう言うのが聞こえてきた。

「ええ、わかります。わたしにも年老いた父親がいますから」

お父さんがトランクの鍵穴にキーを入れて回した。ところが、ドアは開かなかった。おじいちゃんが開かないようになかから押さえつけているらしい。

「いいからもう出ろよ」と、お父さんが命令する。

「絶対に出るもんか！」おじいちゃんが言い返す。「おまえ、仕事はないのか？」

「あるよ、山のように。でも父さんがここから出るまでは帰れないよ」

「帰ればいいじゃないか」

「は？　何言ってんだよ！」とうとう、お父さんは怒りだした。「父さんを助けるためにすべてをほっぽらかして来たんだよ！　なのに『帰ればいいじゃないか』だって？　他に言うべきことはないのかよ？」

それを聞いたおじいちゃんは、突然笑いだした。

「ははは、おれを助けるだと？　冗談はやめてくれ」

「そうだよ、助けてやるんだよ。悪いけどさ、今、そんなこと言える立場じゃないだろう？」

「ふん、おまえなんかに頼らなくても自分でどうにかするさ。ちょっとゲームをしてただけなんだから」

「じゃあ、ふたりでいったい何のゲームをしてたんだよ？　ぜひ教えてもらいたいもんだね」

「かくれんぼだ！」

「は？　かくれんぼ？　車のトランクで？　運河のそばで？」

その時、騒ぎを聞きつけた句点改行が、走ってきてお父さんに体当たりした。

「へえ、じゃあ、父さんの犬もいっしょにかくれんぼをしてたのかい？」

お父さんはそう言うと、トランクの上をこぶしで力いっぱい叩いた。叩いたところがわずかにへこんだ。

「父さん、いったいいくつになったと思ってるんだよ？」

「おまえよりも遠くにしょんべんを飛ばせる歳だ！」と、おじいちゃんは答えた。

第十章

次の日、おじいちゃんは冷蔵庫に貼られたカナル・グランデの写真をはがした。

「わざわざこんなところへ行っても疲れるだけさ、なあ、ココ。ヴェネツィアなんてどうでもいい。それに、どうやらこの町は臭いらしいぞ」

そう言いながら写真をしげしげとながめていたけど、突然、その写真をくしゃくしゃに丸めてゴミ箱に放り投げた。それから、ワニ口クリップを使って大きなペンキ缶のふたを開けた。

「どうせクイズのやつなんて、声しか知らない相手だしな」

たしかにプロジェクトは失敗に終わったけど、やっぱりここまでやってきてよかったと思う。そのおかげで、おじいちゃんは長旅から帰ってきた人のように、リフレッシュした表情で家の改装にのぞんでいる。やるべきことはたくさんあるんだ。ぼくたちはこれからここで、刷毛(はけ)やローラーをせっせと動かさなくちゃならない。

おじいちゃんがペンキ缶の中身を棒でかき混ぜる。

「ココ、今回の教訓だ。すべてを疑って、けっしてガードをゆるめるな。ちょっとでも油断すると袋小路に追いつめられる。狭いところに閉じこめられないよう気をつけないとな！」

そう言いながら、大きな刷毛でぼくの顔をなでた。

「やめてよ、くすぐったいよ」

ぼくの瞳に、冗談を言って笑うおじいちゃんの顔が映る。ぼくは笑いかえしながら、この瞬間のことを一生忘れまいと心に誓った。

「おい、ペンキをケチるなよ。もったいないなんて思わずにたっぷり使え。どうせ金を払ったのはおれじゃないんだから。ていねいに何回か重ね塗りしろ。時間はたっぷりある。あせる必要はないぞ。ちゃんと塗れば、少なくとも五年はもつからな」

「十年はいけるんじゃない？」

「そうだな、十年はいける」

今回のことは、おじいちゃんの心に小さな傷を残したらしい。口には出さないけど、胸の痛みはなかなか消えないようだ。最初の数日間、おじいちゃんはけっしてラジオをつけようとしなかった。クイズ番組が始まるお昼前になると、いつもの習慣から無意識にキッチンへ行って、トランジスタラジオのスイッチを入れようとする。ところがその瞬間、熱いものに触れてやけどでもしたかのように、あわてて手を引っこめるのだ。

しばらくすると、またあの番組を聞くようになったけど、いつも遠くを見るような目をしていた。もしかしたら、カナル・グランデのことを考えていたのかもしれない。

ペンキを塗りながら、おじいちゃんはひっきりなしにおしゃべりをした。とくに「タクシーマン」になった時のエピソードを、うれしそうに何度も繰りかえした。その出来事がなければ、運転手になどなっていなかったという。

「あれは、ロベール・ヴィルマンの試合を見に行った日のことだ。会場のサル・ワグラムから車で帰る途中だったんだ。かなり遅くて、午前二時頃だったと思う。まだ帰りたくないな、と思いながら信号待ちをしてると、窓をコンコンと叩く音がする。見ると、若くてかわいい女の子だった。『あいてますか?』と聞かれたから、『はい』って返事をした。そうさ、時間はいくらでもあったからな。するとその子は後ろのドアを開けてなかに入ってきたんだ。それがジョゼフィーヌだった」

おじいちゃんはその時、「これは運命だ」と思ったという。おばあちゃんはおじいちゃんの車をタクシーと間違えたのだ。この出会いがあったからこそ、おじいちゃんは本物の「タクシーマン」になって結婚をし、第二の人生がスタートしたんだ。

「本気で人生を変えたいと思ったら、くよくよ考えていてもしかたがない。おれはさっさとグローブを置いて、前へ進みだしたよ。それからは、いろんな人たちを車に乗せてきた。ココ、おまえには想像もつかないだろうな。金持ち、貧乏人、おしゃべり、無口なやつ、若いの、じじい、陰気なやつ、陽気なやつ、いいやつ、インテリだけど面倒くさいやつ、バカ。ありとあらゆるバカ」

おじいちゃんは、お客さんの打ち明け話を聞くのが好きだった。他の誰にも言えないようなことを聞かせてもらうと、なんだか自分がいちばんその人のことをよく知ってる気になるらしい。

「子供が生まれて父親になったばかりというやつ、これから入院するやつ、警察から逃げるために地球の裏側へ行こうとしてるやつ、笑いながら生きてるやつ、泣きながら生きてるやつ……いろんな乗客がいた」

最初の頃、たくさんのお客さんがおじいちゃんのことを知っていた。リングで戦う姿を会場で見たことがあるという人もいれば、新聞に写真が載っていたのでわかったという人もいた。だからよくサインを求められた。ロッキー戦での奇妙な負け方について、おじいちゃんに問いただす人もいた。

ボクシングをなつかしむ気持ちもなくはなかった。でもロッキーが死んだことは、そろそろ潮時だという証だった。そのことが、おじいちゃんにグローブを置く決心をつけさせてくれたのだ。

ペンキのにおいが充満する部屋で、おじいちゃんはこう言った。

「ココ、おまえにもいつかわかる。おれの人生の最大の喜びは、ロッキーが与えてくれたんだ」

それはどういう喜びだったんだろう？　でもおじいちゃんの口調は、ぼくがこれ以上質問することをかたくなに拒んでるように聞こえた。

「ちょっとシリアスになりすぎたな。よし、明るい音楽をかけよう。楽しくいい気分で仕事をするのは大事なことだ。新しい人生をスタートする時はなおさらだ」

たくさんのペンキ缶が並ぶそばに、トランジスタラジオが置いてあった。電源を入れると、クロード・フランソワの歌声が聞こえてきた。感電死する直前に発表された最後のヒット曲、『アレクサンドリ・アレクサンドラ』だ。

ぼくはきみの人生のなかにいる
ぼくはきみの腕のなかにいる

おじいちゃんがリズミカルに刷毛を動かしながら、歌詞を口ずさむ。腰をプリプリと振りながら、大きなペンキ缶に十五秒ごとに刷毛を浸す。どうやらこれからワンマンショーが始まるらしい。突然、おじいちゃんは片足を軸にしてクルクル回りだした。両脚を広げてピタリと立ち止まり、刷毛を放り投げる。刷毛は渦巻き模様を描きながら遠くへ飛んでいく。

頭をのけぞらせ、両手を大きく振り回してから、腕を高く上げて、鳥がはばたくように上下に動かす。一方の足を高く振りあげ、もう一方の足でステップを踏み、その場でジャンプする。お尻をくねらせ、後ろにくいっと突きだす。まるでクロクロのバックダンサーグループ、〈クローデット〉の一員のようだ。ちょっと毛深いけど、色っぽくて魅力的なダンサーだ。

「どうだ、ココ！　すごいだろう？」

肩を揺すり、あごを上げながら、前進したり後退したりし、ぴたりと立ち止まったかと思うと、今度は猛スピードで回転する。

「バッラクーダッ！」と、おじいちゃんは口を大きく開けて、コーラスに合わせて叫んだ。弧を描きながら動く太陽を目で追うようなしぐさをする。

ぼくは声を出すことも忘れて、そんなおじいちゃんの姿にうっとりと見入っていた。昆虫のように固そうに見える体なのに、軽々と回転し、かかとを床に打ちつけ、背中で組んでいた両腕を勢いよく広げる。

「陛下、すごく踊りがうまいね！　どこで覚えたの？」

「ブロードウェイさ！」

そう言いながら、ジーンズをへその上までさっと持ち上げる。

「待て、リフレインだ。さあ、これからだぞ！」

すべり台を一気に降りるように、いきなりリフレインに突入した。おじいちゃんは両腕を上げて、バイバイをするように左右に大きく振る。

「ウォーウォーウォーウォー」と、アレクサンドリアの人魚たちのコーラスに合わせて熱唱する。

「陛下、天才だよ！」ぼくは叫び、笑いころげた。「まさにバラクーダ（オニカマスのこと）だよ、チャンピオンだ、皇帝だ！　誰も陛下には勝てないよ！」

あとでアレクサンドルにも話したけど、ぼくは「おじいちゃんは永遠に不滅だ」とつくづく思った。ずっといっしょにいるんだ、ふたりで腕ずもうをしつづけるんだ。いつか、ぼくより先にいなくなっちゃうなんて信じられないよ……。

突然、ぼくは体を硬直させた。

「ねえ、ちょっと、気をつけ……」

遅かった。次第に激しくなる踊りに夢中になりすぎたおじいちゃんは、床に散乱している壁紙の上にうっかり乗っかってしまった。糊やペンキがべっとりついた壁紙に足を取られ、まるでスケートリンクのように勢いよくすべっていく。そして部屋の真ん中にあった家具にぶつかって、仰向け（あおむけ）にひっくり返った。

クロード・フランソワは、そんなこととは知らずに大声で唄いつづける。

今夜、ぼくは熱を出し、きみは寒さで死にそうになる
今夜、ぼくはダンス、ダンス、ダンスをする、きみのベッドのなかで

おじいちゃんは、起き上がることができなくなったゴキブリのように、ひっくり返ったまま脚をじたばたさせた。ぼくはそれを見て笑いころげた。だけどすぐに何かがおかしいと気づいた。部屋の空気が重苦しくなり、ぼくの笑い声が不自然に響く。

「おじいちゃん、大丈夫？」

「おじいちゃんと呼ぶな」

リングの上のレフェリーのように、ぼくはカウントを取る。

「1、2……」

「やめてくれ、ココ。数えたいのはおれのほうだ」

「数えるって、何を？」

「骨の数だよ。半分くらいなくなったような気がする。どうだ？　そっちから見ておれの骨はふつうにあるか？」

「うん、ふつうにあるみたいだよ」

クロード・フランソワがまた「バッラクーダッ」と叫んだ。

「悪いが、そいつの口をふさいでくれないか。クロクロのバラクーダにはうんざりだ」

ラジオを消すと、部屋がしんと静まりかえった。おじいちゃんはものすごく痛そうだった。歯をくいしばり、苦しそうなうめき声をもらしている。

「ココ、起き上がるのを手伝ってくれ。皇帝を見捨てるなよ。戦況は厳しい。敵に奇襲をかけられたんだ。ほら見ろ、わずかな油断が……」

「リベンジしよう」

「そうだな、悲観的になってはいけない。おれたちはふぬけじゃない」

ぼくはおじいちゃんを引っぱったけど、起き上がらせることはできなかった。重すぎたし、無理やり動かすと体がバラバラになってしまいそうだ。床にころがっているおじいちゃんの姿が子供のように小さく見える。

「なあ、ペンキ缶を引っぱってくれないか。足が抜けないんだ」

そう言われて初めて気づいた。立ち上がろうとしてもがいた時に、誤ってペンキ缶に片足をつっこんでしまったらしい。両手で缶をつかんで力いっぱい引っぱったけど、びくともしない。

おじいちゃんの体もいっしょに引っぱられてしまうのだ。

「なあ、ココ。こういう時はどうすればいいだろう？」

「味方に救援を要請したらどう？　皇帝陛下」

おじいちゃんは眉をひそめ、遠い目をした。助けに来てくれそうな人がいないか、考えているんだろう。でも誰もいないはずだ。おじいちゃんの友達はみんなもうあの世へ逝ってしまった。そしてとうとう、不満げな口調でこう言った。

「あいつか？　あのふぬけ野郎か？」

「他に方法がないよ、陛下」

「おれがあいつに助けを求めるのか？　このおれが？」

部屋は不気味な光に照らされていた。ペンキが中途半端に塗られた壁、紙や石膏の屑が散乱した床のせいで、まるで廃屋にいるようだった。おばあちゃんが出ていったのが遠い昔のことのように思える。日が傾きはじめ、亡霊のように大きな影が部屋を覆いつくそうとしていた。

「どうしよう、陛下……ねえ、お父さんを呼ぼうよ。時にはプライドを捨てることも大切だよ」

「そんなことより、水を持ってきてくれ。水を飲んで落ちつけば、いいアイデアが浮かぶかもしれない」

ぼくはコップに水を汲んでおじいちゃんに手渡した。でも、もちろん状況は変わらない。

「まったくクロクロのやつめ！　あいつが全部悪いんだ。バラクーダのバカ野郎！」

悪態をつくおじいちゃんの顔色は真っ青で、ひたいには脂汗が浮かんでいる。

「苦しい？」

「まさか！　だが、どうやら背骨が粉々になってしまったらしい。ココ、もしそのあたりに椎骨が落ちていたら拾っておいてくれ。それはおれのだから」

ぼくはまわりを探すふりをしてから、脚立のステップに腰かけた。

「どうしても助けを呼びたくないの？」

「またふぬけ野郎の話か？」

「ねえ、何がそんなに嫌なの？　だって、敵に奇襲をかけられて困ってるんだよ。援護を頼むのは当然じゃない？」

「いや、大丈夫だ。十五分もすれば立てるようになる。そしたらまたボウリングに行くぞ！」

「そうだ、いいことを思いついた。コインを投げて賭けようよ」

「よし。じゃあ、裏ならあいつを呼ばない。表なら……いや、やっぱり呼ばない！」

そう言って大声で笑ったが、すぐに真顔にもどって小声でぶつぶつ言いだした。

「じゃないと、おれは収容所送りにされちまう。あいつが今、そういう施設について調べてるのは知ってるんだ。設備はきちんとしてるらしいが、収容所は収容所だ。おまえもわかるだろう？　あいつがどういうやつか？　時間をかけて計画的にものごとを進めやがる。だからたとえどんなに用心してても、ある日突然あいつにやられちまうんだ。そして抵抗する間もなく、下(しも)のにおいがぷんぷんするじじい専用の収容所に放りこまれる。おれはじじいたちといっしょに暮らすなんてまっぴらだ。ずっとここでひとりでやっていくぞ。忠実な副官といっしょにな、いつかおれが……」

「いつかおれが？」

「いつかおれが……誰からも邪魔されないようになるまで、だ。おい、どこへ行く？」

「トイレ。そこにいてよね」

「悪いが、一杯飲みに出かけるかもしれんぞ！」

トイレに入ってドアを閉めた。その途端、ぼくはタイムスリップする。

ナポレオンの荒い息づかいが聞こえてきた。観客の叫び声。こぶしが相手の体にぶつかる音、宙を空振りする音。シューズがキュッキュッとリングの床をこする。ぼくは真正面からロッキーを見つめた。小さい頃からよく知っている顔だ。ぼくに何かを語りかけているように見える。

ロッキーとの最後の試合……あれは本当に八百長だったんだろうか？　ぼくにはどうしてもそうは思えなかった。ロッキーは八百長なんかしていない。ナポレオンは途中で戦うのをあきらめて、だからロッキーに負けたんじゃないだろうか？

でも今、おじいちゃんはけっしてあきらめない。最後まで戦いつづけるつもりなんだ。おじいちゃんは皇帝で、ぼくはその副官だから、絶対に最後まで見捨てない。もしおじいちゃんが嘘をついていても、それがどんな嘘であっても、きっと何か理由があるはずだ。ぼくはおじいちゃんを、その嘘も含めて丸ごと愛している。でもロッキー、本当のことを教えてほしいんだ。

「おお、やっと帰ってきたか。てっきりどこかの穴にでも落ちたのかと思ったぞ。おまえは小エビみたいに小さいからな、そうなってもおかしくない」

ぼくはおじいちゃんのそばにひざまずいた。

「ねえ、陛下、ぼくたちだけじゃ無理だよ。助けを呼ぼう」

おじいちゃんがじろりとにらみつけるので、ぼくは息を飲んだ。

「ぼく、怖いんだよ。おじいちゃんのことが心配なんだ」

ぼくがそう言うと、おじいちゃんは突然やさしい笑顔になった。ぼくは思わず泣きたくなる。

「おまえは正しい。兵士は恐怖を感じたらそれを口にすべきだ。よし、わかった、あいつを呼べ。だが、皇帝の尊厳を守る努力はしてほしい。おれたちはいったん退却するだけだ。敵に情けをこうたり、こびへつらったりはしない。同盟を結ぶだけだからな」

「オーケー。戦略的同盟だね？」

「おお、いいぞ、それだ、戦略的同盟だ。相手を油断させておいて、隙を狙ってやっつけてやる。おれたちはますます強くなってもどってくるぞ！　おまえ、ジョー・ルイスを知ってるか？」

「ううん」

「アメリカ人のボクサーだ。戦略的同盟はやつの得意技だった。途中であきらめたふりをして相手を油断させるんだ」

「へえ、じゃあそれと同じことをしようよ！」

「そうだ！　ふぬけ野郎を油断させてやっつけてやる！」

お父さんはすぐに電話に出た。ぼくの話にたいして驚いたふうでもなく、「今行く」と言ってため息をつく。

まるですでに外出着に着替えて、車のキーを手にして、ぼくからの電話を待っていたみたいだ。ここに到着するのは三十分後くらいだろう。ぼくは、どうしてお父さんとずっとぎくしゃくしてるのか、おじいちゃんに聞いてみた。てっきり話をはぐらかされると思ったけど、意外にもすんなり答えてくれた。

「おれはあいつを立派な人間に育てたかったんだ。何ごとにも真剣に取り組む人間にな。ところがあいつときたら……。あいつがリングに立ったところを見たら、おまえも笑いころげただろうよ。両手をだらんとたらしたまま棒立ちになって、あたりをきょろきょろ見回してるんだ。みんな大爆笑さ。恥ずかしいったらなかったよ！」

「おじいちゃんは、お父さんを自分と同じようにしたかったの？」

おじいちゃんは一瞬ためらった後、こう答えた。

「いや、自分に似てほしかったわけじゃないんだ。だがまさか、これほどまでに似てないとはな。あいつときたら、算数、化学、文学……そういうへんてこなものにしか関心がない。ああ、それから切手だ！　どっさり切手を集めてやがった。本もむさぼるように読んでたな。昔、場外馬券売場でおれが三連複をやってるあいだ、あいつを図書館に待たせておいたことがある。世の中にあれほどの本があるなんて、全然知らなかったよ。あいつはいつもぼうっとしてて、何かに必死になることなんかほとんどないくせに、宿題となると目の色を変えて取り組むんだ。なのに、ボクシングの試合に連れていくと、第二ラウンドで眠っちまう。目を覚ましたら覚ましたで、こんなことをしてるぐらいなら幾何学の復習をしておけばよかった、なんてぬかしやがる。まるで、おれが喜んだり満足したりすることをすべてリストアップしておいて、わざと真逆のことをしてるみたいだったよ。まあ結局、すべておれが悪いんだけどな」

「どうしておじいちゃんが悪いの？」

「育て方が悪かった。あいつの生活態度にもっと口出ししとけばよかったんだ。とことんスパルタにすべきだった。いずれにしても、おまえがいい子に育ってくれてホッとしてるよ。この手のことは、おそらく隔世遺伝なんだろうな」

急に痛みがやってきたのか、おじいちゃんはそこで話を中断した。それから、眉を上げてぼくにこうたずねた。

「おまえ、算数は何点だ？」

「二十点中三点だよ」

おじいちゃんが満足げに親指を立てる。

「このあいだの書きとりテストはどうだった？」

「間違いが三十七カ所。ほかにアクセント記号も間違えた」

「本当か？　嘘じゃないだろうな？」

「嘘じゃないよ、本当の本当だよ」

「宿題はどうしてる？　相変わらずか？」

「うん、相変わらず、まったくやらない」

「先生から注意されるか？」

「うん、新年度が始まってからもう六回くらい」

「悪くないな。だがもっと注意されてもいいぞ。連絡帳は親に見せてるか？」

「ううん、一度も見せてない」

「親のサイン欄はどうしてる？」

「お母さんのサインを真似して自分で書いてる」

おじいちゃんはうれしそうだ。きっと、ぼくが嘘をついているとわかっているだろう。でも、それはどうでもいいことなのだ。

「ねえ、あの話をしてよ、皇帝陛下」と、ぼくはせがんだ。

「またか？」

「うん」

「もう五十回は話してるんじゃないか？　まあ、いい、これが最後だぞ」

いつの頃だったたか、お父さんがたくさんの銀行の人たちを集めてしょっちゅう講演をしていたことがあった。数字とかデータとかパーセンテージとかグラフとかをたくさん使った、かなり難しい話だったらしい。

「あんなの、おもしろくもなんともないぞ。退屈きわまりない！」

当時、おじいちゃんはお父さんの誕生日に、きれいな黒いネクタイをプレゼントした。お父さんは、おじいちゃんが仲直りの印にそれをくれたのだと思ってとても喜んだ。

「父さん、ありがとう！　さっそく明日の講演会につけていくよ」と、感きわまったようすで言う。

「そうか、じゃあ、おれも見に行くよ」

「え、本当に？」

ようやく自分の仕事が認められたと思ったのか、お父さんはうれしそうだった。でもじつは、おじいちゃんが贈ったネクタイは、いわゆる「いたずらグッズ」だったのだ。暗くなると、人魚のような裸の女の人の姿が蛍光色で浮かび上がる。当日、スライド上映のために照明が落とされると、場内にひそひそ声が広がり、しまいには大爆笑に包まれた。その後、銀行業界の人たちの間でお父さんは一躍有名人になり、「蛍光ネクタイの人」と呼ばれるようになったという。

その日、お父さんはカンカンに怒って帰ってきた。興奮した牡牛(おうし)のように、手当たり次第にものをこわしかねない勢いだった。

「父さんのせいでひどい目にあった！　これでぼくはもうおしまいだ！」

「大げさだな。ようやくおまえも人を笑わせることができたっていうのに」

このエピソードを聞くたびに、ぼくはつらく悲しい気持ちになる。それなのに、なぜか何度もおじいちゃんにこの話をせがんでしまう。おじいちゃんからようやく認められたと思ったお父さんは、どれほどうれしかったことだろう。それなのにたくさんの人たちの前で恥をかかされて、どれほどつらく、悲しかっただろう。そう思うと、ぼくの胸はしめつけられる。

今日はきっと、ぼくたちふたりにとって大きな意味を持つ日になる……なぜかそういう気がしたので、この件について前から気になっていたことを思いきって聞いてみようと思った。

「ねえ、どうして陛下はあんなことをしたの？」

「おれなりの理由があった」おじいちゃんはそっけなく答えた。「でもその時から、おれはもう諦めたんだ。失敗した、もう無理だ、とわかったからさ」

「いったい何が？」

いきなりおじいちゃんが泣きじゃくりはじめた……と思ったら、お父さんの車のエンジン音だった。玄関のドアが開く音がする。

「ほら、おいでなすった」おじいちゃんが小声で言った。「あいつ、おれがこんなふうに床にころがってるとは想像もしてないだろうな」

「それから？　そのあとどうなったの？」アレクサンドルは興奮しながら言った。「早く聞かせてよ！」

「おじいちゃんを病院へ連れていったんだ。結局、入院することになったよ。本人は嫌がってたけどね。廊下中に響きわたる大声でわめき散らしてた。アスピリンを二錠飲めば治るってね」

「で、実際は？　どうだったの？」

「脊椎骨折（せきつい）。でもおじいちゃんは信じようとしないんだ。単なるぎっくり腰だって言いはって。お父さんがおじいちゃんを病院に監禁するために医者を買収したんだって怒ってた」

「宿題、テスト、先生からの注意のことだって、本当じゃないんだろう？」

「うん。本当は、宿題をやり終えてからリストに『済』の印をつけるのが大好きなんだ。でもおじいちゃんといる時、ぼくは違う人間になる。おじいちゃんに似ているふりをする。いつも自由で、冒険が好きなふりをする。だって、ぼくがそうすると、おじいちゃんはとてもうれしそうだし、生きる希望を与えてあげられる気がするんだ」

「句点改行はどうしてるの？」

「うちで預かってるよ。おじいちゃんの家に置きざりにはできないからね。お母さんはさっそく犬の絵を描いてる。辛抱強いモデルだって感心してた」

学校からの帰り道、ぼくたちはふたり並んで歩いていた。すると、アレクサンドルが急に立ち止まり、上着のポケットに手をつっこんだ。いつも同じ服装だ。ビロードの上着、膝がすり切れたズボン、ソールがすり減ったスニーカー。どうやらアレクサンドルの家はあまり裕福ではないらしい。

「きみの話、すごくよかった。はい、あげる」

アレクサンドルはそう言うと、ぼくにビー玉を差しだした。

突然、アレクサンドルは地面に視線を落とした。ボロボロのスニーカーのすぐそばを小さな虫が歩いている。アレクサンドルはその虫を二本の指でつまみ上げた。

「かわいそうに、こんなにバタバタもがいて。こんなところにいたら、いつ誰に踏みつぶされるかわからないじゃないか」

おばあちゃんからの手紙

かわいいレオナールへ

あたしがこっちに来てから少し時間がたったので、近況を知らせたいのだけど、電話だと言いたいことがたくさんありすぎて、受話器を置いたあとに「ああ、あれも話せばよかった、そういえばこれも」っていつも思うから、こうして手紙を書くことにしたんだけど、手紙っていうのは時間がかかって、言葉を選んだり、切手や封筒を買ったり、ポストに出しに行ったりしなくちゃならなくて、ちょっとしたスポーツみたいなんだけど、見ればわかると思うけどあたしは句点の使い方がよくわからなくて、まったくうまく書けてないと思うし、間違いもいっぱいあると思うけど、でも言ってることはわかると思うから大目に見てね

時間がたくさんあって、あまりにもありすぎて、何をしたらいいかよくわからないほどで、もしこれだけの時間をどこかに売りとばすことができるのなら、あたしは億万長者になるんじゃないかと思うほどで、でも最初はこんなにたっぷり時間があることに気づかなくて、むしろその逆で、一分たりとも自分のために時間なんて使えなくて、あちこち駆けずりまわったり、

新しい家に家具を配置したり、こまごまとしたものを片づけたり、庭に植物を植えたり、雑草を抜いたりしてて、だからゆっくり考える時間がまったくなくて、あなたのおじいちゃんのことも、あなたたち家族のことも、他の人たちや自分のことも、まったく考えなかったの。

でも一週間もするとやることがなくなって、なんだかすごく落ちこんじゃって、朝起きた時も落ちこんでるし、夜寝る時も落ちこんでるし、昼間はずっとめそめそ泣いてるし、それはたくさんの思い出のせいで、思い出っていうのはふたりでいる時は楽しいのに、ひとりきりになるとつらくなるもので、だからあたしはワンワン泣いて、てっきり外で雨が降ってるのかと思ったくらいで、でもどうにかして元気を出さなくちゃいけないと思ったんだけど、

あなたのおじいちゃんは、指をパチンと鳴らせばすぐに忘れられるようなタイプの人じゃなくて、嵐のような人で、でもその嵐がこうやってぴたりと止んでしまうとおかしなもので、けっこう被害を受けていたことに今さら気づいて、あちこちがヒビだらけになっていて、だから修理をしなくちゃならなくて、

いっしょにいると疲れるし、わがままなクソじじいなんだけど、でもやっぱり一生愛せずにはいられないタイプの人で、こう見えてもあたしはあの人があのおかしな頭で何を考えてるかよくわかってて、いずれあなたもわかるとは思うけど。

だからあたしは頑張って外に出て、昔の女友達に会うことにしたんだけど、ほとんどの子がもうどこかわからないところに行っちゃって、そのうち三人はお墓に入ってることがわかったんだけど、それだとおしゃべりもできないし、結局このあたりにいるのはふたりだけで、でも

そのふたりが世界一へんくつな人たちで、学生時代には嫌でたまらなかったんだけど、とりあえずその人たちとお茶をしたら、ひとりはオナラばかりしてて、本当に二分置きにぶうぶうオナラをするもんだから、もう笑いをこらえるのが必死で、しかもオナラをしながら悪口ばかり言って、それはもう男、女、年寄り、動物って世界中の生き物を悪く言ってるし、もうひとりはもうひとりで、十秒置きに馬みたいにヒンヒンした声で「あたしは仔牛（こうし）のシチューが食べたいわ」とか食べ物の話しかしないし、オナラ女と食いしん坊しかいなくてあたしはすっかりうんざりして、もう女友達に会うのはやめにしたの。

　そうそう、馬といえば、競馬の三連複をやりはじめて、場外馬券売場があるカフェに毎朝通って、カフェ・オ・レを飲みながらマークシートに印をつけたりしてるんだけど、あたしがこんなことを始めるなんてまったく思いもよらなくて、だから馬のことも何もかもさっぱりわからないので、適当に印をつけてるからまるで当たらなくて、もしかしたら競馬新聞とやらに「ビギナーのための競馬」的な記事が載ってないかしらと、昨日買ってみようと思って、カフェの新聞売り場で適当なものを選んで、うちに帰って読んだら、じつはそれは競馬新聞じゃなくて、競馬のことなんか何ひとつ載ってなくて、おそらく誰かが競馬新聞置き場に別の新聞を置いたらしくて、広告ばかり載ってる新聞だったんだけど、それもパートナーを見つける広告ばかりで、パートナーっていっても犬じゃなくて人間のことで、最初はそれをお店に返して「あたしが欲しいのは馬の情報であって人間じゃないのよ」って言おうと思ったんだけど、試しにその広告をひとつ読んでみたら、なぜかもうひとつ読みたくなって、気がついたら真夜中まで読みつづけていたの。年寄り、若い子、背が低いの、高いの、金持ち、貧乏人……いろんな人たちがパートナーを探してて、自分はこんな人間です、何が好きです、何が嫌いですとか、もう想像を絶する感じで、一度読みはじめたらやめられなくなって、まるで催眠術をかけられたみたいよ。その新聞は毎週火曜に出るんですって。で、明日はその火曜なの。

じゃあね

あなたを大好きなおばあちゃんより

追伸　あの頑固なナポレオンからあたしの近況を知ってるかって聞かれても、知らないって言ってちょうだいね、いずれ本人から連絡があるでしょうけど、できれば百年以内にしてほしいものね、じゃないと、たいして話すことがなくなってしまいそうだから

再追伸　「追伸」ってなんかカッコいいわね。

再々追伸　もしあなたが句点を発明した人に会ったら、あたしのかわりに「あっかんべえ」をしといてちょうだい。

第十一章

　おじいちゃんの病室は最上階にある。窓を開けることはできないけど、窓ガラスを通して素晴らしい景色をながめることができる。木々が生い茂る小山のあいだを抜けて、くねくねと流れるセーヌ川。その流れに沿うように走る郊外電車。その奥にはもやがかかった地平線が広がって、空港の滑走路が延びているのがうっすらと見える。キラキラ光る飛行機が、次々と飛び立ったり着陸したりしている。

　お父さんは、おじいちゃんがひとりでゆっくり過ごせるよう、追加料金を支払って個室を取ってあげた。わざわざテレビも置いた。そして、おばあちゃんに電話をするようにと、おじいちゃんに言った。

「もしあいつに知らせたら、ただじゃすまないからな。おまえってやつは本当に、何ひとつできないくせに、おれを侮辱することにかけては天才的だな。おれがちょっと弱ってると見ると、すぐにとどめを刺そうとする。ジャッカルのようなやつだ」

　ぼくは入院した翌日におじいちゃんに会いに行った。おじいちゃんはぼくの姿を見るとすぐ、挨拶（あいさつ）もせずにこう言った。

「おまえの父親ときたら、おれを追いつめることしか考えてない。もし今が戦時中だったら、おれはあいつにゲシュタポに売られてたよ。間違いない」

「陛下、戦争を経験したの？」

「いや。戦争が始まった時、ちょうどアメリカにいたんだ。だから、これ幸いとそのまま向こうにとどまった。戦争してるやつらの事情なんて知ったこっちゃないからな。殴り合いは好きだが、紳士的なやり方に限る」

「ロッキーとはアメリカで出会ったの？」

「ああ、ちょうど戦争が始まった頃だった。同じジムでトレーニングしてたんだ」

おじいちゃんの体はあまりにも薄っぺらで、ベッドの上には掛け布団しかないように見える。それでもカッコよかった。ふさふさした白い髪がとてもきれいだ。おじいちゃんはふいに首を横に向けて、窓の外をながめた。

「なあ、ココ、少しばかり長く生きてるとな……いや、言っておくがおれはじじいじゃないぞ、つまり、ある程度人間として成熟するとだな、いろいろなことが奇妙に思えてくるんだ」

そう言って、おじいちゃんは窓のほうを指さした。自分の意志ではなく、天井からぶら下がる見えない糸に引っぱられているような動き方だった。

「ひっきりなしにやってくる列車、五分置きに通る川船、次々と行き来する飛行機、ずらりと並ぶ車の列……まったく人間ってのはどうしてこうも移動しつづけるんだ？　そんなに急いでどこかへ行って何をするんだろう？　おまえ、わかるか？　ココ？」

「ううん、わかんない」

おじいちゃんはしみじみと感慨に浸っているようだった。思えば、「タクシーマン」の頃からそうだったのだ。お客さんを観察し、その人の人生を想像し、どうしてその場所へ向かっているのかいつも考えていた。

当時、毎年ぼくの誕生日になると、タクシーの助手席にぼくを乗せてくれた。

「あいてますか？」

お客さんにそうたずねられると、「はい。で、あんたは？」と聞き返す。相手は驚いて、車に乗ってからもしばらく怪訝（けげん）そうな顔をしている。ぼくたちはエスペラント語で話しながら、お客さんがどんな人かをあれこれと想像した。どこから来たんだろう？　愛人の家から出てきたんじゃないか。どんな仕事をしているんだろう？　葬儀屋か、それとも傘屋か。でも正解はわからない。

メーターはこわれていて、ずっと「０００の」のままだった。だからおじいちゃんはいつも適当な金額を請求した。でも文句を言うお客さんはひとりもいなかった。ぼくはその代金を自分のポケットに入れる。

「誕プレだ」と、おじいちゃんは言った。

おじいちゃんは、この動かないメーターにある種の憎しみを抱いていた。何年ものあいだ、そのメーターが示す数字におとなしく従ってきたけど、本当はそのチクタクいう音が大嫌いだった。人生の残り時間をカウントされているように感じたからだ。

「ある日、こいつを靴で一発ぶったたいてやったんだ。そしたらどうだ、びくともしなくなったよ。メーターなんかにだまされちゃいけない。こわしちまうのがいちばんだ。じゃないと、こいつに人生を食われてしまう」

タクシー運転手時代についての唯一の心残りは、助手席に句点改行を乗せられなかったことだという。こうして入院していても、句点改行に会えないのがさみしくてしかたがないようだった。

「腹を立ててもしょうがないよ。犬は面会できない決まりなんだから」と、お父さんが言う。

「ラ・センコヨヌロヨン・オニ・プリ・ギュステ・マルペルメース！（むしろ、ふぬけ野郎を面会できない決まりにするべきだ！）」

「なんて言ったんだい？」と、お父さんがたずねる。

「別に。それならしょうがないな、って言っただけだよ」

翌日、おじいちゃんのさみしさを紛らわすため、ぼくはお母さんが描いた句点改行の絵を持ってきた。おすわりをしているところの横顔だ。茶目っ気のある目つきをして、笑いたいのを我慢しているように見える。今にも吠えだしたり、ひげをぴくぴく動かしたりしそうだ。

「ココ、おまえがいてくれてよかったよ。ほら、この句点改行、今にも尻尾を振りそうじゃないか。正直、おまえの父親にはもったいないな」

「何が？」

「おまえの母さんさ。もしおれに娘がいたら、おまえの母さんに似てる子がよかったな。余計なことをしゃべらないところもいい。女性にしては珍しい。素晴らしいことだ。絵もうまいしな。あんなふうに絵が描ければ、言葉なんて必要ない。人間はいつだってしゃべりすぎる。おまえの母さんはそこをよくわかってるんだ」

それから数日後、とうとうおじいちゃんは絵だけでは我慢できなくなったらしい。どうしても句点改行の姿が見たいという。

「遠くからでいい。こんなことを頼めるのはおまえしかいない。おまえだけが頼りなんだよ」

ぼくは、句点改行を病院の駐車場まで連れてくることにした。アレクサンドルもつき合ってくれた。アレクサンドルは句点改行に自分の帽子をかぶせ、そのこっけいな姿を見て大笑いした。そんなふうに声を上げて笑うのを見たのは初めてだ。天まで届くほどよく響く、まっすぐな笑い声だった。

おじいちゃんは、ベッドに入ったまま窓のほうを向き、句点改行が散歩する姿をずっと目で追っていた。句点改行は何もない駐車場にすぐに飽きてしまい、うんちをして不満をアピールする。そして、ご主人の姿を探すかのように顔を上へ向けた。句点改行は飛行機が滑走路に向かって降りていくのをじっとながめていた。そして、駐車場に車が入ってくると、すぐにあお向けに寝転がって死んだふりをした。

入院して十日目、おじいちゃんは車椅子に乗って移動できるようになった。もの悲しそうだった表情が一変し、本来の反抗心むきだしの顔にもどっている。檻に入れられたライオンのように部屋のなかを行ったり来たりしながら、食事の内容からテレビ番組まで、ありとあらゆることへの不平を口にした。

「おい、ココ、ここは下のにおいがするぞ！　それからあの研修生のやつ、信じられないくらい口が臭いんだ。ギネス級だぞ。笑うと屁みたいなにおいがする。ぜひ『口臭コンテスト』に出場してほしいもんだ。それからこのテレビだ！　特定のチャンネルしか観られないように設定されてて、つまんないったらありゃしない。ウエスタン、ボクシングの試合中継、ボウリングのドキュメンタリー、車の番組、裸の女性……そういうのは何ひとつやってない！　経済、金融危機、株式相場……そんなのばかりだ。テレビのふぬけ野郎め！」

病院からなかなか出られないのはお父さんが手を回したせいだ、とおじいちゃんは言い張った。

「ココ、やつらはおれの息の根を止めようとしてる。計画はすでに進行中だ。何をしてると思う？　おれにきちんとした食事を与えないんだ！」

「ひどいね」と、ぼくは答えた。

「ソーセージもない！　信じられるか？　たかがぎっくり腰のために！」

「骨折だよ、おじいちゃん。しかも脊椎の」

「同じようなもんだ。ぎっくり腰を理由に、やつらはおれを収容所送りにするつもりなんだ。治療のためだと？　くそったれ！　おれをこんなところに閉じこめたのは、時間稼ぎのために決まってる。今頃おまえの父親は、じじいのための施設を必死になって探してるだろう。山のようなパンフレットから一番安いやつを見つけようとしてるんだ。それに、もし本当におれを治療したいのなら、ソーセージくらい食べさせてくれたっていいじゃないか」

ミニサイズのカクテルウィンナーが大好物のおじいちゃんは、ぼくに向けて意味ありげにウインクした。

「おまえならどうにかしてくれるだろう？　人助けだと思って頼むよ。ミニソーセージを一ダースでいいから」

「わかった。でも大変なケガをしたことは確かなんだから、ちゃんと節制しないとね」

「ロッキーがこんなことで節制したと思うか？　あいつがぎっくり腰なんかのせいでリングを降りたと思うか？　ありえない。あいつなら最後まで戦うさ。パンッ、パンッ、パンッって、こんなふうにな」

どうやらおじいちゃんはロッキーとかなり親しかったようだ。単なる顔見知りかと思ってたのに、入院中に聞いた話によると、戦時中はアメリカでアパートの部屋をシェアしてたらしい。二段ベットをいっしょに使ってたという。ふたりが同じベッドの上下で寝ていたところを想像すると、なんだかほほえましい。

ロッキーの両親は、ロッキーが生まれる十年前にイタリアから渡米したそうだ。ふたりとも貧しい家に生まれて、細々と結婚生活を送り、貧しいまま死んでいったという。ふたりの人生における唯一の幸せはロッキーが生まれたことで、唯一の喜びはロッキーが一歳の時に命にかかわるほど重い肺炎から無事に回復したことだった。

勝利を追求するロッキーのとめどないエネルギーは、両親の貧しさ、そして自分が病気で死にかけた記憶からわいていたのだ。その人生は、終わりのない復讐（ふくしゅう）だったのかもしれない。

「貧しさと病気がロッキーというボクサーをつくりあげた。本名はロベルトっていうんだ」

おじいちゃんは、自分にとってロッキーがどういう存在だったかを教えてくれた。

「ひとりのボクサーのおかげで、別のボクサーが誕生することがある。おれの場合もそうだ。ロッキーがおれをボクサーにしてくれたんだ」

よくわからなかったけど、どういう意味かをたずねる勇気はなかった。でも、ちょうどぼくも似たようなことを思っていたのだ。ひとりの祖父が自分の孫に与えることができるすべてを、おじいちゃんはぼくに与えてくれている。すると、まるでぼくの心を読んだかのようにおじいちゃんは言った。

「ココ、ありがとう。おまえがいてくれて本当によかった。でないと、この帝国はどうなっていたかわからないぞ。さあ、ラジオをつけてくれ。教養を身につけるのはけっして毒にはならないだろう」

いつものパーソナリティーの、穏やかで、明るく、ハキハキとした声が聞こえてくる。きっと千年後も、同じ元気な声でクイズを出しつづけているんだろう。ぼくはおじいちゃんの顔をちらっと横目でうかがった。笑顔をつくってはいたけど、どことなく複雑な表情を浮かべている。

「さあ、青のクイズです。ヴィクトル・ユゴーは何歳まで生きたでしょう？」

回答者たちはみんなぶつぶつ言いながら、答えを決めかねていた。パーソナリティーがそっとヒントを出す。

「我々が誇る文豪はかなり長生きしたようですよ……」

「七十五歳！」と、ひとりの回答者が言った。それを聞いたおじいちゃんは怒りを爆発させた。

「長生きで七十五歳だと？　バカか、こいつは！」

「残念。正解は八十三歳です。ユゴーはかなり高齢になるまで生きたんですね」

観衆が盛大な拍手を送る。

「おい、ラジオを止めてくれ！　八十三歳で『かなり高齢』だと？　ふざけたことを言いやがって！　青二才め！　こいつ、よっぽど体が弱いんだな。クイズのやつめ、一度活を入れてやらなきゃならん。やっぱりこいつには、ヴェネツィアまでの長旅が必要だった。ずっと閉じこもってるせいでカビ臭くなりやがって」

そのとき部屋のドアが開き、ナース服を着た若い看護師さんが回診用カートを押して入ってきた。カートの上には、包帯、ガーゼ、体温計などがのっている。

「治療の時間ですよ！」と、かん高い声で言う。

「治療だと？　余計なことばかりしやがって」

おじいちゃんはそう言うと、車椅子でトイレのほうへ向かった。

「どこへ行くんですか？」

「しょんべんだ。まさかそれも禁止とは言わないだろうな」

そしてトイレからもどると、看護師さんに向かって大声で言った。

「言っておくが、こいつはおれの助手だからここにいてもらうぞ。こっそりおれに毒を盛ろうったって無駄だからな」

看護師さんは肩をすくめ、カラフルな錠剤をいくつかと、コップ一杯の水を準備し、笑顔でおじいちゃんに手渡した。その後、一瞬の隙をついて、おじいちゃんの口のなかに体温計を突っこんだ。

「ふつうは口では計らないの。でもこうしておけば、少なくとも数分間はこの人を黙らせておけるでしょう？　あなたのおじいさん、すごくやかましいのよ。名は体を表すって本当ね」と、看護師さんはぼくに向かって小声で言った。

おじいちゃんが目に怒りを浮かべて、看護師さんをにらみつける。よかった、それだけ怒れるなら元気な証拠だ。

看護師さんが口から体温計を抜き、数値を確かめた。

「四十一度もある！　変ね、こんなに元気そうなのに」

「お嬢さん、そう言ってもらえてうれしいよ」

おじいちゃんはそう言うと、ぼくのほうを振り返った。

「ベッラス・ラ・フレギスティーノ、チュー・ネー？（この看護師、なかなかいい女だと思わないか？）」

「なんて言ったの？」と、看護師さんがぼくにたずねる。

「別に。親切な看護師さんだなって」

看護師さんがベッドメイクを始めると、おじいちゃんがぼくに手まねきをした。

「なあ、ココ。おれはあまり目がよくないんだが、あれ、なんて書いてある？　看護師のブラウスについてるやつ」

「ブラウスに？」

「そうだ、右のおっぱいのあたり」

「ええとね、『ジェリアトリック』だって」

突然、おじいちゃんの目が丸くなった。ビー玉みたいな瞳だ。青い顔をして、口を真一文字に結んでいる。

「くそったれ。ココ、間違いないな？」

ぼくはこっくりとうなずいた。

「おじいちゃん、いったいどうしたの？」

「おい、おれをおじいちゃんと呼ぶなと言ったろう？　まったく冗談じゃない」

台風警報発令。おじいちゃんは看護師さんのブラウスの胸のあたりを、ナイフのように鋭い目つきでにらみつけた。

「おい、看護師さんよ！」と、大声で呼びつける。

「はい、何でしょうか！」と、看護師さんはその声に飛び上がって答えた。

「そこになんて書いてある？」

「え？　どこですか？」

いきなり胸を指されたせいで、反射的に後ずさりしている。

「そこだって言ってるだろう。耳が悪いのか、あんたは」

ずいぶんと乱暴な口調だ。看護師さんもすっかりめんくらって、見るからにおどおどしはじめた。

「待っててやるからあわてるな。だが言っておくが、おれの我慢にも限度があるぞ」

「あ、ここですか？　ご覧のように『ジェリアトリック』です」

おじいちゃんは固い表情のまま腕組みをした。

「おれだってそのくらいは読める」

「わたしの担当科の名称です。ジェリアトリック科で働いてるから、ジェリアトリックって書いてあるだけですけど？」

そう言いながら、看護師さんは少しだけ申し訳なさそうにした。

「そうか、よろしい。では、大変お手数だが、辞書を一冊貸してくれないか」

「辞書？　ああ、テレビ番組のスクラブルクイズ選手権ですね！　指定された文字と文字数で単語をつくるクイズ。あれを観るには辞書が……あれ？　決勝戦、延期になったんですか？」

「違う。『人をバカにするのもいい加減にしろでないとひどい目にあうぞ』という番組の生放送だ」

看護師さんは、なぜおじいちゃんが怒っているのかさっぱりわからないようで、首をひねりながら部屋を出ていった。

「いいか、ココ、おれはあの子に対して怒ってるんじゃないんだ。ただ、ものごとにはきちんとしておかないといけないことがある。そういうことをなるべく早めにクリアにしておけば、あとはうまくいく」

十分後、もどってきた看護師さんが、おじいちゃんに辞書を差しだした。

「隣の病室の患者さんから借りてきました。言葉遊びのボードゲームをするのに使ってるんですって」

おじいちゃんはぼくのほうをちらりと横目で見て、こう言った。

「アルクローチュ・ヴィン、ブーボ、フォルテ・スクイヂョス（見てろよ、ココ、すごいことになるぞ）」

そして車椅子の車輪を手で回しながら、看護師さんのすぐそばに近寄った。

「あんたや隣のやつのことなんかどうでもいい。おれには関係ない。早く『ジェリアトリック』を引いてみてくれ」

看護師さんは、ピンク色の舌を口から少し出しながら、辞書をめくる。

「ジェリアトリック……あ、あったわ」

「字が読めるなら、読んでみろ」

「ええと、『高齢者を専門とする医学の一分科（老年科）』とあります」

看護師さんはそう言うと、顔を上げてにっこりと笑った。

「へえ、ギリシャ語が語源なんですって。ビックリ、全然知らなかった。辞書っていろんなことを教えてくれるんですね。どうです？　これで納得されました？」

おじいちゃんは車椅子の肘かけに爪を立てた。こめかみに青い血管の筋が浮かび上がっている。

「おれが納得したかって？　ふざけんじゃない。なんでこのおれが『じじいのための診療科』にいなくちゃいけないんだ!?」

看護師さんは、まるで船を丸ごと海に沈めようとする八十六歳の海賊を相手にしているかのような表情で、完全に途方に暮れていた。

「おれを頭のおかしいじじいたちといっしょにするな！　おれは無理難題はひとつも言ってないぞ。ただ間違いを認めろと言ってるんだ。わかったか！」と、おじいちゃんがとどめを刺すように怒鳴りつける。

看護師さんはそそくさと出ていった。

窓の外では、夕陽が町を真っ赤に染めていた。おじいちゃんは、ぼくの存在など忘れてしまったかのように、車椅子に座ったままシャドーボクシングをしている。帝国の広大な平野に暮れていく太陽を相手に、たったひとりで戦っているようだった。

第十二章

二週間後、お父さんは、おじいちゃんの治療を担当しているお医者さんに呼びだされた。お母さんとぼくも同席した。お医者さんはとても困っているようで、それがそのまま顔に表れている。そして率直に胸のうちを語ってくれた。

「ボヌールさんの息子さん、単刀直入に言います。もうこれ以上ボヌールさんをここに置いておくことはできません。うちのスタッフはみんな限界です。このままだと我々が入院しなくてはならなくなります」

そう言うと、状況を詳しく説明しはじめた。ぼくも真剣に耳を傾けた。

おじいちゃんは、酸素ボンベをピンがわりにして廊下でボウリングをしたり、他の患者さんたちに腕ずもうを挑んだり、病室に入ってきた女性の看護師さんにいやらしい話をしたりしているらしい。最近では、廊下で看護師さんを見かけると、わざわざ追いかけていってお尻を触っているという。

「でもいちばん困るのは、メーターやカウンターの類いを片っぱしからこわしてしまうことなんです。『クソ野郎！』なんて叫んで、すべてゼロにしてしまうのです。昨夜は電気メーターをこわしたので、ブレーカーが落ちてしまいました」

つまり、おじいちゃんがいるところではいつも笑いや叫び声が絶えなくて、みんなが追いかけっこをさせられているということだ。

「昨日などは手術室に勝手に入ってきて、『おもしろそうだな、おれも混ぜてくれ！』って叫ぶんです」

「おまえ、何がおかしいんだ？」

ぼくが必死に笑いをこらえているのに気づいて、お父さんがそう言った。

「ええ、それは、たしかに、ちょっと困り……」

お母さんは笑いを噛み殺しながらそう言うと、ぼくの膝の上にそっと手をのせた。

「ぼくはそれほどおもしろいとは思わないけどな」と、お父さんはぼそっと言った。

「うちの看護師たちは、ええ、たしかに魅力的です。だからボヌールさんのお気持ちもわからなくはないんです。わたし自身、時々自分を抑えるのに……おっと、わたしはいったい何を……。すみません、ちょっと疲れてるんです。でもボウリングに関しては、みんな本当に仰天しました。あのう、ボヌールさんの生年月日、間違ってないですか？　実際は十歳か二十歳くらいお若くないですか？」

「間違いありません」と、お父さんが即答した。

「それにしてはあまりにもお元気です。お元気すぎます。普通、八十歳を過ぎると、とくに今回のようにケガをして車椅子生活を余儀なくされると、いろいろなことに受け身になり、昔話ばかりするようになるんです。身辺の整理をしはじめたりして。でもボヌールさんときたら……聞きました？　あの件は？」

「あ、あの件？　さ、さあ……」と、お父さんが口ごもる。

「あのですね、バイクを買うっておっしゃるんです」

お父さんがあんぐりと口を開ける。

「バイク？」

「ええ、バイク。どうせ二輪で移動しなくちゃならないなら、とかおっしゃって。で、六五〇ccにしようか、八〇〇ccにしようか迷ってらっしゃるようで。ボヌールさんに言わせると、五〇〇cc以下に乗るようなやつは……ふ、ふ……えっと、なんでしたっけ」

「ふぬけ野郎？」と、お父さんが助け舟を出した。

「そう、それです」

いずれにしても、どうにかしなくてはならない。病院にとって、おじいちゃんは厄介者なのだ。ぼくたちは、ショッピングセンターの一角にある中国料理店で皇帝とその帝国の将来について話し合った。

「解決策は限られている」お父さんがギョウザを箸（はし）でつまみながら言った。「ひとつあるにはあるが、父さんがどう思うか……」

「あなた、それって施設のこと……」

「ああ」

お母さんがしかめ面をして、唇をゆがめた。

「そんなところにいるお義父さんなんて想像できないわ。それに、あなた言える？　『父さん、話したいことがある。じつは施設に……』なんて」

「たしかに。やめよう、言ってみただけだ」

お父さんの指がすべり、ギョウザが箸からするりと抜けて飛んでいった。水槽のなかに落ちて、らせん模様を描きながら底に沈んでいく。男の店員さんがやってきて、魚にエサを与えないでほしいと、お父さんに注意をした。

「でも残念だな。すごくいいところなのに。ブランシュのおじいさんやトルピヨンのおばあさんも、あそこでのんびり楽しく暮らしてるんだ。ほら、レオナールの学校の目の前にある施設だよ。落ち着いていて、シャレた建物だろう？」

お母さんはにっこり笑っただけで、何も言わなかった。落ち着いているのも、シャレているのも、おじいちゃんにはは堅苦しく感じられるだけだろう。

おじいちゃんはやっぱり正しかったのだ。敵がどう攻撃してくるか、完全に見抜いていた。

「やっぱり、おじいちゃんを収容所送りにしちゃうんだ！」

それを聞いたお父さんは飛び上がり、その勢いで箸を鼻の穴に突っこんでしまった。右の鼻から血がたらりとたれる。お父さんは紙ナフキンをちぎって鼻に詰めた。

「収容所送りだって？　バカなことを言うなよ！　収容所じゃない、きちんと治療してもらうための施設だ。生活の面倒も見てもらえるし、楽しく過ごせるよう気配りもしてくれる。ついでに言わせてもらうと、そういうところに入るのってものすごくお金がかかるんだよ！」

　お父さんは、怒りをこらえながらギョウザを丸ごとほおばり、口を大きく動かして噛みはじめた。くちゃくちゃと汚い音を立てている。と思ったら、突然ぴたりと動きを止め、血で真っ赤に染まったナフキンを鼻に詰めたまま、ぼくをじっと見つめた。そして数秒後、急に猫なで声になってこう言った。

「レオナール、おまえ、『収容所送り』ってどういう意味かわかってるのか？」

　まっすぐにぼくを見つめている。釣り糸に引っかかった魚のように、ぼくもお父さんの視線から目が離せなくなる。

「ええと、正直言って……」

　お父さんはホッとため息をつき、紙ナフキンをクシャッと丸めた。お母さんと顔を見合わせて苦笑いをする。

「収容所送りっていうのはね、誰かを無理やり家から連れだして、住んでいた町からも追いだして、ある場所に閉じこめてしまうことなの」と、お母さんが説明した。

「ほら、全然違うだろう？」と、お父さんが言った。

「その人はどうなっちゃうの？」

「すべてを失うの。荷物も取り上げられて、愛する人たちから遠いところ……とても遠いところへ連れていかれて、二度と会えなくなってしまうのよ」

　どういうわけか、ぼくの脳裏にアレクサンドルの顔がちらついた。

「でも、どうしてそんなことをするの？」

するとお母さんは、戦争の話をしてくれた。かつてヨーロッパには恐ろしい列車が定期的に走っていたこと、その列車にはたくさんの人たちが乗っていて、もう二度と会えないところへ連れていかれてしまったことを。

お母さんの話はちょっと難しくて、すべてをきちんと覚えておくことはできなかった。でも、「愛する人たちから遠いところ……とても遠いところへ連れていかれる」という言葉は、石を彫ったようにしっかりとぼくの心に刻まれた。

ぼくたちが食事を終えると、男の店員さんがやってきた。テーブルクロスの上に小さな道具を滑らせ、散らばっていたパン屑をきれいに片づけてくれる。

「おい、見たか？　あの道具、便利だな」と、お父さんが急にはしゃぎ声になってお母さんにささやく。

店員さんが別のテーブルに行ってしまうと、お母さんはお父さんのほうに身を乗りだして、遠慮がちな口調でこう言った。

「ねえ、お義父さんには数週間ぐらいうちにいてもらったらどう？」

「うちに？」お父さんが眉をひそめる。「どうかな」

そうしたいような、ちょっと怖いような……という複雑な表情だ。

「ケガが治るまでのあいだだけよ。それにあなた、この機会にお義父さんと距離を縮められるかもしれないわよ」

「距離を縮めようとしないのは、ぼくじゃない。向こうだよ。ネクタイの件でわかるだろう？　またあんなことをされるくらいなら、距離なんて縮まらなくていい。ぼくはもうごめんだね」

お父さんはそう言ってあごを突きだした。なんだか子供っぽい表情だ。

「きみだってわかってるだろ？　父さんは絶対にぼくのことを認めない。何をしたって無駄さ。ぼくがこぶしで誰かを殴ったり、毎週のように鼻の骨を折ったりすれば別だろうけどね」

お父さんは両手で小さなこぶしをつくると、弱々しく振り回した。

「父さんから好かれる方法はたったひとつしかない。ぼくがボクサーになることさ。八十六歳の人間を今さら変えることなんてできないんだ。ぼくのような五十歳の人間でさえそうなんだから」

お母さんが、お父さんの手に自分の手をそっと重ねた。

「時間を無駄にしないで。ナポレオンは不滅じゃないのよ」

おばあちゃんからの手紙

かわいいレオナールへ

ええと、どこまで話したかしら？　そうそう、毎週火曜に出る新聞のことだったわね、あたしの姪っ子がちょっとうちに立ち寄ってくれて、でもすぐにまたデンマーク語を学ぶためにマドリードへ行っちゃったんだけど、あたしが元気になるならパートナー探しもいいんじゃないかって言ってくれて、でも用心したほうがいいらしいわ、なぜって「相手がどんな人かわかったもんじゃないし、おばちゃんを輪切りにしちゃうような頭のおかしい人だったらどうするの？」なんて言うのよ。

でも、おかげで用心しすぎて、誰と会うべきか決められなくなっちゃって、しかもあまりにもたくさんいるからだんだんどの人も同じに見えてきて、これって車を買う時とそっくりだわ、ベーシックで、こわれにくくてパンクしにくいのにするか、あるいはステキなデザインだけど、こわれやすくて扱いに苦労するのにするか、そうやって迷うのといっしょよね。

でも、どうにかようやく三人選ぶことができて、競馬の三連複のように自分が気に入ったのを選んで、それぞれに手紙を書いたのだけど（相手の名前以外はまったく同じ文面にしたわ）、そのうちの一通は「あて所にたずねあたりません」と書かれてもどってきちゃって、二通目はうんともすんとも言ってこなくて、でも三通目のはちゃんと返事が来て、次の週の土曜にうちの郵便受けに手紙が入ってたの。

それでその男の人に会ったんだけど、もうすっごく緊張しちゃって、中国料理店に誘ってもらって、何だかよくわからない巻いたのやら包んだのやらを食べたんだけど、最後に湯気が立ってる白くて巻かれたのが出てきて、巻いたクレープのように見えたからかじってみたら、エドゥアール（あ、その人の名前ね）はお腹を抱えて笑って、それはクレープじゃなくて「おしぼり」とかいう濡らしたナフキンだったらしいのよ。手をきれいにするためのものだっていうんだけど、中国人がテーブルについたまま手を消毒するなんて知らなかったってあたしが言ったら、エドゥアールは笑いが止まらなくなっちゃって、「すごく楽しい、笑うのがこんなに楽しいなんて忘れてた」って言って、これも何かのサインじゃないかって、つまり、こんなふうにあたしを笑いものにするのが何かのサインじゃないかって言うのよ。

でもまあよかったのは、その人があたしを輪切りにしたり短冊切りにしたりするような人じゃなかったことで、だからそのあといっしょに散歩をしたんだけど、そしたらその人、どうやら金物屋さんでまだ現役バリバリらしくて、あたしのことを未亡人だと勘違いしてるから、そうじゃなくて人生を再スタートしたいっていう八十五歳のボクサーの夫に捨てられたんだって言ったら冗談だと思ったみたいで、あたしが未亡人に見えるなんてそんなこと考えたこともなかったわ。もちろん、あなたのおじいちゃんみたいに信じられないくらい元気な人になら誰もそんなこと言わないでしょうけど、でもその男の人とはまた来週も会わなくちゃならなくて、今度は日本料理店に連れていってくれるらしいんだけど、何でも昔はアジア人に箸を売ってたらしくて、そのかわりにアジア人からマッチを買ってたらしくて、いずれにしても未亡人って言われたことで、なんだかすっかり気が滅入っちゃって、だからあなたのおじいちゃんのためにセーターを編みはじめたんだけど、あなたはおじいちゃんを大好きだと思うから、どうかあの人とあの人の新しい生活を見守ってあげてほしいの、でもあたしがこうして手紙を書いたことは絶対に言わないでね、だって若さを取りもどすには邪魔になるだろうし、若くいつづけるなんて二十歳でもなかなか大変なのに、八十六歳にはかなり難しいと思うから。

いつもあなたのことを思ってるおばあちゃんより

第十三章

「おまえたちのところに？」と、おじいちゃんがそっけない声でたずねた。

「聞きちがいか？　おれの耳が悪くなったのか？　この歳でもう？」

お父さんは、おじいちゃんの目の前でつま先立ちをしていた。頰がぴくぴくと痙攣(けいれん)している。緊張するとよくそうなるんだ。

「そう、うちに」

「誰のアイデアだ？　おまえか？　それともおみくじにでも書いてあったのか？」

「父さんが元気になるまで一時的にさ。これでも心配してるんだ」

「誰が心配してほしいって言った？　余計なおせっかいはやめてくれ。だいたい……」

おじいちゃんはそう言いかけて床に視線を落とすと、ニヤリと笑った。

「ほら、やっぱりな。今ちょうど言おうと思ってたところだが、おまえについてどうしても許せないことがひとつあるんだよ」

「ひとつだけ？」

「いや、他にもあるが、いちばんはこれだ。先が四角いその靴だよ」

お父さんが足元を見下ろす。両手をだらりとたらして、まるで靴ひもがほどけていると指摘された小さな子供のようだ。

「おまえは先が四角い靴が本当に好きだな。そうだろう？　違うとは言わせないぞ。だがおれは、自分の息子が先の四角い靴を履いてると思うとすごく気分が悪いんだ。なあ、ひとつ聞いてもいいか？」

「うん、いいけど」と、お父さんは少しビクビクしながら答えた。

「誰かの尻を蹴とばしたことはあるか？」

「どうだったかな……ていうか、なんでそんなこと聞くの？」

「なぜって、蹴られたほうはしばらくは四角いうんこをするんだろうなと思ってさ」

おじいちゃんはそう言うと、お腹を抱えて笑った。お父さんは何も言い返せず、ズボンのポケットに手を突っこんで窓際にたたずんでいた。窓ガラスに映しだされたその顔が、外の風景と重なり合う。おじいちゃんは急に真面目(まじめ)な顔にもどると、車椅子の車輪をキイキイ言わせてお父さんの隣に移動した。飛行機が滑走路に向かって降りていくのを、ふたり並んでながめている。

ぼくはベッドに腰かけて、ふたりの背中を見つめた。車椅子に押しこめられたおじいちゃん。そして、少しでも背が高く見えるようにと、先が四角いシークレットシューズを履いてつま先立ちをするお父さん。ちっとも似てない親子だけど、後ろから見るともっと似ていない。

「不思議だ。どうしてみんな、あんなにひっきりなしに動きまわるんだろう」と、おじいちゃんがつぶやいた。

「本当だ。不思議だね」と、お父さんが答えた。

ほんの一瞬、ふたりの気持ちがつながったように見えた。もしお母さんがこの場にいたら、この瞬間を見逃さず、ちょっぴり変わっているけれど心温まるシーンを描いていただろう。

「じつは、もうひとつ別のアイデアがあるんだ」お父さんが話をもどした。「看護……じゃなくて、侍女を雇うというのはどうかな？」

おじいちゃんは黙っていた。別の飛行機が滑走路から飛び立ち、雲の向こうへ消えていく。それを見届けてからようやく小声で言った。

「かわいいのか、その侍女は？」


イレーヌの履歴書は鉄壁だった。老人を中心とするトラブルメーカーを監視する専門チームの一員なのだ。柔道、ブラジリアン柔術、空手、テコンドー、ムエタイ、クラヴ・マガ、キックボクシング、ヨガなど、さまざまな武術をたしなんでいる。おかげで自分自身も他人も完璧にコントロールできるらしい。お腹の上で二本の指を交差させ、目を閉じ、喉の奥からうなり声をしぼりだせば、すべて思うがままなのだ。

「誰もわたしの心の平穏を乱すことはできません」うちに面接に来たイレーヌは言った。「どんなに頑固な相手でも、じりじりと追いつめて屈服させる自信があります。そしてわたしたちは、ともに広くて穏やかな海にたどりつくのです。なぜならわたしは、将軍の精神を持っているのですから」

イレーヌの首は短くて太い。機嫌がよい時はハリネズミに、怒ってる時はブルドッグに似ている。年齢不詳で、二十歳にも五十歳にも見える。

「念のため、用心してください。相手はライトヘビー級ですから。ナポレオンという名前も伊達じゃありませんよ」と、お父さんが言った。

「おまかせください」

「あなたにお願いしたいのは、父に自分の年齢を受け入れさせることです。ひとりではもう生きていけない、他人の助けが必要だということをわかってほしい。父の頭に『自分は老人だ』という認識をインプットしてほしいのです。誰しも永遠に若くはいられないのですから」

イレーヌは落ち着きはらっていた。お母さんはリビングの片隅に座って、紙の上に鉛筆を走らせている。でも手の動きが速すぎて、ぼくにはどんな絵を描いているかよくわからなかった。

「ご安心を。そうなることはすでにわかっています。一ヵ月後、お父さまのほうから老人ホームに入れてほしいと言いだすでしょう。わたしは、日本の将軍家に代々伝えられてきた技術を習得しています。孤立させ、囲いこみ、押さえこむのです！」

「念のため、用心してください。父は、ストレート、フック、アッパーを打ちます！」

「それにわたしは」イレーヌはお父さんを見すえた。「催眠術をかけることができます。相手はヘビににらまれた獲物のようになります。ふーーーーーっん！　どーーうぞ、ご安心を！」

「なるほど、確かにあなたに見られると変な感じがします。気分が悪くなって、全身がふわふわしてくる」

「そうでしょう？　大丈夫です、すでに老人ホームの予約をしていただいてかまいません。でも、忘れないでください。わたしがいいと言うまでお父さまに会ってはいけません。わたしが将軍の精神によって、孤立させ、囲いこみ、押さえこまねばならないからです。こんなふうに」

イレーヌはそう言って、見えない獲物をふたつのこぶしで押さえこむ真似をした。

それから二週間以上、ぼくはおじいちゃんに会えなかった。電話をすると必ずイレーヌが出て、ぼくが何をしゃべっても「伝えておきます」としか言わない。

イレーヌはおじいちゃんを孤立させている。

その抑揚のない声には、いかなる感情も読みとれない。

「おじいちゃんは元気？」

「わたしたちはともに同じ道を歩んでいます」

「道？」

「広くて穏やかな海へと続く道です。終わりのない叡智（えいち）の海です。将軍の精神の核がわたしたちを導いてくれます！」

時々、おじいちゃんの家の前まで来て、カーテン越しになかを覗（のぞ）いた。イレーヌが車椅子を押したり、テーブルを挟んでふたりで向かい合ったりしているシルエットが見える。

イレーヌはおじいちゃんを囲いこんでいる。

冬時間になった。時計の針を一時間遅らせなくてはならない。どんどん日が短くなっていく。お父さんは毎日カレンダーに印をつけながら、おじいちゃんが降伏する日を今か今かと待っていた。一日ごとにそわそわしていき、リビングのテーブルの上のパンフレットの山がどんどん高くなっていく。

「父さんとイレーヌが広くて何とかっていう海にたどりついたらさ」ある夜、お父さんがお母さんに言った。「母さんに連絡しようよ。それで、こぢんまりしてきれいで快適なところで、ふたり仲よく暮らしてもらうんだ」

イレーヌはおじいちゃんを押さえこんでいた。


寒く、悲しく、暗い季節がやってきた。おじいちゃんに会いたい。イレーヌは相変わらずだった。皇帝を完全に孤立させて、将軍に歯向かえないようにさせている。句点改行は窓の外をながめながら、おじいちゃんが迎えにくるのをずっと待っていた。日が暮れると、「今日もご主人様に会えなかった、いつまで我慢しなくちゃいけないんだ」と訴えるかのように、さみしそうな遠吠えを上げた。車のエンジン音が聞こえると、今でも死んだふりをする。名優は舞台から降りてもなかなか役柄から抜けられないものなのだ。

放課後、よくアレクサンドルといっしょに句点改行を散歩させた。でも時には、ふたりと一匹のうち、いったい誰が誰を散歩させているのかわからなくなることがあった。ぼくたちは見えない鎖でつながれているのだ。まるで、戦いの前線から逃げだしたみじめな三人組の兵士のように。アレクサンドルは例の奇妙な帽子をずっとかぶっていた。その帽子は、つば付き帽というより、むしろカーニバルのかぶりものやコサック帽によく似ていた。

アレクサンドルは、午後になると学校からいなくなることがあった。そんな時、教室にぽつんと空席ができる。いったいどこへ行ったんだろう？　でも説明はない。ぼくたちのあいだには最初から無言の協定があったので、ぼくは好奇心をぐっとこらえて何もたずねなかった。でも他のクラスメートたちは、アレクサンドルをしつこいほど質問ぜめにした。それでも何も言わないアレクサンドルを、みんなは悪く言ったり、見下したり、怪しんだりした。そしていろいろと嫌な噂(うわさ)が飛び交った。

アレクサンドルは、姿を消した翌日には必ずちょっとしたものを学校に持ってきた。他の子たちには隠していたけど、放課後になるとぼくにだけこっそり見せてくれた。赤と金の糸で刺繍されたワッペン、サッカー選手のシールなどの小さな宝物だ。

「そのキーホルダー、きれいだね！　ぼくもそういうのが欲しいなあ。きみはラッキーだね」

ある時、ぼくはそう褒めたたえたけど、アレクサンドルは「ラッキー、かもね」と、つぶやいただけだった。

その時ぼくは、これらのちょっとしたものについても、アレクサンドルは何も言いたくないのだとわかった。

どうしてぼくは、アレクサンドルのことがこんなに気になるんだろう？　自分でもよくわからない。宝物のように大事にしている帽子のせい？　口には決して出さない苦しみのせい？　虫に対して奇妙な情熱を抱いているから？　それとも、おじいちゃんの話を喜んで聞いてくれるから？　連続ドラマに夢中になる人が次の放送をワクワクして待っているように、アレクサンドルはおじいちゃんのエピソードを楽しみにしてくれていた。ぼくの話をわかってくれるのはおそらくアレクサンドルだけだし、ふたりで頑張れば、これらの話を永遠に守りつづけられるような気がした。

ぼくはアレクサンドルに、何度もボクサー時代のおじいちゃんの話をした。観衆の声援、試合後のロッカールームでの孤独、八百長試合、ブルックリンのジム、ボクサー同士のやりとり……。わざと大げさに、尾ひれをつけて語ることもあった。アメリカに亡命していた頃、ロッキーとどうやって暮らしていたか、脚色を加えながら話した。実際に見てきたかのようにブロードウェイの雰囲気を伝えた。そして今の状況については、心配することはないと安心させた。皇帝陛下は必ず将軍の弱点をつかんで、よりいっそう強くなってもどってくるはずだ、と。

話をするたびに、アレクサンドルはポケットからビー玉を取りだした。

「きみの話、すごくよかった。はい、あげる」

行くところがなくなったぼくは、家で過ごすことが多くなった。ある日曜の夜、お母さんから、ここ数年間で描きためたという家族の絵を見せてもらった。実際にその場で描いたものもあれば、印象的だったシーンをあとで記憶によみがえらせながら鉛筆を走らせたものもある。

「ねえ、これ、覚えてる？」と、お母さんがぼくにたずねた。

お父さんがおじいちゃんからネクタイをもらった時の絵だ。ネクタイをつけたお父さんは得意げで、クリスマスプレゼントをもらった子供のように目を輝かせている。実際もこんなにうれしそうだったのだろうか？　それともお母さんが大げさに描いたんだろうか？

「で、これが翌日、講演会の直後。がらりと変わったわね」

お父さんが怒ってネクタイを振りまわしている。おじいちゃんは爆笑している。怒鳴り声と笑い声が今にも聞こえてきそうだ。

絵をめくりながら、あることに気づいてハッとした。おじいちゃんは確実に歳を取っていた。お母さんはその移り変わりを正確に写しとっていた。年月がたつにつれて、肌に深いしわが刻まれ、頬がこけていっている。がっしりしていた肩は丸くなり、眼光鋭かった瞳からは生気が失われつつあった。ずっとそこにあると思いこんでいた時間は、紙の上では止まることなく流れていた。永遠に変わらない、誰よりも強いはずの肉体と骨格は、絵のなかではもろくてはかないものになっていた。

第十四章

秋から冬にかけての季節の変わり目の数週間、イレーヌは毎週土曜、詳細な報告書をうちの郵便受けに投げ入れた。

ある日、お父さんはそれを読んで勝ち誇ったように笑った。おじいちゃんが広くて穏やかな海の岸辺にたどり着いたと書かれていたからだ。ぼくはお父さんがうらめしかった。今頃勝利を味わっているのはぼくだったはずなのに。

「あの女性はじつに素晴らしい！　やっぱり東洋の叡智ってのはすごいな！　父さんにまともな考え方を植えつけるには、老子とかなんとかいうのに頼るに限るよ。八十六歳にもなって戦いつづけて、いったいどうなるっていうんだ？　あの歳になれば、ふつうはもう抵抗なんかしなくなるぞ。みんなおとなしくなる。それが自然な流れなんだ。反抗心なんか消えるはずだ」

お父さんのその言葉は、獲物をしつこく追うハゲタカのように、夜中じゅうぼくの心につきまといつづけた。

その夜、ぼくは嫌な夢を見た。森の木々が風もないのにグラグラ揺れ、次々と倒れていく。立っているのをあきらめたかのように、あらがうことなく静かに、ドミノ倒しになっていくのだ。ぼく、アレクサンドル、句点改行のふたりと一匹は、走っていって幹を支えようとするけど、力が弱くてまったく歯が立たない。たくさんの大木が理由もなく倒れていき、森はとうとう何もない死んだ野原になってしまう。その真ん中に、皇帝陛下の木がぽつんと一本立っている。さみしげで、悲しげで、昔のことばかり考えている木だ。

ぼくは飛び起きた。

恐ろしさのあまり汗だくになっていた。

ある水曜の朝、リビングの電話が鳴った。ぼくは起きたばかりだったけど、お母さんはアトリエですでに絵を描いているらしい。まるで昨日の夜からずっとそうしていたみたいだ。ぼくは受話器を取った。

「おれの副官はいるかな？」

地面がぐらりと揺れた気がした。心臓が激しく打って破裂しそうになる。

「こ、こ、皇帝陛下？」

「そうだとも！　ラルメーオ・ディシジス・セード・ラ・インペリオ・サヴィヂース！（軍は四散したが、帝国は守られたぞ！）」

「あの人に勝ったの？」

「ああ。手強(てごわ)い相手だった。だが、エチェヴァリアとの決勝戦と同じ技で倒してやったんだ。あの試合、覚えてるか？」

「うん。『対角線上の空白』だね？」

「そう。相手の視界から姿を消して、『ノックアウトしてやったぞ』と相手が思いこんだ瞬間、斜め方向からいきなり現れて一発食らわすんだ」

「強すぎる！　じゃあ、ずっと戦ってたんだね？」

「当たり前だ！　生きてる限り戦いつづけるぞ。なあ、迎えに来てくれないか、なまった体を動かしに行きたいんだ」

ぼくは自転車でおじいちゃんの家に急いだ。

おじいちゃんは車椅子に乗ったまま、ぎくしゃくした動きで黒い革ジャンを羽織り、頭に毛糸の帽子をかぶった。「ボーン・トゥー・ウィン」と刻まれたボールを足の甲ではねとばし、器用に膝の上にのせる。ぼくが「あの人はどこ？」と聞くと、廊下の奥をあごで指し示した。

「トイレ？　あの人をトイレに閉じこめたの？」

「そうだ。たしかにたいしたディフェンス技じゃない。もっと洗練された技はいくらでもあるが、勝つためには時に泥くさいやり方も必要なんだ。さあ、行くぞ、ココ」

「あの人を閉じこめたままで？」

「そうすれば、懲りるだろうからな」

ぼくたちの会話がイレーヌに聞こえたのだろう。廊下の奥から叫び声が聞こえた。

「『賢者はけっして敵の品位を傷つけない』と、孔子は言ってます！」

おじいちゃんもすぐに言い返す。

「賢者はどんなに狭い場所にも順応できる」

数秒間の沈黙の後、イレーヌがおそるおそるという口調でたずねた。

「それは……老子でしたっけ？」

「いや、ナポレオンだ！」

まず、車椅子からプジョー４０４の運転席に乗り換えなくてはならない。大変なしごとのように思えたけど、ぼくが足を持ち上げるとその後はスムーズにできた。おじいちゃんがぼくに聞く。

「句点改行はどうしてる？　元気か？」

「後衛として守りを固めてくれてるよ」

「よろしい。帝国はおまえたちふたりのおかげで安泰だ」

おじいちゃんとぼくは、いつものボウリング場に到着した。車椅子で登場したおじいちゃんを見て、顔見知りのスタッフや常連客は驚いたはずだけど、みんなこう言っただけだった。

「皇帝陛下、お久しぶりです！　いつものレーンでよろしいですか？」

おじいちゃんは、お気に入りのマイシューズを履きたいと言いはった。冗談だろうか？　いや、本気らしい。ぼくの手の上にのせたその足は、ものすごく小さく感じられた。

「ココ、靴ひもはしっかり結んでくれ。そうだ、二重にするんだぞ」

準備完了。あとはやるしかない。車のなかで、おじいちゃんからやり方はみっちり教わっている。

「さあ、ココ！　行け！　走れ！」

車椅子を押しながら、ぼくはアプローチを全力疾走する。おじいちゃんは座ったままほとんど動かない。コーティングされたフローリングの上で車椅子のタイヤがきしむ音がする。

「もっと速く！　もっと勢いよく押すんだ！」

ぼくは走った。ところがすべって転んでしまい、膝をすりむいた。立ち上がって再び車椅子をつかみ、全速力で走る。ファールライン直前でブレーキを踏むと、車椅子が勢いあまって床をスリップする。

「さあ、行け！　ころがれ！」と、おじいちゃんがボールを投げながら叫ぶ。

笑い声のような音を立てて、すべてのピンが弾(はじ)けとんだ。それから、カシャンという固い音を立てて、ピンが自動的に元の位置に並べられていく。

ストライクを二回決める合間に、ぼくたちはベンチに座ってコーラを飲んだ。おじいちゃんは、アメリカ時代を思いださせるこのドリンクが好きなんだ。

「ぎっくり腰にはうんざりだよ」

「大丈夫だよ、陛下。すぐによくなるから」

「うんざりするいちばんの理由がわかるか？」

ぼくはコーラをすすりながら、首を横に振った。

「こうして車椅子に座ってると、おまえと同じくらいの背丈になっちまうことだよ」

ぼくはおじいちゃんの肩を軽くこづくと、背筋を伸ばして車椅子の隣に立った。

「よく見てよ、ぼくのほうが高いよ！」

「ずるいぞ、おまえ、つま先立ちしてるだろう？　それにおれの車椅子のタイヤにはちゃんと空気が入ってない。そうやってバレリーナのような格好をしてると、おまえの父親そっくりだな。そんなことより……」

そう言いながら、おじいちゃんはテーブルに肘をつき、指を動かしてぼくを誘った。

「どうだ、怖気(おじけ)づいたか？」

「まさか」

ぼくたちは向かい合った。手を組み合わせる。手のひらをくっつける。腕の筋肉に力をこめる。レディ、ゴー！　よし、今回はかなりいい線いっているんじゃないか……いや、いい線どころじゃない。たぶん、これは演技じゃない。おじいちゃんは負けそうなふりをしてるわけじゃない。涼しげな笑顔をつくっているけど、目に不安そうな光が浮かんでいる。歯を食いしばって全力を出しきっているのに、ぼくにはまだ余裕がある。むしろ余裕たっぷりだ。あとほんの少し力を出すだけで、あっという間に勝ってしまうだろう。

そのとたん、ぼくは大きな悲しみに包まれた。今度はぼくが演技をする番だ。手からすべての力を抜いた。いつものように、ぼくの手がテーブルに押しつけられる。

「やっぱり勝てないや」と、ぼくは言った。

気まずい空気が流れる。

「ココ、ひとつ約束してくれ」

「うん、もちろん」

「何があっても絶対に、先が四角い靴を履くなよ」

ピンが倒れる音や人々の歓声が場内に響きわたる。おじいちゃんはグラスの底に残っていたコーラをストローですすった。さいしょは眉間（みけん）にしわを寄せて厳しい顔をしていたけど、だんだんとくつろいだ表情になっていく。両目の脇に、小さな蜘蛛（くも）の足のようなしわが寄っている。

「おまえのおばあちゃんは何か言ってきたか？」

「何も言ってきてないよ、おじいちゃん」

「おれをおじいちゃんと呼ぶな。まったくあいつときたら……」

女性スタッフがグラスを下げにきたので、一旦口をつぐんだ。

「……本当に勝手なやつだな！」

「勝手？　それって、陛下に言う権利ある？」

「あるさ！　出て行ったきり、なんの連絡もよこさないなんて！」

冗談かと思ったら、どうやらそうじゃないらしい。本気で言っているのだ。おじいちゃんは、皇帝らしい威厳のある目つきであたりを見まわした。他のプレイヤーたちがアプローチを小走りし、レーンに向かってボールを投げている。

「なあ、ココ、こいつがわかるか？」

赤ちゃんを抱っこするように、大事そうに抱えたボールを指し示す。

「うん、ボーン・トゥー・ウィンでしょう？」

「ああ、おまえにこいつをやるよ。かわいがってやってくれ」

二日後、イレーヌの手紙が郵便受けに投げ入れられた。将軍の叡智を信じきっているお父さんは、そろそろおじいちゃんが無条件降伏したはずだとニヤニヤしながら、手紙を大声で読みあげる。

《わたしはこれまで数十人もの老人をお世話してきました。でも正直なところ、お父さまのような人はほとんどいません、いいえ、初めてのケースです。それは不幸中の幸いとも言えるでしょう。なぜなら、あのような人がもし他にいたら……》

お父さんが眉をひそめ、唇を噛んだ。不安そうな表情で手紙全体にさっと視線を走らせる。再び読みはじめたものの、声はだんだん小さくなり、血を抜かれた人のようにみるみる顔が青ざめていく。

《いいえ、それだけならいいのです。ところが翌日、お父さまはわたしの部屋にいきなり入ってくるなり……》

お父さんは今にも気絶しそうだった。足元がふらつき、倒れないよう両手でテーブルにつかまっている。お母さんが手にしていたフライパンでお父さんをあおぐ。それでもお父さんは震える声で手紙を読みつづけようとした。するとその肩ごしにお母さんが手紙を覗きこみ、かわりに読みあげはじめた。

《……気分が落ち着くと、わたしは申し上げました。ボクシングとロックンロールは将軍の哲学とはまったく相容れない、と。ええ、わかってます、あんなことを言うべきではありませんでした（でもその時わたしはもう限界で、将軍の叡智などどこかへすっとんでいたのです）。わたしはお父さまを「頭のおかしいじじい」呼ばわりしてしまいました。それに対してお父さまが返されたお言葉は……申し訳ないのですがここに繰り返すことはできかねます。思いだすだけで、お腹のなかで魚雷が爆発したみたいになります。お父さまはわたしに……》

「なんてひどいことを！」と、お父さんは叫んだ。

イレーヌは、今後の身の振り方についても手紙で語っていた。おじいちゃんのように将軍の叡智が通用しないおかしな人にはもう二度と会いたくないので、南仏へ移住するのだという。トラブルメーカー専門家の肩書きも捨てるつもりらしい。最後に、すべて自分が悪いのだから誰もうらんでいない、将軍の叡智を受け入れてもらえなくて残念だ、としめくくられていた。そして、《将軍はお父さまが長生きされることを心から祈っています……ただし、遠くから》と書き添えてあった。

お父さんは手紙をくしゃくしゃに丸め、サッカーのゴールキーパーがスローイングをするように遠くへ投げ捨てた。

「やれやれ、ゼロからやり直しだ」そうつぶやいてため息をつく。「母さんがいなくてかえってよかったかもしれないな」

おばあちゃんからの手紙

レオナールへ

正直言って、日本人って抜け目がなくて、信じられないくらい面倒くさい人たちね、というのも、土曜の夜にエドゥアールが日本料理店に連れていってくれたんだけど、ほらあの人ってアジア好きだから、で、料理の名前がなぜかみんな「イ段」で終わるんだけど、それが単に四角く切ったお魚の切れっぱしで、それ以外何もなくて、ソースもクリームもなくて、ナイフとフォークも出てこなくて、食べてみたけどすぐに突っ返してやったわ、だって全然火が通ってないし、塩こしょうもしてないし、日本人ってにこにこして礼儀正しそうに見えるけど、世の中をなめてるとしか思えないわ。

エドゥアールによると、日本料理は千年以上の歴史がある非常に洗練された料理で、慣れるのに時間はかかるけど、味わう価値があるし、それを知っておくべきだって言うから、あたしはわかったわって言ったんだけど、本当はさっぱりわからないし、千年たってもあの生魚が料理だってことを理解できるようになるとは思えなくて、もしああいう料理に価値があることを知っておかなきゃいけないなら、あたしはもう一度勉強をやり直す必要があるんでしょうけど、お腹をいっぱいにするのに勉強しなきゃいけないなんてちっとも知らなかった。

このあいだのクレープによく似たおしぼりにしても、それからてっきり大きな爪楊枝（つまようじ）だと思っていたあの箸にしても、今回の生魚にしても、あの人ったら物知りぶっていつも説明ばかりして、もしかしたら嘘八百を言ってるのかもしれないけど、またしても食事中に説明を始めて（どうやら他人に説明するのが好きらしいのよ）、奥さんが二年前に肺のなんちゃらのせいで旅立ったとかって言うんだけど、あたしったら何を血迷ったのか（たぶん生魚の上にのってた緑色ですごく辛いやつのせいよ）、「奥さんは楽しい旅をされたのかしら？」って返しちゃって、それを聞いたエドゥアールは泣きだしちゃったんだけど、あたしはそれを見てなぜか笑いが止まらなくなって、我ながらバカだと思うんだけど、笑っちゃいけないと思えば思うほど笑えてきて、ますますあの人の顔が引きつってきて、その顔を見るとまたおかしくなっちゃって、収拾がつかなくなっておわびの印にほっぺにチューしたら、顔を真っ赤にしちゃって、なんだか、かわいかったわ。でも少しのあいだ、ふたりとも何もしゃべれなくて、すごく気まずくて、だから本当は申し訳ないなんてちっとも思ってないのにあやまったんだけど、その時わかったの、どんな状況でもとりあえずあやまっておけばなんとかなるってね（あなたもよく覚えておくのよ）。

食事を終える頃、エドゥアールがあたしにテーブルゲームは好きかって聞いてきたんだけど、それはすごくうれしくて、だってあなたのおじいちゃんはそんなくだらないことはするなってずっとあたしに言ってて、ブリッジもブロットもホイストもちっともできなくて、あなたも知ってるようにおじいちゃんは忍耐力がないからそういう遊びにはまったく向いてなくて、とくにスクラブルなんて名前を聞くのも嫌だとか、ああいうのはふぬけ野郎がする遊びだとか言って、ある時あたしがお願いしてシニア向けのコミュニティセンターにいっしょに行ったんだけど、結局トラブルになっちゃって、なんでもないことですぐに怒りだすのよ、あのナポレオンったら。

つまり、ゲームに関してはエドゥアールに軍配があがるんだけど、その後「サケ」とかいう日本のアルコールを飲んだら、あたしは真っ赤になっちゃって、というのもグラスに絵が描いてあったんだけど、よく見るとそれが裸の男の人で、大きなおちんちんがついてて、でもかまととって思われるのは嫌だったから素知らぬ顔をして、そしたらエドゥアールが「ゴ」は好きかってたずねるの。

何それ？……って言おうと思ったんだけど、あの人と話してるといつも質問ばかりしてて、まるで自分が大きなクエスチョンマークになったような気がして、もうほとほとうんざりして、だから「ええ」って答えたの。「ええ」とか「はい」とか「うん」とかって便利な言葉よ、そう言っておけばたいていは面倒なことにならないわ、これも覚えておくといいわよ。でもエドゥアールは念を押すように「碁っていうゲームがあるんですよ、日本のゲームで、チェスのようなもので、もしよろしければ今度ぼくが説明しますから、いっしょに楽しみましょう」って言って、それがまた人のことをバカにするみたいな言い方で、いったい自分を何様だと思ってるのかしら、あの敬語、あの偉そうな態度、教師のようなしゃべり方、ああいうところはナポレオンとは大違いで、だってあなたのおじいちゃんは、タクシーで初めて会って五分後にはタメロをきいてたのに、エドゥアールは何週間たってもずっと敬語のままなの。

その後、湖のほとりを散歩したんだけど、どういうわけかあたしはすごく泣きたい気分になって、あなたのおじいちゃんに見捨てられてひとりぼっちになった気がして、ナポレオンのことで胸がいっぱいになって、だから家に帰ってすぐにセーターを編みだしたんだけど、そのせいでオデュッセウスを待ちながら布を織りつづけたペネロペになった気がして、エドゥアールが今度は韓国料理店に行こうって言うんだけど、あの人って本当に食べることしか考えてないのね、信じられないわ、で、韓国っていったいどこにあるのか世界地図を見てみたんだけど、すごく遠いのよ、まるで世界旅行をしてるみたいだわ。

あたしの手紙のことはけっしてナポレオンには言わないでね、でもしょっちゅうあの夜のことを思いだすの、あたしが窓ガラスを叩いて「あいてますか？」って尋ねたら、あの人が「あいてます」って答えて、その次の日からあたしたちはずっといっしょにいて、あたしはあの時に「幸せ」と出会ったのよ（あなたのおじいちゃんの名字が「ボヌール＝幸せ」っていうのはすごいわよね、あれほど名が体を表す人は見たことがないわ）、だから時々、あの頑固者のせいであたしはこれからの短い人生を泣きながら暮らすことになるのかしらと思うのだけど、その逆に、どこにいてもいっしょにいるような気がする時もあるのよ、あたしがどこへ行こうといつもそばにいて、振り返れば笑顔でこっちを見てるんじゃないかってね。

あなたを大好きなおばあちゃんより

第十五章

すべて元どおりになると信じていた。前と同じ生活がもどってくるはずだった。

「ちょっとしたケガだ、たいしたことはない」おじいちゃんはそう言う。「これまで何度もケガをしてきたけどそのたびに復活してきた。今度だって例外じゃない」

でも、再会できた喜びはすぐにしぼんでしまった。部屋の壁は塗りかけで、家具は部屋の真ん中に集められたままだ。部屋に充満する雨のにおいのせいで気が滅入ってくる。まるで空き家みたいで、夜中に幽霊がうろついていてもおかしくない。ぼくは、生まれて初めて、現実には勝てないのだと思い知らされた。現実は皇帝ナポレオンより強いんだ。すべての人間が力を合わせるよりずっと強い。

突然、ぼくたちはもう無理だ、と思った。そして、そう思った自分が恥ずかしくなった。これじゃまるでお父さんみたいだ。自分が成長してしまうこと、おじいちゃんとぼくのチームが最強だと思えなくなってしまうことが、すごく嫌だった。

「ココ、どうした、元気がないな。リフォームはずいぶん進んだじゃないか。あとひと息だぞ」

「うん、皇帝陛下、あとひと息だね」

日がたつにつれて、仕事のスピードはどんどん遅くなり、おじいちゃんはやがてほとんど何もしなくなった。ぼくは失望する気持ちを必死に隠した。おじいちゃんは時々、車椅子にへばりついたまま黙りこんでいる。そしてそのまま眠ってしまう。まるで中身が空っぽになったみたいに。

現実を忘れるために、ぼくはトイレに逃げこんだ。ロッキーの写真を裏返したのはおじいちゃんだろうか？　壁のほうを向いているロッキーは本当に死んでしまったようだ。写真を表に返す。ロッキーは生き返り、再びぼくを見つめる。腹の奥からしぼりだす低いうなり声。こぶしが当たる鈍い音。ロッキーのパンチは軽くない。どっしりと重いフックが入る。ナポレオンはよろめくけど、すぐに体勢を整える。ロッキーはダンスをするようにステップを踏み、ナポレオンをいらだたせる。

ナポレオンが罠にはまる。得意の「対角線上の空白」が決まらない。それでも自分が勝つと信じている。あらゆる点で自分のほうがリードしていて、ロッキーより高いポイントを取っているはずだった。この試合は絶対に奪ってみせる。ところがインターバルの直後、状況が一変する。ロッキーがくりだすストレートが美しいラインを描く。ワンツーがヒットし……ナポレオンが倒れる。レフェリーがカウントを取る。1、2、3……それから数十年後、ノックアウトされたのはぼくだった。

おじいちゃんが元気を取りもどしたように見える日もあった。そういう時は以前と同じように話ができる。そのチャンスを狙って、ぼくはあれこれと質問を浴びせた。デリケートで微妙な質問はやんわりと切りだし、そうじゃない質問は右ストレートのように鋭く投げかける。

「皇帝陛下、秘密を教えてよ」

「秘密？」

「秘密っていうか、勝つための秘訣(ひけつ)かな」

「ああ」

その声にはどことなく、ホッとしたような響きがあった。

「それはな、ココ、しっかり戦略を立てることだ。細部にわたってな。そしてその戦略をきちんと生かす」

「わかった」

句点改行は、ご主人が大事なことを話しているとわかっているかのように、ぼくの隣におとなしく座っていた。

「試合の前半は、全力で打つ。こんなふうに」

そう言って、ピストンで押しだされたかのように、こぶしをぐいっと前に突きだす。

「中盤は、そうだな、全力で打つ」

「後半は？」と、ぼくは何気なくたずねた。

「後半？　もちろん、全力で打つのさ。こんなふうに」

おじいちゃんは、こぶしを壁に思いきりぶつけた。勢いあまって車椅子がはね返り、くるくると回転する。

「手は大丈夫だった？」

「ああ、どうしてそんなことを聞くんだ？」

「だって壁のほうは大丈夫じゃないみたいだから。ほら、見てよ」

壁に斜めにひびが入り、石膏の屑が床に落ちている。

ロッキーとの最後の試合のことが、ずっとぼくの頭から離れなかった。日がたつにつれて、疑いは確信に変わっていった。おじいちゃんは、「試合は八百長だった、審判が買収されていた」と言う。でもそれは嘘だ、ロッキーは八百長なんかしていない。ナポレオンは途中で戦うのをあきらめてしまったんだ。そして、そうするしかない理由があったはずだ。それはいったいなんだろう？　どうしても知りたくてたまらなくなって、ある日、ついその疑問をぽろっと口にしてしまった。

「ねえ、陛下、どうして最後まで戦わなかったの？」

「ココ、何を言ってるんだ？」

ぼくの返事を待たずに、おじいちゃんがラジオをつける。

「ほら、『千ユーロクイズ』が始まったぞ。よかったな、この番組があって。おかげで疫病神やふぬけ野郎のことを一時でも忘れられる。しっ、静かに！　始まったぞ！」

「静かにって、ぼくは何も言ってな……」

「しっ！　いいからよく聞け！　すごいな、こいつ。昔、ボクサーにもこういうやつがいたんだ。リングの上でずっと自分のことばかりしゃべってた。ぺらぺらとな」

「ほら、また！　静かにしてよ」

「しっ、静かに！」

「数学の問題です。ある数字から二五パーセント増やします。元の数字にもどすには何パーセント減らせばよいでしょう」

おじいちゃんがぼくのほうを振り向いた。

「おまえ、わかるか？」

「ううん」

「二〇パーセントです」挑戦者が答える。

「ほら、やっぱりそうだ」おじいちゃんが言った。

「知ってたの？」

「まさか」

問題はどんどん続く。牛にはいくつ胃があるか？　サラ・ベルナールが生まれたのは何年？毎年何本のペットボトルがフリースにリサイクルされているか？　カギカッコを発明したのは誰か？（おじいちゃんは「おれじゃないぞ」と言って笑った）どうして電話に出る時に「もしもし」と言うのか？

「別に『なんだこのやろう』って言ってもいいんじゃないか？　まあ、相手はびっくりするかもしれないが」

おじいちゃんがラジオを消す。

「なんでみんなこんなに物知りなんだ！　まったく驚きだな。おれもいつか自分で問題を考えだしてみたいもんだ」

そう言ってぼくにウインクし、こうつけ加えた。

「問題に答えるより出すほうが簡単そうじゃないか？」

「そろそろ仕事する？」と、ぼくはたずねた。

おじいちゃんは塗りかけの壁を見て、今初めて気づいたかのように目を丸くする。

「汚いな、ここは。いったいこんなことしてなんになるんだ？　なあ、ココ、何かをしても、どうしてそんなことをしたのか忘れちまうもんだな」

「再スタートのためだったよね、覚えてる？　それとも気が変わったの？」

「変わってるはずないじゃないか。だがこの戦いもそろそろ終盤かな……いや、心配するな。国境は守りぬくぞ！」

おじいちゃんがこぶしを突き出した。

「そしてこの国を救うぞ。攻撃しつつ防御するんだ」

窓の外では日が沈みつつあった。夕陽に照らされた細かい塵（ちり）がふわふわ飛んでいるのが見える。部屋のなかに闇が入りこむ。おじいちゃんは句点改行の頭をなでながら、アメリカ時代の思い出話を始めた。建物の地下にあったジャズクラブ、朝早くロッキーと歩いたブロードウェイ。アスファルトの上を歩くふたりの足音が聞こえてくる。大きなハーレーに乗るナポレオン。

「アメリカでは、ここよりずっと簡単に車の免許が取れたんだ。収入印紙を買って、はい、終わり。ヘルメットなんて、家にあるボウルをかぶっておけばよかった」

ゲイリー・クーパーが試合を見にきたこともあるという。

「おれの試合じゃなかったが、ロッカールームで握手をしてもらったよ。おまえ、まさかゲイリー・クーパーは知ってるだろうな？」

ぼくは首を横に振った。おじいちゃんは車椅子の肘かけを叩いた。

「なんてこった！　おい、嘘だろう？　ゲイリー・クーパーを知らないなんて！　こりゃあ天地がひっくり返るぞ！」

そう叫ぶと、本当に天地がひっくり返ったように大騒ぎをした。「ぼくの年頃でゲイリー・クーパーを知ってる子なんていないよ」って言おうと思ったけど、やめた。ジェネレーションギャップだ。おじいちゃんは指で拳銃の形をつくって、ぼくのほうに向けた。

「おい、ビル、覚悟しろ」と、荒々しい口調で言う。

「勘弁してください」と、ぼくは懇願する。

「だめだ、ビル。おれたちはふたりいっしょに生き延びることはできねえ。おまえかおれかどっちかだ。そして、それはおれであるべきなんだ。なぜって、拳銃を握ってるのはおれのほうだからな」

おじいちゃんが銃声を口で真似た。ぼくは床に倒れこんだ。銃口から煙が出ているかのように、おじいちゃんが指先にふっと息を吹きかける。

「これだよ、ゲイリー・クーパーは。正真正銘のカウボーイだ。現代のふぬけ野郎どもとは雲泥の差だ。今時の俳優たちときたら、男か女かさえわかりゃしない」

おじいちゃんはしばらくのあいだ黙りこんでいた。げっぷをしたいのを必死にこらえているような顔だ。

「ココ、悪いが手伝ってくれないか」

「何を？」

おじいちゃんは少し言いよどんだ。

「疲れたんだ」

疲れた？　おじいちゃんの口から「疲れた」っていう言葉を聞くなんて。ぼくの内心の驚きがわかったのか、おじいちゃんが背筋を伸ばした。

「勘違いするな。少し休みたいだけだ。どうもちょっと腹が痛いんだ。そのへんにあったオイルサーディンの缶詰を開けたんだが、魚が胃のなかで逆流してやがる。缶が少し錆びてたからな」

ぼくはゴミ箱をあさった。空き缶は見つかったが、まだ消費期限前だった。

「ゲイリー・クーパーからもらったの？」

おじいちゃんは笑った。

「それは機密事項だ。さあ、ベッドに入るのを手伝ってくれ」

おじいちゃんは、ぼくの肩につかまってベッドによじのぼった。体が蝶のように軽い。小さな子供にするように肩まで掛け布団をかけてあげると、なんだかすごく変な気がした。ぼくがおじいちゃんの面倒を見るなんて、生まれて初めてのことだ。おじいちゃんの顔のほうに身を乗りだす。絹のようになめらかな髪が、少し薄くなっていた。

「皇帝陛下、おばあちゃんに連絡しようか？　会いたくない？」

「あいつから手紙がきたか？」

ぼくは答えるのをためらった。

「ううん」

「ココ、じつはおまえに言ってないことがある」

「ロッキーとの試合のこと？」

おじいちゃんは答えなかった。あんまり長く黙っているので、眠ってしまったのかと思ったほどだ。

「いや、ジョゼフィーヌのことだ。ほら、あいつが最初におれのタクシーに乗った夜のこと、前に話しただろう？」

「うん、覚えてるよ」

「あの時、あいつは言ったんだ、『ずっとまっすぐ走ってちょうだい。そこが目的地よ』ってな。そしたらノルマンディーの海岸に着いた。その砂浜の名前は……なんだったか、忘れちまった。だがあいつなら覚えてるはずだ。あいつはなんでも覚えてる、おれたちふたりのことならなんでも」

ぼくは眠ってしまったおじいちゃんの頰にキスをした。柔らかい肌だった。おじいちゃんを起こさないようにそっと家を出る。外は凍りつくような寒さだ。ぼくの涙は、霜のように粉状になって頰を伝い落ちていった。

ぼくは繰りかえしあの夢を見た。静まりかえったなかを、大木が次々と倒れていく。朝起きた時、ひたいが汗でぐっしょり濡れていることが多かった。

そんなある日のこと。夜中に電話が鳴った。お父さんが起きる気配がする。いったい今、何時だろう？　深夜か朝方かさえわからない。誰からかかってきたんだろう？　耳を澄ましてみたけど、お父さんは黙ったままなのか、あるいは小声で話してるのか、ほとんど何も聞こえない。まさか、おじいちゃんが助けを求めているんじゃないだろうか？　数分後、ドアの音がしてお父さんの車が出ていった。ぼくを安心させてくれるいつものエンジン音じゃない。むしろ不吉な予感しかなかった。

翌朝、ぼくは朝食を食べながらお母さんに聞いた。

「夜中、電話があった？」

「ええ、お父さんの会社の人が交通事故にあったんですって」

「お父さん、すぐに出ていったよね？」

「それは……その人が重要な書類を持ってたから、取りに行ったのよ」

お母さんはそう言って笑みを浮かべたけど、顔は青ざめていた。嘘をついてるんだ。ぼくはむっつりと押し黙ったまま、家を出て学校へ向かった。不安で胸が押しつぶされそうだ。最悪のイメージばかりが次々と頭に浮かんでくる。

アレクサンドルと合流した。帽子の革バンドが陽の光を受けてきらきらと輝いている。こんなものをかぶってる人は、本当に今まで一度も見たことがない。

いつものようにおじいちゃんの近況を聞かれたけど、ぼくは何も言えなかった。ポケットのなかでビー玉がぶつかり合う音がする。いつもならその音を聞くだけでいくらでも話したくなるのに、今日はどうしてもその気になれない。そんなぼくを見て、アレクサンドルはにっこり笑って小声で言った。

「話したくない時ってあるよね。それなら無理強いしないよ」

その時、どんなに親密な話をするより、黙っていることでぼくたちの絆(きずな)はいっそう強くなった気がした。

その日の休み時間。クラスメートの男の子たちが、コート掛けからいきなりアレクサンドルの帽子を取り上げた。バカにするような奇声を上げながら、そのまま校庭へ走っていく。アレクサンドルは、自分の頭の皮をはぎ取られたように苦痛の表情を浮かべながら、こうつぶやいた。

「いつかこうなるんじゃないかって思ってた」

男の子たちは、ラグビーボールのように帽子を投げ合いながら、砂埃(すなぼこり)を上げて校庭を走りまわった。それから帽子を足で蹴り、それにも飽きるとしまいには踏みつぶしはじめた。

「おい、待て！　くそっ、見てろよ！」と、ぼくは叫んだ。

「放っておけよ」

アレクサンドルは小声でそう言うと、ぼくを引き止めようとした。

ところが、ぼくはすでに走りだしていた。自分の内側に、目に見えない別の人間が現れた気がした。おじいちゃんから受けついだあらゆるものが血管を流れだす。ぼくはあっという間に三人をノックアウトした。その間に、他のやつらは帽子を置いていなくなっていた。でもあとに残されたのは、もはや帽子とはいえない代物（しろもの）だった。

アレクサンドルは目に涙を浮かべてその代物を見つめた。あっちに押したりこっちに引っ張ったりしながら、一生懸命元の形にもどそうとする。でもそれはもう埃にまみれた布の切れ端でしかなかった。元の色さえわからなくなっている。アレクサンドルは、唇を震わせながら肩をすくめた。

「はい、ビー玉を全部返すよ。きみはそれだけのことをしてくれた。もう二度と手放すなよ」

「よかったら少し持っててよ」

アレクサンドルはほほえみながらうなずいた。そして、かつては帽子だったぼろ切れをこっちに向けた。

「見てよ、これはもうゴミ箱行きだ」

「そんなことないさ。クリスマスに、家族で南仏のおばあちゃんちに行くんだ。おばあちゃんならきっとなんとかしてくれると思う。それ、預かってもいい？」

アレクサンドルは一瞬ためらったけど、ぼくに帽子を差しだした。この帽子は、ぼくにとってのビー玉と同じくらいアレクサンドルには大事なものなのだ。目を見ればそれがよくわかる。

ぼくは昨夜の電話のことをアレクサンドルに打ち明けた。

「でも、お母さんはぼくに嘘をついたんだと思う。きっとおじいちゃんに何かあったんだよ」

下校途中、ぼくとアレクサンドルは公衆電話ボックスに入って、おじいちゃんに電話をかけた。誰も出ない。十回ほど呼び出し音を鳴らしてから、受話器を置いた。

ぼくたちは、何も言葉を交わすことなく別れた。

だけど、ぼくはすぐには家に帰らなかった。帽子の件が心配だったからか、おじいちゃんに対する自分の不安を紛らわせたかったからか、アレクサンドルをこっそり尾行してみたくなったのだ。アレクサンドルは、ポケットに手を突っこんで、前かがみになり、考えこむような顔でゆっくり歩いていた。ベルトにぶら下げたビー玉の袋が、一歩進むごとに左右に揺れる。ぼくはすぐに気づいた。これは帰り道じゃない。行き当たりばったりではないとしても、わざと遠回りをして歩いているのだ。迷ったようすはないので、何度も通ってる道なんだろう。最初は、ぼくの尾行を巻こうとしてるのかと思ったけど、どうやらそうじゃないらしい。

アレクサンドルが急に立ち止まった。何かに気を取られたようにしゃがみこみ、ポケットから棒切れを出して地面をこする。虫がいたらしい。ベンチの下か壁際か、人間に踏まれない安全なところへその虫を移動させている。そう気づいた途端、尾行なんかしている自分が恥ずかしくなって、ぼくはきびすを返した。

走って家へ帰りながら、再びおじいちゃんのことが心配でたまらなくなった。やっぱりお母さんに直接聞いてみよう……せっかくそう決心したのに、お母さんは家にいなかった。ぼくは二階の部屋に閉じこもった。アレクサンドルの帽子と同じように心がひしゃげていた。

しばらくして、玄関のドアが開く音がした。そっと部屋から出て階下を見下ろすと、お父さんとお母さんに続いて、知らない女の人が入ってきた。痩せてぎすぎすした感じの人だ。濃い茶色の髪を頭の後ろでお団子にして、二本の箸を交差させてきっちりとまとめている。その人の何もかもが冷たくて、硬くて、とがっていて、鋭かった。丸くて柔らかいのは、頭の上のお団子だけだ。

施設の人だ、とぼくはピンときた。そしてその瞬間、自分でも驚いたことに心の底からホッとした。少なくともおじいちゃんは生きているとわかったからだ。ぼくは音を立てないように階下に降りると、リビングのドアを少し開けてなかを覗きこんだ。

「うちへいらっしゃれば、お父さまは快適に過ごせます。ええ、施設長のわたしが言うのですから間違いありません。うちのスタッフはとても優秀なので、どんな状況にも対応できます」

「でも、うちの父親はひと筋縄ではいかないんですよ。どんなに体が衰えてもけっしてそれを認めない。かなり頑固な年寄りなんです」と、お父さんが言った。

お母さんはこのようすをまた絵にするつもりなんだろう。ふたりの会話を聞きながら、じっと施設長のお団子を見つめている。まるで頭の上のおへソみたいだ。

「確かに、多くの人たちは最初はしぶしぶうちにやってきます。でも数週間もすればすっかり慣れて、今度は二度とうちを出たがらなくなります。ええ、かいがいしく世話をしてもらえて、何不自由なく快適に暮らせるわけですからね。人生の最後はここで充実した日々を過ごしたいと、心から思えるようになるのです。そうそう、みなさん、シルヴィオといっしょにプールで泳いだりもするんですよ」

「シルヴィオ？」と、お父さんが眉をひそめて聞きかえす。

「水泳のインストラクターです。シルヴィオといっしょなら、どんな反抗心だって温水プールのなかでみるみる溶けてしまいます」

「あの、くれぐれも、うちの父親を塩素で溶かしたりしないでくださいね。ぼくたちはただ、父親が無茶をしないよう見守ってほしいだけですから」

紙の上でペンがカリカリいう音が聞こえる。お父さんが、なかばやけくそ気味に契約書にサインをしているのだ。お母さんは無表情でそのようすを見ている。施設長は契約書をブリーフケースにしまうと、金具をパチンと締めた。まるでギロチンが落ちたような音だ。

「このあと、いちばんの難関が残ってます。父親を説得しなければなりません。じつに気が重いです」と、お父さんが言った。

施設長はお父さんの肩にそっと手を置いた。その表情はやわらかく、驚くほどやさしそうな笑みを浮かべている。

「あなたのような方はたくさんいます。罪悪感があるのですね？」

「ええ、確かに」お父さんは先が四角いシークレットシューズでつま先立ちをしながら言った。

「少しは……いや、かなり罪悪感はあります」

「現代の社会人が時間に追われ、余裕がないのは当然です。お父さまはうちにいらっしゃるほうが幸せなんです」

お父さんが急に表情をやわらげた。うっすらと涙を浮かべて、遠くを見るようなまなざしになる。

「こんなことになるなんて、まったく予想できませんでした。あなたは知らないから、父のかつての……」

そこまで言うとお父さんは黙りこんだ。どう言えばわかってもらえるか、考えているようだ。床を見つめ、唾を飲みこむと、お父さんは施設長をまっすぐ見つめた。

「かつての、父の全盛期を。あの父さんが老人ホームだって？　ちくしょう！」

「当方は老人ホームではなく、『フレンドリー・レジデンス』です。大丈夫です、けっして後悔はさせません。数週間後をどうぞお楽しみに」

「そうおっしゃってくださると助かります。もう他に方法がないんです。いったいうちの父親はどうしたんでしょう、数週間前から何もかもがおかしくなったんです。八十五歳で離婚をしたのも奇妙だし、車のトランクのなかに自分で自分を閉じこめたのも訳がわからない。でも、昨夜の事件にはもうお手上げです。シャルトル警察から電話がかかってきて、車椅子に乗って道端にいるところをトラック運転手が見つけたっていうんですから」

「ご自宅から百キロ近く離れたところで？　いったいどうやって行ったんでしょう？」と、施設長は驚いた顔をする。

「わかりません。おそらくヒッチハイクでしょう。でも今朝はそんなことはまったく覚えてなくて、ぼくを見て言うんです、『おまえ、そんなところで何をしてる？　相変わらず先が四角い靴なんか履きやがって』って」

沈黙が流れる。施設長がちらっとお父さんの靴の先に目をやり、口元にひそかな笑みを浮かべた。

「お父さまにはわたしからお話をしましょうか？　他の入居者さんたちにもご紹介しますよ」

「やめてください！　大変なことになります！　あとで後悔することになっても知りませんよ！　ぼくにもっといいアイデアがあります。来週、父親の誕生日なんですよ。うちでパーティーをして、もしうまくいけばその時……」

ぼくはそっと階段を上って自分の部屋にもどった。本棚から地図帳を取りだし、フランス全国のページを開く。

シャルトルの町は、おじいちゃんの家からノルマンディーの海岸へ向かう途中にあった。

その日の夜遅く、ぼくはもう一度おじいちゃんに電話をかけた。今度はすぐにつながった。おじいちゃんは受話器を取るなり、まるで最初からぼくだとわかっていたみたいにこう言った。

「ココ！　遅かったな！　何かあったのかと心配したぞ！」

力強い声が聞こえてきて、ぼくは心からホッとした。

「元気？」

「バッチリだ！　元気に決まってるじゃないか。だが、おまえの父親は最近ちょっとおかしいぞ。今朝うちに来てたんだ。口をあんぐり開けて突っ立ってた」

「陛下、今も車椅子？」

「いや、三点倒立してる！」

「皇帝陛下に内密に伝えたいことがあるんだけど」

「気をつけろ、盗聴されてるかもしれない。どんな時も常に疑いを抱くんだ。どんな人間に対してもな」

「ヴィー・ライタス、イリ・デジラス・デポルティ・ヴィン（陛下は正しかったよ。収容所に送られちゃうよ）」

長い沈黙があった。電話の向こうでぶつぶついう声が聞こえる。やがておじいちゃんが叫んだ。

「よし、レジスタンスだ！」

「了解、陛下！」

おばあちゃんからの手紙

かわいいレオナールへ

どうしましょう、まったく困ったことになったわ、ほら、あなたにも話したエドゥアールのことだけど（あの人ってバゲットを箸で食べるのよ）、あたしを日本に連れていくって、いえ、日本だけじゃなくてアジア中、北から南、東から西までいっしょに旅行しようって言いだして、あなたは、いいじゃないやさしい人だねって言うかもしれないけど、あたしはヨーロッパが好きで、ていうかヨーロッパ西部、しかもヨーロッパ西部の北のほうが好きで、でも前にも言ったように、エドゥアールはアジアをよく知っていて、ほら、ずっと前からアジアでマッチを売ったり、箸を買ったりしてたから（でも不思議よね、同じ木を削るんなら、箸が欲しいならマッチじゃなくて箸をつくればいいし、マッチが欲しいなら箸じゃなくてマッチをつくればいいのに、でもエドゥアールにそれを言う勇気はないんだけど）。

いずれはそう言われる気がしてたから、ラッキーなことにもう心がまえができていて、「今、タペストリーを織ってるから、できあがるまではどこにも行けないの」って言い返すことができて、あたしだってバカじゃないから「今、元夫のためにセーターを編んでるの、人生を再スタートするからって五十年も連れ添ったあたしを追いだした元夫のために」なんて本当のことは言わなかったし、それでまたオデュッセウスの留守中に求婚してきた男たちを退けるためにタペストリーを織って時間稼ぎをしたペネロペのことを思いだしたんだけど、そう考えると、ペネロペって世界初の船乗りの妻だったのよね、夫を待ちつづける哀れな妻たちの元祖なのよ！

みんな、日本とかアジアとかへ行くと「生まれ変わる」って言うけど、あたしにしてみたら旅行に行って「生まれ変わる」ことになんの意味があるのかわからなくて、あたしは今のままで十分だし、こうして鏡で自分の姿をあらためて見てみると、どうしてあなたのおじいちゃんに追いだされたのかつくづく理解に苦しむんだけど、ううん、「理解」っていうのは正しい言葉じゃなくて、だってあたしはあの頑固じじいのこぶだらけの頭のなかに何があるかちゃんとわかってて、そう、あの頭のなかにはラクダみたいなこぶが、ふたつどころじゃなくてたくさんあって、それがボクサーとしての誇りなのね。今はノルマンディーの海岸のことばかり考えてるわ、ナポレオンといっしょに行って早朝に到着して、日本なんかよりずっと遠い旅だったけど、きっとあの人はもうそんなことは忘れちゃったでしょうね、センチメンタルな人じゃないから、でもあたしは覚えてるの、ふたりのことならなんでも

こんなことをあなたに打ち明けたって、絶対におじいちゃんには言わないでね、しつこくてうっとうしいやつだと思われちゃうから、あたしはあのクソじじいをさみしがらせてやるのよ、

ふん、ざまあみろ、あたしは絶対に帰らないわ、あの人が土下座してあたしにあやまるまではね、そうそう、エド（エドゥアールのことよ）がね、飛行機のチケットを取らなくちゃいけないからって、タペストリーはいつ完成するのか聞いてきたから、怪しまれるかもしれないと思いつつ「まだ両袖までしかできてないの」って答えたんだけど、実際はもう胴の半分くらいまでできていて、見かけによらず意外と編むのが早いのよあたし、そしたらエドはちょっと怒ったみたいで、それに何かがおかしいと思ったみたいで、テーブルに両手をついてこっちに乗りだして、二十歳の若者のようにあたしを抱きしめてキスしようとして、でもその時に右手を焼肉用の鉄板の上にのせちゃったものだから、ほら、韓国料理店のテーブルにはめこんであるやつよ、あの人ったらものすごい叫び声を上げて、手足をばたつかせながら飛び上がって、でも右手は鉄板に貼りついたままジュージューと音を立てて、あたしにキスしたい気持ちなんかすっとんじゃったみたいね。

だから急いで救急車を呼んでもらって、それを待つあいだに必死に歯を食いしばって笑顔をつくるんだけど、犬みたいにはあはあと息を荒くして、相変わらず右手は鉄板に貼りついたままで、そのうちに豚肉を焼いたようなにおいがしてきて、でもそれはさすがに言えなくて、あの人は心を落ち着かせるためにふたつほど俳句をつくったんだけど、俳句って日本のものらしいけどすごくよかったわ。

結局、エドはこぶしを包帯でぐるぐる巻きにされて、それを見て涙が出てきたのは、あなたのおじいちゃんのボクシンググローブにそっくりだったからで、でもエドがあたしのせいで苦しんでるのに、あの頑固じじいのことを考えるなんてなんだか申し訳ない気持ちになって、その後救急車で運ばれていったんだけど、「ケガが治ったらすぐにふたりで日本に行こう」って言われてついオーケーしてしまって、それはあの人には心の支えが必要だと思ったからで、そしたら歯を食いしばりながらステキな笑顔を見せて「愛は痛みをともなう」って言うのよ。

救急車のドアが閉まるのを見届けて、あたしはひとりで家に帰ったんだけど、歩きながら頑固者のあなたのおじいちゃんとエドの言葉について考えていて、そうよ、そのとおりだわ、エドが最後に言ったことだけど、本当にそうだわ、白いガウンを羽織ったナポレオンはさぞかしカッコよかったでしょうね、でもあたしは戦ってるのを一度も見たことがないから本当に残念で、だから笑っちゃうけど、昔何度かボクサーの格好をしてほしいってお願いしたこともあって、どうしても見たかったから、ロッキーとの試合の後でボクシングを辞めてしまったことが悔やまれて、もう一度リングにもどってほしいってお願いしたんだけど、どうしても無理だって、ボクシングのボの字も聞きたくないって言って、試合が八百長だったってあなたも聞いたと思うけど、たしかにある意味ではそれは正しくて、帰りがけにあたしは湖のほとりのベンチに座って、湖面から清らかで繊細で美しい湯気のようなものが立っているのをながめながら、心が重たいのと同時に軽さも感じていて、いったいあたしは過去の人生を思って幸せなのか、それとも現在のことで悲しいのかよくわからなくて、あたしはあなたのおじいちゃんにとっていつまでも旅する小娘のままなんでしょうね、今もまだ足の指の間にあの浜辺の砂がはさまってる気がするわ、どうかおじいちゃんをよろしくね、だってあの人は絶対にひとりでは生きていけないタイプだし、試合終了のゴングが鳴ろうとしてるのに気づかないままみるみるうちに老人になっていくのよ。

あなたのお母さんによると、みんなでクリスマスに来てくれるらしいから、その時におじいちゃんのボクシンググローブとボウリングボールに書かれている言葉を紙の切れっぱしにでも書いて持ってきてもらえるかしら、その英語だかアメリカ語だかのつづりには自信がないから、一字一句間違えずに書き写してほしくて、だってつづりを間違えたせいでせっかく編んだセーターをほどかなくちゃならなくなるのは嫌だから

あなたを大好きなおばあちゃんより

追伸　こっちに来た時に俳句を教えてあげるわ、心を落ち着かせるには最適よ

再追伸　ごらんのとおりいまだに句点をうまく使えないんだけど、読んで理解はできるわよね

第十六章

お父さんはサプライズ効果を利用しようとしていた。

「いいか、内緒にしておいて、当日の直前になってから迎えに行くぞ。有無を言わさず連れてくるからな。前菜でロブスター、メインディッシュで塩豚とレンズ豆の煮こみ、食後にチーズを出して、デザートはキャンドルを立てたケーキ、『ハッピーバースデー』の歌、子供の頃の思い出話……そういう流れでいこう。ほろりとさせて最後に本題を切りだす作戦だ、わかったな？」

お父さんはそう言うと、足元を見下ろした。

「そうだな、このスクエアトゥシューズも脱いでおくかな。できることはなんでもしておかないと」

そして当日。お父さんは車でおじいちゃんを迎えに行くつもりだったが、ふと、何かひらめいたらしい。

「そうだ、おれじゃなくておまえに行ってもらおう」

「ぼく？」

「そうだ、それがいい。おまえがいつもどおりに現れる。で、言うんだ、『うちにごはんを食べにおいでよ』って。なんでもないふうに素知らぬ顔をしてな、おれが行くより怪しまれないだろう。どうだ、わかったか？」

「うん、わかった。お父さん、なかなかずる賢いね」

「おまえ、こっちで企(たくら)んでることについては絶対に言うなよ、何ひとつな。ただ『みんながおじいちゃんに会いたがってる』って言うんだ」

お父さんはつま先立ちをしながら、ぼくの肩に手を置いて言った。

「おまえはおれの潜入工作員だ」


ぼくが玄関のドアをノックする前に、なかから大きな声がした。

「ココ、入れ！」

ぼくはなかへ入った。

一瞬、幻を見ているのかと思った。おじいちゃんは、まるで貴族の紳士のような姿でリビングの真ん中にいた。何より驚いたのは二本の足で立っていることだ。車椅子の肘掛けにさりげなく手をかけ、脚を組み、ローマ字の「i」のようにまっすぐ立っている。白い髪に真っ白なスーツを着て、まるでスモークのなかにたたずむスターのようだ。まぶしいほどカッコいい。

「おじいちゃん、立てたんだね！」

「ごらんのとおりだ。言っただろう？　ただのぎっくり腰だって。まったく医者ってのはいいかげんなもんだな。ボクサーがそんなことにだまされると思うか？」

おじいちゃんはそう言って笑った。とてもリラックスしたようすだ。白くて美しい髪にポマードをつけて、ていねいに後ろになでつけてある。オーデコロンの香りが漂っている。

皇帝陛下は絶好調のようだ。

ところが、やがてぼくは気づいてしまった。車椅子の肘掛けに置かれた手がかすかに震えていることに。笑顔の口元が少しゆがんでいることに。小さな汗の粒でひたいがぐっしょりと濡れていることに。

今、理想とする皇帝陛下の姿がすぐそこにある。それがぼくの目の前でこわれるのは絶対に見たくなかった。

「座ってよ。話したいことがあるんだ」

おじいちゃんは素直にしたがった。

「そうだな。参謀会議は座って行うものだ」

そう言って、ひたいの汗をぬぐう。

「どんな話だ？」

おじいちゃんは注意深くぼくの話を聞いていたが、最後に大声で笑った。

「それがやつの作戦か？　よし、行こう、ココ。ちょっとおもしろそうじゃないか」

そして、お気に入りの黒い革ジャンを羽織った。ポケットは破れているけど、白いスーツによく映えている。それからおじいちゃんは、少しためらいながらこう言った。

「そうそう、前々から言おうと思ってたんだが、これがいいチャンスだ。おまえはもうおれの副官じゃない」

「そうなの？」

「今日からおまえは最高位の陸軍大将だ。皇帝とともに最後の戦いに挑む役目をになっている」

ぼくはおじいちゃんをプジョー４０４の運転席に乗せ、車椅子をたたんで後部座席に入れた。寒いけど、空気がきれいな夜だった。ドーム状の星空が頭上に広がっている。

「ココ、このまままっすぐ行かないか？　停まらないでずっとまっすぐだ。あるいは、サービスエリアでサンドイッチを食べて、パーキングで寝るだけでもいい」

「いいよ、陛下、楽しそうだね、でも、どこに行く？」

「海に向かって、ずっとまっすぐ進むんだ。冒険と自由が待ってるぞ。このまままっすぐずっと……」

そう言いながら、おじいちゃんは赤信号で車を停めた。信号はすぐに青になったのに、なかなか車を出そうとしない。

「なあ、ココ、この頃どうも変なんだ。昔のことをすぐに思いだせる時もあれば、湯気のように消えてしまう時もある。ロッキーのことさえ、思いだすのに十分以上かかったんだ。写真を見て、『あれ、こいつ、どこかで会った気がするけど誰だったかな』と思ったりな」

ぼくは、胸がしめつけられた。ぼくたちにはもう二度といっしょにできないことがあって、ぼくの人生にはおじいちゃんとはけっしていっしょにいられない時間があるのだ。そう思うと、喉の奥に何かが詰まったような気がした。

後ろの車がクラクションを鳴らした。

「まったく、みんな何をそんなに急いでるんだろうな！」


おじいちゃんは自分のお皿に甲殻類を山盛りにした。カニ、ロブスター、ヨーロッパアカザエビ……どれもおじいちゃんの大好物ばかりだ。お父さんは、まずは胃袋から手なずけようとしているらしい。それにしてもさすがは元ボクサー、ハサミなど使わずに次々と素手で殻を割っていく。

お母さんが、塩豚とレンズ豆の煮こみを取り分ける。シンプルだけどスタミナのつく料理で、これもおじいちゃんは目がない。

「どう？　うまいかい？」と、お父さんがたずねた。

「クソ豚野郎より塩豚のほうが断然いいな！」

お父さんとお母さんは複雑な表情をして顔を見合わせた。おじいちゃんは声を上げて笑い、レンズ豆をかきこんだ。そして顔を上げてこう言った。

「屁をしたくなるが、うまいぞ」

その上品とは言いがたいセリフを最後に、会話がぷつりと途絶えた。何を話していても、結局本当に言いたいことはひとつなのだ。でも言い方次第で取り返しのつかないことになるので、つい黙りこんでしまうのだろう。

「それにしても寒いね」と、沈黙に耐えかねてお父さんが言った。

「まったくだ」おじいちゃんが返す。「とくにこの家はな。うちは大丈夫だ。雰囲気のせいだな、きっと」

お父さんは聞こえないふりをしながら食べ終わったお皿を重ね、使ったナイフとフォークを回収しはじめた。

「もう下げるのか？」

「チーズを食べるからお皿を替えるよ」

「おれはいいよ。自分のオピネルを使ってひとかけらだけもらう」

おじいちゃんはそう言って、シャツの胸ポケットを叩いた。折りたたみ式のアウトドアナイフを持ち歩き、食事中に取りだして使っているのだ。

「いや、ちょっと待ってよ」お父さんがあわてて言う。「今日はぜひきちんと食べてほしいんだ。父さんのお祝いだからね。一年に一度きりの誕生日なんだから、ちょっとは豪華にいこうよ」

おじいちゃんは腕組みをしながら話を聞いていたが、淡々とした声でこう言った。

「おまえって意外といい息子だったんだな」

お父さんは表情を崩し、見るからにホッとしたようだった。おじいちゃんに気づかれないようにそっとお母さんのほうを盗み見る。ふたりで喜びを分かち合いたいらしい。

「それほど利口じゃないが、まあ、いいやつだ。ジョゼフィーヌの言うとおりだな」

「どうして母さんの名前がそこで出てくるんだ？」お父さんが淡々とした声でたずねた。「それってどういう意味？」

「別に何でもないさ」

「まあいいや、今日はみんなで集まれて本当によかった。こうして家族そろうのは楽しいだろう？」

いったんテーブルを離れたお母さんが、チーズを運んでもどってきた。いろいろな種類がのっている大きな皿を、おじいちゃんの目の前に差しだす。

「おお、これはすごいな！　サミー、ありがとう」

お父さんが目を丸くして驚いた。その姿を見たぼくは胸が熱くなった。

「父さん、久しぶりに名前を呼んでくれたね。すごくうれしいよ。ぼくの名前なんて忘れちゃったんじゃないかと思ってた」

「ああ、そうさ、今朝、母子手帳を見て調べておいたんだ」

おじいちゃんは照れ笑いを隠しながら、チーズのお皿に顔を近づけた。クンクンとにおいをかいで、もったいぶった口調でこう言った。

「ああ、じつにいいにおいだ。チーズはこうじゃないとな。だがおまえはにおいのきついチーズは苦手じゃなかったか？」

おじいちゃんはそう言いながらポケットからナイフを取りだすと、顔の前で刃をさっと広げた。刃の上に親指の腹をすべらせて、切れ味を確かめる。

「父さんが好きだって知ってたからさ。とくにカマンベールは好物だろう？　ぼくも子供の頃はいつも学食でカマンベールを食べてたんだ。父さんみたいになりたかったからね」

「やめろ、おれを泣かせようとするな」

「ねえ、感動しただろ？　驚いただろ？　ぼくは子供の頃のことをいろいろ覚えてるんだよ」

すると、おじいちゃんはうすら笑いを浮かべた。

「おれが驚いたのはそこじゃない」

お父さんは唇を震わせていた。おじいちゃんがあとひと言でもやさしいことを言ったら、声を上げて泣きだしてしまいそうだった。でもお母さんに見られたくないからか、必死にこらえている。

「じゃあ、どこに驚いたんだい、父さん？」

お父さんは、喉からしぼりだすような声でそうたずねた。

「知りたいか？　どうしても知りたいなら教えてやろう。おれが驚いたのはな、こうしたすべての茶番だよ。ロブスター、クソ豚……じゃない、塩豚、くだらない子供時代の思い出……いったい何を企んでる？　どうしておれを呼んだんだ？　おまえがあの先が四角い靴を脱ぐくらいだから、よっぽどのことなんだろうな！」

おじいちゃんはそう言うと、カマンベールにナイフを突き刺した。顔の高さに持ち上げて、宝石を鑑定するようにじろじろとながめる。それから思いきり嚙みつくと、けわしい目つきでお父さんをにらみながら、むしゃむしゃと音を立てて食べはじめた。

「どうして呼んだかって？」お父さんがもごもごとつぶやいた。「父さんの誕生日だからに決まってるだろう？　いっしょに過ごしたかったんだ、それだけだよ。どうしてそうやっていつもものごとをややこしくするんだよ？　それに、クリスマスは母さんに会いに行くし、だから父さんにもと思って……だって、家族だろう？　そうだ、ケーキも用意したんだよ」

「そりゃまた、おやさしいことで！」

そう言いながら、おじいちゃんはふざけて頰の涙をぬぐう真似をした。

「で、生クリームでおれを溺(おぼ)れさせようとでも？　なんだ、おまえの魂胆は？」

お母さんがすっと立ち上がり、おじいちゃんのほうへ向かった。やさしく親しげなしぐさで、その白い髪をそっとなでる。その数秒はまるで時間が止まったような気がした。

「お義父さん、ちょっと言いすぎよ。この人の心のなかも少しは考えて」

おじいちゃんが肩をすくめた。

「こいつにも心があるのか。そいつはよかった」

「もちろん。広い心がね」

「ほう、そうか。じゃあ、どれほど広いか掘り起こしてみないとな」

おじいちゃんはお父さんの目をじっと見つめると、こうつけ加えた。

「なあ、そろそろ吐いたらどうだ？」

お父さんが深呼吸する。

「もうひとりで暮らすのは無理だよ、父さん」

「やれやれ、ようやく本音が出たか。最後までもじもじしたまま、結局言いだせないんじゃないかと思って心配したぞ。おれがもうひとりで暮らすのが無理だって？　すごいな！　世紀の大スクープだ！　もう週刊誌には連絡したか？」

おじいちゃんはシャツのポケットからマッチを一本取りだした。楊枝のように先端が細く削ってある。それを歯と歯の間にまっすぐに差しこむ。

「ねえ、現実を直視しようよ。最近の父さん、どう考えてもおかしいよ。離婚、再スタート、転倒してケガ、イレーヌに対するふるまい……先週のことだってそうさ、あんな夜中にシャルトルで何してたんだよ？」

「それはおまえが勝手に言ってることだろう。おれは何も知らない。おれが覚えてるのは、おまえのしけたツラと先が四角い靴だけだ。朝起きた瞬間にあんなものを見せられたら、忘れるわけがない」

「いや、だからこそ心配なんだよ。ねえ、レオナールの学校の目の前にすごくいい施設があるんだ。そこなら快適に暮らせるよ。どう思う？」

「どう思うかって、うん、このカマンベールは素晴らしいな。一九五二年のボストンを思いだすよ。あの時、すごくおいしいカマンベールを見つけたんだ。ボストンで、一九五二年にだぞ？　すごいと思わないか？」

おじいちゃんは、歯に挟んでいたマッチの先端のにおいをクンクンとかいだ。

「うわ、最悪だな、やめてくれよ」と、お父さんが文句を言う。

「最悪だと？　おまえの言ってることよりましだ！」

おじいちゃんが片目をつぶり、ゴミ箱に狙いを定める。投げたマッチはゴミ箱には命中せずに、花が植えてあるプランターのなかに落ちた。

「はずれた！」

おじいちゃんはそう叫ぶと、わざとらしく笑った。

「父さんだって、いずれは友達が欲しくなったり、いろんなことに興味を持ったりするかもしれないじゃないか。陶芸もできるらしいよ」

「バカバカしい、陶芸なんて」

「たくさんの人と知り合えるよ。自分と同じような人たちと仲よくなりたいと思わないかい？」

「おい、『おれと同じような人たち』ってどういう意味だ？」と、おじいちゃんはとげとげしい声で言った。

お父さんは答えるかわりに椅子から立ち上がって、靴下でつま先立ちをした。気持ちを落ち着かせようとするかのように、シャツの襟元をゆるめる。

「つまり、おまえはおれを収容所送りにしたいわけだ！」

「父さん、バカなことを言うなよ！　誰が強制収容所なんて言った？　フレンドリー・レジデンスだよ！」

「キーア・ガスタメーツォ、フィック、チュー・ネ・ブーボ！（フレンドリーなんて冗談じゃない！　なあ、ココ！）」

おじいちゃんにほほえみかけるぼくに、お父さんが小声で聞いた。

「なんて言ったんだ？」

「別に。おまえの父さんはやさしいな、って」

お父さんはおじいちゃんに近寄ると、車椅子の高さに合わせてしゃがみこんだ。

「ねえ、その施設は、父さんの面倒を見てくれて、危険から守ってくれて、楽しく暮らせるよう気を配ってくれるんだ。ささやかな音楽イベントも催してるらしいよ。よく考えてくれよ、だって父さんの友達はもう誰もいないじゃないか」

「あいつらは体が弱すぎたんだ。スポーツをしなかったから」

「すぐ近くだから、ぼくたちもしょっちゅう会いに行くよ。小じゃれたところなんだ、庭にはレンギョウの木もある」

「レンギョウ？　あれはしょんべんくさいぞ」

「正直言って、月々の利用料はかなり高額なんだ。強制収容所だなんてとんでもない、まったく比べものにならないよ」

「どんなに高級だろうが、無理やり入れられたが最後、生きては出られないんだろう？　ふたつも共通点があるじゃないか！」

お父さんはガックリと肩を落とし、ため息をついた。おじいちゃんの膝をポンと叩いてから立ち上がる。

「もういいよ、ひとりであのぼろ家に住みつづけたいっていうなら、好きにしなよ。いつか火事を出すまでいつづければいい。４０４のトランクに入ってドッグフードを食べていたいなら、勝手にしなよ」

「はいはい、おおせのとおり、勝手にさせてもらいますよ。さあ、これで話は終わったか？」

おじいちゃんはそう言うと、ニッコリと笑った。

お父さんは、無理やり楽しそうな声をつくりながら言った。

「さあ、タイムアウト、もぐもぐタイムだ！　父さんが好きなケーキを生クリームをたっぷりつけて食べよう。みんな元気になるぞ！」

「いいぞ！」と、おじいちゃんも同意する。

お母さんがケーキを運んできた。たくさん立っているキャンドルの火を消さないよう、そろそろと歩いている。

「父さん、しっかり吹き消してよ。全部は無理だったら手伝うから」

1、2、3、はい！

おじいちゃんはケーキに勢いよく息を吹きかけた。生クリームが吹き飛ばされ、お父さんの顔に命中する。

「なんだって？　手伝うだと？」

おじいちゃんはそう言うと、お母さんの顔を見つめた。

「いや、この生クリームはうまいぞ、本当に」

そう言いながら、声を上げて笑いたいのを必死にこらえているようだ。

お父さんは顔からクリームをたらし、両手をだらりとさせたまま、椅子から立ち上がった。驚きと怒りと恥ずかしさで声も出せずにいる。まるでサーカスのステージの真ん中にいるピエロのようだ。ぼくは見ていられなくて、思わず目をそらした。

「父さん、いったい何が問題だったかわかる？　ぼくにはわかるよ」お父さんは突然震える声で言った。「よし、見てろよ、ええと、あれはどこだ？」

そう言い残すと、一目散にどこかへ飛んでいった。

「なんだあいつ、どこへ行ったんだ？」

お母さんのほうを見ながら、おじいちゃんが言う。

「いきなりなんだっていうんだ、みんなで楽しくやってたのに」

お母さんの手が小刻みに震えている。

「いいえ、お義父さん、楽しくないわ。あの人といっしょにわたしも傷ついてる」

「悪いな、二次被害だ」

「あの人がかわいそうです」

「じじいのための施設がそんなにいいなら、あいつが自分で行けばいいんだ」

地下室のドアがばたんと閉まる音がした。すぐにお父さんがもどってくる。

「父さんが望んでるのはこれだろう！」

これまで聞いたことがないような声でお父さんがわめいた。

「ぼくにこうなって欲しいんだろう？　こうなって欲しかったんだろう？　じゃないと息子とは認めてくれないんだろう？　ぼくから『父さん』って呼ばれるのさえ嫌なんだろう？」

そう叫びながら、大きなボクシンググローブをつけた手を振りまわす。

お父さんの予想外の行動に唖然（あぜん）としたおじいちゃんは、何ひとつ言い返すことができなかった。いつものように機転のきいたセリフがひとつも出てこない。「おい、やめろ」と小声で言うのがやっとだった。

お父さんは、あやつり人形のようにぎくしゃくした動きでこぶしを振りまわした。反応できずにいるおじいちゃんを見て、自分が優位に立っていると思ったのか、その場でピョンピョンと飛びはねはじめる。

「おい、バカなことをするな」と、おじいちゃんが言った。

お父さんは何を言われようが耳を貸さず、果敢に相手に襲いかかっていった。へなへなと弱々しいパンチを出し、よたよたとステップを踏み、へっぴり腰でガードをかまえる。丸々と太ったお腹の肉が揺れる。わざとおもしろおかしくボクサーの真似をするお笑い芸人のようだ。でも、みっともない動きをすればするほど、試合はますます優勢になっていく。お父さんは得意げだった。

「なあ、こうすれば喜んだんだろう？　自分の息子にこれをさせたかったんだろう？　このくだらないボクシンググローブを使わないと、ぼくのことを好きになってくれないんだろう？」

お母さんはいつの間にか、手に鉛筆を握っていた。ケーキが入っていた紙の箱の上に目の前の光景を描きとめている。

「やめろ、やめてくれ」

お父さんのへなちょこパンチはすべて空振りなのに、おじいちゃんはまるでストレートが当たったかのように腕で顔をガードしている。こんなふうにディフェンスばかりしている姿を見たのは初めてだった。

「リングの上でなら、ぼくとまじめに向き合ってくれたんだろう？　そうさ、リングの上でだったら、こんなふうにぼくをバカにしたりしなかったんだ。でもしかたないじゃないか、ぼくは父さんには似なかったんだから。そのこぶだらけの頭でそのことをちゃんと理解してくれよ！」

「くそったれ！　なんてやつだ！　おれは帰るぞ！」

「どこへ行くんだよ！」と、お父さんが叫ぶ。

「自分の家だよ！　地下室のどこかに手榴弾（しゅりゅうだん）がひとつ残ってたはずだ。施設のじじいたちに花火を一発お見舞いしてやる。おい、そこをどけ！」

おじいちゃんはそう言って車椅子を動かすと、試合を放棄して逃げだそうとした。お父さんがその前に立ちはだかって行く手をはばむ。

するとその瞬間、稲妻が光るくらいのわずかな間だけ、お父さんが本物のボクサーそのものの動きをした。前に踏みだした脚で体を支え、肩を丸め、しっかりガードをかまえてグローブの後ろで相手のようすをうかがう。膝をバネのように柔軟に動かしながら、つま先に体重をかける。偉大なボクサーが本能的に取るポーズだ。

心臓が一回鼓動するくらいの短いあいだに、おじいちゃんとぼくの目はその光景をはっきりとらえた。その姿にショックを受けたのか、おじいちゃんは今にも泣きだしそうだった。

でもそれもほんの一瞬だった。お父さんは急に我に返ったような顔をして、グローブをつけた自分の両手を呆然と見つめた。どうしてこんなものをはめているのかと、今さら驚いているようだった。

「そうだよ……父さんは、新品のグローブさえ買ってくれなかったじゃないか。汚くて臭いし、ぼくには大きすぎる。どこで拾ったんだよ、これ？」

お母さんは「もうやめなさい」というように、お父さんにそっと合図を送った。おじいちゃんは試合に負けたのだ。これ以上攻撃してもしかたがない。おじいちゃんはぼくたちに背中を向けて、テラス窓のほうをながめていた。真っ暗な空から落ちてくる冷たい霧雨に心を奪われているように見える。

すると突然、こっちを振り返ってこう切りだした。

「バカな真似はもう終わったか？　じゃあ、教えてやろう、どうすればおれが喜ぶかを」

第十七章

おじいちゃんの行きつけ、ムラン・ボウリング場にやってきた。土曜の夜のせいか、いつもより若い人が多い。みんなビールを飲んでいる。ここに来るのは、仕事のストレスを発散するためなのか、それとも失業中のストレスを発散するためなのか。でも、誰もがここではひとつのボールと十本のピンに神経を集中させている。

おじいちゃんは、他の人たちとハイタッチをしたり、こぶしとこぶしを軽くぶつけ合ったりして挨拶を交わした。お気に入りのレーンはもちろん予約済みだ。おじいちゃんは、お父さんとお母さんをレンタルシューズのカウンターに連れていった。

「三七と四二ですか？」スタッフがたずねる。「女性のはありますが、男性のが……もう三九しかないんです」

「それでいい！」おじいちゃんは答えた。「十分さ。少し小さいくらいがちょうどいいんだ」

お父さんとお母さんがレンタルシューズを履いているあいだ、ぼくはおじいちゃんにいつものマイシューズを履かせた。

「ひもは二重に結ぶんだぞ、ココ」

そう言うと、おじいちゃんは腕をぐるぐると大きく回して準備体操をした。

「簡単そうじゃないか」他の人たちがプレイする姿を見てお父さんが言う。「でもこの靴がなんていうか、これはちょっと……」

……なんていうか、これはちょっと……」

そして、お母さんの肩につかまりながら、歩きにくそうによちよちと内股歩きをした。

「お義父さん、本当にこの靴でいいの？」お母さんがたずねた。「この人、なんだかつらそうなんだけど」

「少し小さいくらいがちょうどいいって言ったろう？　まったく、先が四角い靴ばかり履いてやがるから……おい、行くぞ、ガター防止バンパーをつけてやろうか？」

「子供用だろう？　冗談じゃない。見てろ」

そう言うので見ていたけれど、結局二時間たってもピンを一本も倒せなかった。

お父さんは、ボールを足に五回落として、鼻に三回ぶつけた。内股歩きでアプローチを走っていって、ようやくファールラインにたどり着いたのに、ボールの穴からどうしても指が抜けなくなる。やっとのことで投げたボールは、バウンドしながらレーンをころがっていき、しまいにはガターの溝に落ちてしまうのだ。

その間、おじいちゃんはぼくが押す車椅子に乗って、余裕たっぷりのエレガントな動作で黒いマイボールを投げていた。ボールがピンに届くより早くレーンに背を向ける。そして、ピンがぶつかり合う音を聞くだけで「ストライク！」と言い当てるのだ。ピンが残ってしまうこともあるが、そんな時も倒れる音を聞くだけでこう言ってのける。

「おや、気まぐれ娘がひとりいるようだな。ふむ、真ん中の子か」

お母さんは早々にあきらめて、みんながプレイするのを楽しそうにながめていた。

「ほら、もう少し頑張れ。最後に一発決めてやれ。もっとリラックスしろ、肩の力を抜くんだ」と、おじいちゃんはお父さんを励ました。

「何言ってるんだよ、この靴じゃ……」と、お父さんが文句を言う。

「それで大丈夫だって言ってるだろう。ほら、屁をしてみろ、楽になるから」

あまり上品とは言えないアドバイスに、ぼくたちは大声で笑った。

「まったく、勘弁してくれよ」

おじいちゃんは、ぼくに向かってウインクしながらこう言った。

「グランダイン・バタロイン・オニヴェンカス・ラストミヌーテ、メモル・ティオン、ブーボ(大事な戦いは最後の最後に決着がつくんだ、覚えておけよ、ココ)」

のちにぼくは、この言葉を思いだしては、あったかいような切ないような気持ちにさせられることになる。

「なんて言ったんだい?」

ボールを投げようとしながら、お父さんがぼくにたずねた。

「別に。なかなかいい立ち位置だな、って」

お父さんがボールを投げる。ところが、またしてもボールの穴から指が抜けなくなり、ボールといっしょにお父さんまで飛んでいってしまった。お腹を下にしてレーンの床の上をすべっていき、ピンにぶつかってようやく止まった。

「すごいな、ストライクだ」おじいちゃんがつぶやいた。「あのスタイルはどうかと思うが、アイデアは悪くない」

十本のピンのあいだから顔を出したお父さんは、あごをすりむき、指にボールをくっつけたままだった。大勢の野次馬たちが感心するような、あざわらうような顔で見ているなかを、ふらふらとよろめきながらベンチにもどってくる。指に引っかかったボールをお母さんがはずそうとした。

「はさまっちゃって取れないわ。きっと指が腫(は)れてるのよ」

「正直、もうこりごりだよ。来年は父さんの誕生日を忘れることにしよう」

お母さんは突然ハッとした顔になり、お父さんをじっと見た。それから一歩後ろに下がり、何かを考えるような表情でさらにお父さんを見つめた。

「なんだい？　どうしてそんな顔でぼくを見るんだ？」

「別に。あなたってステキだな、と思って」

「ボールが指にくっついてて、顔にすり傷があって、足が内側に曲がっててもか？」

「傷ついたあなたってステキ。知ってる？　傷つきやすいものはすべて美しいのよ」

お父さんは肩をすくめ、ボールがくっついた手を振りまわした。

「そのことについてはあとでゆっくり考えるよ。でも今はこっちが先だ。これでいったいどうやって車を運転したらいいんだ？」

そう言うと、おじいちゃんのほうを振り返った。

「こうなるってわかってたんだろう？　企んだな？」

おじいちゃんは肩をすくめ、黒いマイボールを手の上でころがした。

「ノーコメント。さあ、今度はおれの番だ！」

おじいちゃんがこっちをちらっと見て、人差し指を小さく揺らす。ぼくにはすぐにわかった。今回は助けはいらない、ひとりでやる、という合図だ。

突然、強力なバネに弾かれたように、おじいちゃんが立ち上がった。お父さんはあごがはずれるほど口を大きく開け、ボールがくっついた手を振り上げながら飛び上がる。それから、お母さんの隣に再びへなへなと座りこんだ。

場内がしんと静まりかえる。ピンが倒れる音も、ボールがレーンを転がる音も聞こえない。

その直後、みんなが一斉に「おおおおおおおお！」と叫び声を上げた。

おじいちゃんの足どりは危なっかしかった。歩幅が狭く、機械じかけのようにぎくしゃくしている。それでも、自信に満ちた目で観衆を見まわしながら、誇り高く、堂々とレーンに向かって進んでいく。

それは、不滅の皇帝の姿だった。

あと三メートル、二メートル、一メートル……とうとうファールラインの近くに到着した。

助走をつけて、体をふたつに折る。左脚を前へ滑らせながら膝を軽く右に曲げて、後ろに残した右脚を伸ばす。その状態で体のすべての関節がぴたりと固定される。芸術的な、パーフェクトな幾何学的フォルムだ。やがて、黒い鳥が自由に羽ばたくように、ボールが優雅に飛んでいった。

みんながそのようすに釘づけになっていた。驚いて目をこすっている人もいる。そして、ひとり、ふたり、五人が手を叩き……やがて盛大な拍手が起きた。それに応えておじいちゃんが会釈をする。

その笑顔がこわばり、口元がゆがんでいるのに気づいたのは、おそらくぼくだけだっただろう。体がわずかに揺れている。まるで夢のなかの大木のようだ。ぼくはそっと近づいていって車椅子を差しだした。

おじいちゃんは唇に笑みを浮かべながら、エレガントな動作で椅子に座った。

ナイスコンビネーション。危ないところだった。

「ダンコン・ブーボ、ポスト・デーク・プルアイン・セクンドイン・ミー・ツェドゥス！　カイ・リー・ポヴィス・デポルティ・ミン・キエル・プルキータ・フローロ（ココ、ありがとう！　あと十秒遅かったら倒れてたぞ！　枯れた花のように収容所送りにされるところだった）」

「なんて言ったんだい？」と、お父さんがたずねる。

「別に。これから踊りにでも行きたい気分だってさ」

一時間後、ぼくたちを乗せた車がおじいちゃんの家に到着した。いつの間にか雪が降りだしていて、車椅子のタイヤが地面の上ですべる。

これからしばらくはおじいちゃんに会えなくなる。冬休みにおばあちゃんに会いに南仏へ行くからだ。お別れを言うために、ぼくだけがおじいちゃんの家のなかに入った。

「おばあちゃんに伝えたいことはある？」

「元気でやってると言っといてくれ」

部屋の窓の桟（さん）の上に、少しずつ雪が積もっていくのが見える。

「それから、たまにおまえのことを思ってる、と言っといてくれ。たまにだぞ、毎日じゃない」

おじいちゃんはそう言うと、少し考えた末にこうつけ加えた。

「ええい、ちくしょう、しょっちゅう思ってるって言ってくれ」

ぼくはおじいちゃんがベッドに入るのを手伝った。薄っぺらな体だから、あお向けに横になっても掛け布団はぺっちゃんこのままだ。おじいちゃんは人差し指を曲げてぼくを呼び寄せ、耳元でこうささやいた。

「ココ、最近おれはいろんなことを忘れてしまう。ほとんどはどうでもいいことだが、あの海岸の名前だけは……。毎晩のように考えるんだが、どうしても思いだせない。そう、ジョゼフィーヌと行った砂浜だよ。だから悪いが、そしらぬ顔をしてあいつからうまく聞きだしてくれないか？」

「わかった、約束する。だから安心して眠っていいよ」

第十八章

降りしきる雨のなか、ぼくたちはおばあちゃんに会いに車で南仏へ向かった。

二日前の誕生パーティーとボウリングの日以来、お父さんはおじいちゃんの話をしようとしなかった。ボウリング場での活躍についても、「フレンドリー・レジデンス」のことも、一切口にしない。車のなかでの会話といえば、勤め先の銀行、今やっている仕事、そしてぼくの成績のことだけだ。成績については褒めてもらえた。

途中、ガソリンスタンドに立ち寄った。お父さんは上の空でぼんやりしていて、タンクからガソリンをこぼしてしまった。高速道路の料金所でも、精算機から遠いところに車を停めてしまったので、コンクリート柵と車の間の狭いところを四苦八苦して歩いてもどり、ようやくクレジットカードを差しこむありさまだった。ゲートバーが開いても、ハンドルを握ったままなかなか発進しようとしない。そして、ずいぶん長いあいだ言おうかどうしようか迷っていたかのように、もったいぶった口調でこう言った。

「考えてたんだけどさ……いや、こんなことを言ったら変に思うかもしれないけど、もしかして……うーん」

「もしかして、何？」と、お母さんがたずねる。

「ほら、きみも見ただろう？　あの時父さんが立ったのを。あれは夢じゃないよな？」

「ええ」

「でもほら、覚えてないかい？　医者は『もう立てない』って言ってたじゃないか。脚は動かせるけど立つのは無理だって、そうきっぱり断言してたよな？　だからさ、父さん、もしかしたら体を再生させられる変な物質を分泌してるんじゃないかな？　図書館で読んだことがあるんだ。そういう物質を出してる昆虫がいて、百年、いや百五十年も生きられるって」

「サミュエル、お義父さんは昆虫じゃないのよ」

お母さんはそう言ったものの、お父さんが納得していないことがわかってこうつけ加えた。

「まあ、たしかに変よね。科学的にはありえない」

「だろう？　で、思いだしたんだ。子供の頃、バカンスで原子力発電所の近くの村に行ったんだよ。そこで緑がかった熱いお湯に入って泳いだんだ。父さんは地下水だって言ってたけど……。それから、そのあたりには海藻がたくさんあって、父さんは体にいいからってサラダに入れて食べてたんだ。もしかしたら地下水や海藻に大量に放射能が含まれてて、それを摂取したことで……」

そう言うと、お父さんは運転しながら、後部座席のぼくのほうを振り返った。

「レオナール、おまえのおじいちゃんはミュータントかもしれないぞ！」

その夜、おばあちゃんが「タペストリー」を見せてくれた。すでに両袖と胴の上半分ができあがっている。でもこれからが大変だ。白い毛糸で「ボーン・トゥー・ウィン」という文字を編みこまなくてはならない。

「数週間後には完成しちゃうわ」おばあちゃんがため息をついた。「ほら、あたしに言い寄ってるエドゥアール、あの人はこれができ上がるのを首を長くして待ってるの。いっしょにアジアに行くためにね」

ふと、おばあちゃんが茶目っ気のある笑顔を見せた。

「この歳になって、男の人に旅行に誘われるなんて思いもしなかったわ。おもしろいものね。ねえ、この毛糸の端っこ、引っぱってみない？」

「そんなことをしたら、セーターがほどけちゃうよ」と言って、ぼくは尻ごみした。

「だからいいのよ。さあ、二段か三段分くらいほどいてみて。それで少しは時間を稼げるでしょう。昔からよくあるテクニックよ。古典的なね」

言われるがままに、毛糸の端を引っぱった。うねるような編みぐせがついた毛糸がどんどん増えていくのを見て、おばあちゃんがぼくの手をそっと押さえる。そして、さみしげな顔でこう言った。

「このくらいにしておきましょう。ナポレオンに着てもらうのに、間に合わなくなったら困るから。そうよ、問題はいつも時間なの。急いだほうがいいのか、急がないほうがいいのか、よくわからなくなる」

翌朝、アレクサンドルの帽子をおばあちゃんに見せると、どうにかすると約束してくれた。ぼくは帽子のへりに縫いつけてある小さなラベルを指さした。

「この『R.R.』っていうイニシャルは残しておいてね。ひとつは名字のラウツィックの頭文字だと思う。ラウツィックの綴り(つづ)には i がふたつ入るんだよ。でも、もうひとつのRがなんなのかはわからない。ただ、このふたつの『R.R.』は、アレクサンドルにとって大事なものらしいんだ」

おばあちゃんは元気そうだった。以前より少し太ったらしく、顔がふっくらして若返って見える。でも、まるでロケットペンダントのように、小さな悲しみを胸にそっと抱えていた。それにしても、おじいちゃんよりずっと若々しい。ふたりがいっしょにいるところが想像できないくらいだ。おじいちゃんは今頃どうしているだろう？　両腕をまっすぐ伸ばし、こぶしを握ったまま、ベッドに小さな体を横たえているのが見えるようだ。アレクサンドルのことも考えた。でも、クリスマスシーズンをどうやって過ごしているか、うまく想像できなかった。

お母さんは南仏に到着すると真っ先に、荷物から絵の道具を取りだした。今ではほとんど一日中、庭に出て石のベンチに腰かけ、膝の上にスケッチブックをのせて、夢中になってパステルで絵を描いている。お父さんが古い納屋の片づけをしているあいだ、ぼくはおばあちゃんといっしょに買い物に行って荷物持ちをした。おばあちゃんは会う人ごとに挨拶をし、誰それは元気かとたずねたりして、まるでずっとこっちに住んでいる人みたいだった。途中でカフェに入り、ぼくがカフェ・オ・レを飲んでるあいだ、おばあちゃんは競馬の三連複のマークシートに印をつけた。

「馬のことなんかさっぱりわからないから、適当なの」

翌日結果を確かめると、おばあちゃんが賭けた馬はいつもビリっけつだった。

ぼくは、おばあちゃんといっしょに何キロもの白いんげんのさやをむいた。でもそれを使って料理をしているのを見たことがない。

「だって、さやをむくのがいちばん好きなんだもの。気持ちが落ち着くの。こうしているあいだは何も考えずにすむわ。ナポレオンにとってのボウリングのようなものね」

くだらない刑事ドラマをいっしょに観ることもあった。最初の五分で誰が犯人がわかってしまうやつだ。おばあちゃんは、それを観ながらアレクサンドルの帽子を直してくれた。

本当は、みんなおじいちゃんの話をしたいはずだった。おじいちゃんがここにいないことがぼくたちの胸をしめつける。雑草だらけの庭に、豊かな白い髪をしたおじいちゃんが笑う姿が浮かび上がる。霜のついた窓ガラスをこぶしで叩く音がする。

ぼくたちが来て数日たったある時、おばあちゃんがぼくに言った。

「あたしね、アジアなんかをぶらぶらするより、老人ホームに入るほうがいいんじゃないかって思うの。だって、何もしないでのんびり過ごせるでしょう？　そういう生活がずっとしたかったのよ」

そして、人差し指を曲げてぼくを呼び寄せると、耳元でひそひそ声を出した。

「誰にも言っちゃだめよ。数ヵ月前、離婚をするちょっと前ね、ふたり部屋がある老人ホームについて調べたことがあるの。でもあなたの頑固じいちゃんにはとうとう言えなかったわ」

ぼくは不思議だった。おばあちゃんのように穏やかな人が、あの台風の目のようなおじいちゃんと、いったいどうやって長年いっしょに暮らせたんだろう。きっと戦いつづける人は、いっしょにいる人をいくらか犠牲にしてるんだ。相手が笑ってあきらめるように仕向けてしまう。でも、戦うだけが人生じゃないはずだ。人生とはただ生きること、それだけなんだ。

ある日の夜、おばあちゃんとレンズ豆をより分けていた時、ふとロッキーのことを思いだして聞いてみた。

「ねえ、ロッキーって覚えてる?」

おばあちゃんの手がレンズ豆の山のなかで止まった。

「ロッキー?　ええと、ロッキーねえ……」

「おじいちゃんの最後の対戦相手だよ」

「ああ、そうだったわね!　イタリア人の。八百長試合の人ね」

八百長試合……どこかで聞いたセリフだ。みんながあの試合をそう呼んでいる。

「どうして今さらそんなことを?　昔のことよ、どうでもいいじゃない。ナポレオンとロッキーの試合なんて誰も覚えてないわよ。ロッキーは何十年も前に死んでしまったし、ナポレオンも……」

おばあちゃんは口ごもり、少ししてからつけ加えた。

「ボクサーの全盛期なんて短いわ、あっけないものよ」

ぼくは深呼吸をしてから切りだした。

「どうしてもわからないことがあるんだ。ロッキーは最後の試合の数週間後に死んだんでしょう？　だとしたら、おじいちゃんと試合をした時にはすでに体が弱っていたはずだよね」

おばあちゃんはどこか遠くを見つめている。ぼくの話が聞こえてるかどうかもわからなかった。

「だとしたら、おじいちゃんがロッキーをノックアウトできなかったのはおかしくない？　だって、当時のおじいちゃんはすごく強かったはずなんだ。実際、第五ラウンドまでは相手をとことん叩きのめしてた。なのに、インターバルが終わって第六ラウンドに入ると、急に手が出なくなって、足も動かなくなったんだ。まるで人形みたいにね。どう考えてもおかしいよ！　で、結局、ロッキーが優勢になって判定勝ちしたんだ」

おばあちゃんはぼくの目をじっと見つめた。金属の矢で射るような鋭い視線で、少し怖いくらいだった。

「あなたに教えておきたいことがあるの」

突然そう言われて、ぼくの胸は高鳴った。

「ロ、ロッキーのこと？」と、思わず口ごもる。

おばあちゃんが肩をすくめた。

「違うわよ、あたしに言い寄ってくるあのエドゥアールから教えてもらったの。すごいわよ、これ。いい？」

目を半開きにし、人差し指を顔の前に立てる。そしてゆっくりと、一字一句をていねいに発音しながらこう言った。

「草を聞く　風が吹く　ひばりが通る」

そしておばあちゃんは数秒間黙りこむと、また口を開いた。

「時が来る　静寂を見る　姿消す」

そう言うと、そよ風に吹かれているように頭をゆっくりと揺らした。まるで自分自身が「時」や「静寂」や「風」になったみたいに。

「おばあちゃん、それ何？　草とか、風とか、静寂を見るとか」

「俳句よ」

「ハイコイ？」

「ハ・イ・ク。俳句は日本の詩なの」

短くて、美しくて、ちょっと変わってるけど、透明感がある。お母さんが描く絵にどこか似ている。エドゥアールのおかげで、おばあちゃんは妙に俳句に詳しかった。

「俳句は『もののあわれ』をとらえようとしてるの、わかるかしら？」

「わかんない」

「大ざっぱに言うとね、消えかかっているものを、完全になくなってしまう前につかまえようとすることよ。俳句を詠むことで、存在したものの最後の瞬間をとらえることができるのよ」

おばあちゃんは、長く生きているから「もののあわれ」がわかるんだろうか？

「もうひとついくわよ。そうね……『汚れた影　雲浮かぶ空　帆船行く』。さあ、レオナールもやってごらんなさい」

「ぼくにもできるかな？」

「もちろん。まず、生きている何か、または自然のなんらかの現象に、一生懸命に心を集中するの。次に、その思い浮かべたものに自分を同化させる。そして、それが消えてしまう最後の瞬間をイメージするのよ」

とりあえず、やってみることにした。お母さんと、お母さんの絵のことを考える。すると、夢に出てきた大木が心に浮かんできた。さらに、自分の体の表面が木肌に覆われたところを想像した。

「倒れる木　根が宙に舞う　髪は空」

「すごい！　俳句の才能があるわね、とてもよくできてる」

第十九章

ぼくたちは、ほぼ例年どおりにクリスマスイブのお祝いをした。ただし、いつもより少しだけおざなりではあったけど。

触れてはいけない思い出を避けながら、言葉を選んでお祝いを言いあった。プレゼントも贈りあった。ぼくはおばあちゃんからラジコンバイクをもらった。包みを開けた瞬間、ぼくは気がかりなことをすべて忘れて、心から大喜びした。

お父さんが車のトランクから大きな荷物を運んできて、おばあちゃんに差しだす。大型テレビだった。

「ありがとう。でもテレビなら持ってるわ」

「こっちのほうがいいテレビだよ。フラット画面で、薄くて、高画質だ。もちろんリモコンもついてる」

おばあちゃんはお礼を言ったが、本当は慣れ親しんだテレビのほうが気に入っているようだった。そして、リモコンを使うつもりはないと宣言した。

「どうして？」と、お父さんが聞く。

「さあ、たぶん、負けたような気になるからよ。ナポレオンは断固として地下鉄のエスカレーターを使わなかったの。それは『終わりの始まり』だから。あたしにとってのリモコンも同じ。もしあたしがリモコンを使いはじめたらおばあさんになった証拠よ」

お父さんがテレビを設置するのをぼくも手伝った。お父さんは機械の配線が苦手なんだ。ようやくスイッチが入った。みんな、なんとなくおじいちゃんの姿が画面に映るんじゃないかと思ってたけど、もちろんそんなはずはない。最初に映しだされたのは、ラクダのドキュメンタリー番組だった。

ぼくたちは四段重ねのクリスマスケーキを食べたけど、多すぎて三段分残してしまった。いずれにしても、みんなあまり食欲がなかった。

「さあ、シャンパンを開けよう！　クリスマスイブなんだから！」と、お父さんがわざとはしゃいだ声を上げた。がらがらの観客席に向かっておどけるピエロのようだ。

おばあちゃんがシャンパングラスに口をつけた。最初はちびちびとだったけど、だんだん飲みっぷりがよくなって、次々とグラスをあけていった。空になったグラスの底を親指で示し、お父さんにおかわりを要求する。お父さんが断りきれずに注ぐと、一気に飲み干してしまう。なぜか、修理を終えたアレクサンドルの帽子を自分の頭にのせている。洋服の袖で唇をぬぐうと、おばあちゃんは小さなげっぷをした。まるで生まれて初めてげっぷをした人のように、自分のげっぷに驚いているようだった。

すると、それをきっかけに状況が一変した。

おばあちゃんの顔がみるみる真っ赤に染まっていく。目のなかでシャンパンが泡立っているのが見える気がした。唇がゆがみ、顔の筋肉がぴくぴくと引きつっている。そして、とうとうこう叫んだ。

「ちくしょう！　バカやろう！　あほんだら！　こんちきしょう！」

お父さん、お母さん、ぼくの三人は、飛び上がるほど驚いた。おばあちゃんがぼくのほうをくるっと振り返った。

「そうよ、ふざけるんじゃないっていうのよ、まったく、何が再スタートよ？　そんなものクソくらえだわ！」

きっと、いろいろな思いを胸にためこんできたんだろう。昨日や今日だけじゃない、離婚をしてからずっとこらえてきたものが、シャンパンの泡といっしょに口元まで上ってきたんだ。

体がぐらぐらと揺れはじめたので、お父さんがあわてて駆け寄った。

「母さん、もう休んだほうが……」

「その手をどけなさい、サミュエル・ボヌール。自分で立てるわ、あたしだって再スタートするんだから。ふん、何が皇帝陛下よ、びびっちゃって。何様のつもり？　あたしをバカにしてるの？　この目が節穴だとでも？　あのバカ、最終ラウンドを戦うところをあたしに見せたくないのよ」

「母さん、調子がよくないみたいだから……」

「何言ってるの、かつてないほど絶好調よ。ちょうどいいわ、いつかは言ってやろうと思ってたんだから」

そう言うと、おばあちゃんは半分空になったグラスをつかんだ。お父さんが取りあげようとするより早く口に運び、残りを一気に飲み干す。手を離すと、グラスが床に落ちて粉々に割れた。

「ああ、あたしのグラスが！」

そう叫ぶと、しゃっくりをかみ殺し、大声で笑った。

「あはははは、なんて気持ちがいいの！　おかげですっかり気分爽快よ！　それにしても、あの人の最終ラウンドを見させてもらえないとはね……それこそがあたしの望みだったのに。そうよ、最後の試合をいっしょに戦いたかったの。頑固にもほどがあるわ、何も言わず、すべての重荷を背負ったままひとりで行ってしまうなんて」

「言うって何を？　重荷って何？」と、お父さんがたずねる。

おばあちゃんはふくれっ面をし、胸の上で腕組みをした。

「なんでもない、こっちのことよ。いいわ、あたしもたった今から再スタートするわ。どうやらそれが流行(はや)りみたいだし」

「え、これから？」お父さんが驚いて声を上げた。「あのさ、テレビでも観ない？」

「テレビなんか観ないわよ！　あたしがすることをよく見てなさい！」

おばあちゃんはテレビのリモコンをつかんで立ち上がると、キッチンへ向かった。「おまえなんかゴミ箱行きよ！」という声がリビングまで聞こえてくる。

おばあちゃんは、もどってきてソファに腰かけると、アレクサンドルの帽子をぼくに差しだした。ぼくはそれを自分の頭にのせた。

「ねえ、レオナール。再スタートするにはどうしたらいいと思う？」

ぼくが横目でお母さんを見ると、いつの間にか紙の上に鉛筆を走らせていた。

「もしナポレオンが今ここにいたら、再スタートのために何をすると思う？　教えてちょうだい」

おばあちゃんはそう言って笑顔を見せた。ふと視線を落とすと、手紙といっしょにポストに入ってたチラシがテーブルの上に置かれている。ぼくはそれを指さした。

「スリングショット？　いいじゃない！　すぐに行きましょう！」

スリングショットは、通称、逆バンジーと呼ばれる乗り物だ。ふたり乗りのゴンドラが地上高く打ち上げられ、二本のワイヤーで数分間宙吊り（ちゅうづ）にされる。

「か、母さん……や、やめておいたほうが……ど、どんなものか知らないんだろう？」と、お父さんが口ごもった。

「何言ってるの、知ってるわよ。だいたい、あたしはあなたの許可を必要とする歳じゃないのよ。黙ってらっしゃい、このふぬ……」

その時、電話が鳴った。みんな、心のなかで同じことを思ったはずだ。おじいちゃんがこの会話を小耳にはさんで、「おれも乗せろ」と言ってきたにちがいない。

「ああ、あの頑固じじい、ちょうどよかった、せっかくだから言ってやるわ！」

おばあちゃんが鼻息荒く受話器を取る。ところが次の瞬間、目を大きく見開き、口をあんぐりと開けた。そして、がっかりしたような口調でこう言った。

「ああ、あなただったの。え、声が変ですって？　そんなことないわ、元気よ。ええ、ええ、そうよ、楽しいイースター……じゃなかった、クリスマスよ。ううん、全然変じゃないわよ」

おばあちゃんは受話器を手でふさぐと、小声でぼくたちに言った。

「エドゥアールよ」

うつろな表情のまま、しばらく相手の話に耳を傾けている。すると突然、目を丸くして大きな声を上げた。

「は？　結婚？　あなたと？　うーん、そうね、悪くないかもね。ちょうど再スタートしようと思ってたところだし。え？　酔っぱらってるんじゃないかって？　まさか！　頭はしっかりしてるわよ。そうね、ちょっと考えさせてちょうだい。ええ、なるべく早くお返事するわ」

そう言うと、おばあちゃんはせせら笑いを顔に浮かべながら電話を切った。

「ふん、ざまあみろ、身から出たさびだわ。何がボーン・トゥー・ウィンドーよ、あたしが永遠に待っててあげると思うなよ。さあ、逆バンジーをしに行くわよ！」

おばあちゃんはそそくさと自分の部屋へコートを取りに行った。

「なあ、ぼくにはよくわからなかったんだけど……」

お父さんはお母さんに小声でたずねた。ショックで頭が混乱しているらしい。

「何？」

「母さん、結婚するのか？」

お母さんが唇をかんだ。

「どうやらそうみたい」


移動遊園地はたくさんの人でごった返していた。華やかなイルミネーションが夜空に光のリングを映しだしている。おばあちゃんは歩きながらたまによろめくので、お父さんが体を支えながらいっしょに歩いた。会場の真ん中に堂々とそびえるスリングショットは、みんなの注目の的だった。脅(おび)えるような表情で見上げる人もいる。

「さあ、行くわよ！　これに乗って生まれ変わるわ。あたしだって人生を再スタートするんだから！」と、おばあちゃんは言い放った。

「母さん、本気？　だって、無茶をしてその翌日……って話をたまに聞くし。ねえ、バンパーカーのほうがいいんじゃない？　あれだってそうとう激しい乗り物だよ」

「何よ、ひとを病人扱いして。いちいち口出しするのはやめてちょうだい。あたしがボクシングをやってないからって、再スタートする権利がないわけじゃないでしょう？」

そう反論した後、さらにこうつけ加えた。

「あたしだって不滅になってやる！」

ぼくたちは年齢を偽らなくてはならなかった。スリングショットの対象年齢よりぼくは低すぎて、おばあちゃんは高すぎたからだ。

三分後、ぼくたちは並んでゴンドラに座った。安全バーはあるけど、脚は外に出しっぱなし。でもとくに怖くはない。おばあちゃんはずっと笑いつづけている。打ち上げまであと数秒。お父さんとお母さんが青ざめた顔でこっちを見ている。見物人のひとりがおばあちゃんを見て叫んだ。

「あのばあちゃん、すげえ！」

「ぼくの母親です！」と、お父さんが鼻高々に答えた。

カウントダウンが始まった。遺言を残すなら今しかない。

「おばあちゃん」

「何？」

「あのさ、海岸のことなんだけど」

「海岸？　どこの？」

「ほら、あの砂浜だよ、おじいちゃんと行った」

「ああ、ナポレオンの砂浜ね」

「もし生きて帰れたら、それがどこにあるか教えてくれる？」

「たっぷり教えてあげるわ！」

帰りの車のなか、おばあちゃんが手を挙げるたび、お父さんは路肩に車を停めた。おばあちゃんは這うようにして外へ出る。結局、そんなふうにして三回吐いていた。

「なんか、もう嫌になってきた」お父さんがうんざりした声でつぶやく。「ふたりともいい歳なんだから、もう少しおとなしくしてくれないかな。まあ、父さんはいいよ、もう慣れたし。あの人がトラブルメーカーなのは昔からで、ぼくにちょっかいを出すのが趣味のようなものだから。でも、あのおとなしかった母さんが……。しかも結婚だって？　ああ、もう休みたい。バカンスを取って、すべてを忘れてどこかに行きたい。誰にも邪魔されないところ、すべて誰かにやってもらえて、何もしなくていいところに行きたい」

「それなら老人ホームがいいんじゃない？」と、お母さんが言った。

「嫌ね、あんたたちったら何を言ってるの？」

そう言いながら、おばあちゃんが車に乗りこんできた。

車が走りだすと、おばあちゃんはすぐに眠ってしまった。機関車のようないびきをかいている。家に着いても眠ったままなので、お父さんがそっと運んでソファに寝かせた。ぼくたちは三人でその姿をじっと見つめていた。

「おかしなもんだな。ふたりとも眠ってる時はおとなしいのに、目を覚ましたとたんに大騒ぎしはじめるんだから」

話が聞こえたかのように、おばあちゃんが目を開けた。目がランランと輝き、目つきがギラギラしている。

「母さん、大丈夫？」

「ええ」と、おばあちゃんは冷淡に答えた。

「もう寝ようか。これでお開きにしよう」

「まだよ。電話を貸してちょうだい。あたし、決心したの」

「そうか、よかった！　そうしてくれるとぼくも安心だよ。眠ると正しい判断ができるっていうのは本当だね。それに、少しお酒が入ると普段言えないことが言えるようになるもんだよ」

お父さんはそう言いながら、電話を差しだした。おばあちゃんがすぐに番号をプッシュする。

「もしもし、エドゥアール？　そう、ジョゼフィーヌよ。結婚のことだけど、オーケーよ。え、タペストリーが完成したの。どこでもいいわ。アジア？　あなたが行きたいならいいわよ。メコン川？　ええ、いいわよ、パタゴニアでもどこでも。え？　パタゴニアはアジアじゃない？　あ、そう？　まあ、とにかく、あたしは再スタートすることにしたの」

電話を切ったおばあちゃんは、ぶつぶつと独り言を言った。

「残念でした、ナポレオン。しょうがないわ、一足遅かったわね」

そして、呆気にとられているお父さんに気づいてこう言った。

「何か文句でも？」

お父さんはゆっくりと首を横に振った。うつろな目をして、あきらめの表情を浮かべている。

「いや、文句なんかないよ」

「だって、不満そうな顔してるじゃない」

お父さんが立ち上がる。

「不満なわけじゃないけどさ、もう寝るよ」

お父さんとお母さんが寝室に入った気配がして、家中がしんと静まりかえった。ふたりきりになると、おばあちゃんはぼくに手招きをした。

いっしょにおばあちゃんの部屋に入る。おばあちゃんは、ベッドのそばのナイトテーブルの引き出しから香水の小瓶を取りだすと、ふたを開けてぼくの鼻先に突きだした。

「どう？」

「いいにおい。不思議な香りだね」

何とも言えないにおいだった。淡くて心地よい香りだけど、すでに消えかかってるようにも感じる。

「古きよき時代の香りよ。手を出して」

おばあちゃんはそう言って瓶を傾けた。ぼくの手のひらに砂がこぼれ落ちた。全体的に赤っぽくて、雲母が混ざっているらしく、きらきらと光っている。

「おっと、このくらいでいいわね。あたしがおばあさんになった時のために、少しは取っておかないと」

「あの海岸の砂だね？　おじいちゃんといっしょに行った幸せの砂浜。ボヌールの砂浜」

「こんなこと、あの頑固じいさんに言っちゃだめよ。『なんてセンチなやつだ』ってバカにされちゃうから」

「わかった」

おじいちゃんの本当の気持ちを伝えるなら、今がチャンスだ。

「ねえ、おじいちゃんはおばあちゃんのことを時々思ってるってよ。いや、しょっちゅう、いや、いつも思ってるって」

「それなら、どうして自分の口で言わないの？　電話を売っぱらっちゃったの？」

「だから、頑固なんだってば。知ってるでしょう？　でも、頭はガチガチだけど、心はフニャフニャなんだよ」

「直接『帰ってこい』って言うなら、帰ってあげるわ。でも、どうかしら？」

おばあちゃんはベッドの上に古い道路地図を広げた。

「ほら、ここよ」

パラソルマークがついた黄色い点の上に、鉛筆で丸く印がつけてあった。とても古い地図で、ちょうど折り目のところに重なってしまい、砂浜の名前がよく読めない。この小さな点からすべてが始まったのかと思うと、なんだか不思議な感じだ。地図上のすべての道がこの点につながっているような気がした。

「じつは、あたしね」

「うん」

「たまに、足の指のあいだにあの浜辺の砂がまだはさまってるような気がするの」

第二十章

「今日は静かな一日になりそうね」

次の日の朝食のテーブルでお母さんが言った。

「どうしてそう思うの？」と、ぼくはたずねた。

「昨日のどんちゃん騒ぎのあとで、おばあちゃんが『ツイストしに行きたい』とか言いだすと思う？　今日はひと息つきたいはずよ」

結局、おばあちゃんはお昼近くになっても起きてこなかった。お父さんは見るからにホッとしていた。

「ぼく的にはちっともかまわないんだけどね。起きてきたらまたひと悶着(もんちゃく)ありそうだし。ぜひともゆっくり休んでてほしいよ」

ぼくは庭でラジコンバイクを走らせたけど、すぐに飽きてしまった。ベンチで絵を描いているお母さんの隣に座る。お母さんは、無駄のない動きですばやく絵筆を走らせていた。葉が落ちて裸になった木々は絵筆の毛にそっくりだ。

スケッチブックには、ここ数ヵ月間の出来事がたくさん描かれていた。おばあちゃんを駅へ見送りに行った時の絵もあった。しばらくながめていると、まるで魔法にかかったみたいにその瞬間にタイムスリップする。背景に描かれた駅舎の大時計は、おばあちゃんが乗った列車の発車時刻を示していた。

駅構内のカフェに四人で入った時の絵もあった。ここにおばあちゃんはいなかったんだっけ、とあらためて思う。

「おじいちゃん、なんだか変だね。こんな顔だったっけ？」

「心のなかではこういう表情だったのよ」

絵のなかのおじいちゃんは、とても悲しそうな目をしていた。あの時、ぼくはそんなことにはまったく気づかなかった。

「あ、これって、おじいちゃんがクロクロの曲で踊ってころんだ時のでしょう？　お母さん、いなかったはずなのに！」

「想像で描いたのよ。どう？」

「まさにこのとおりだったよ。どこかで隠れて見てたみたいだ」

スケッチブックをめくりながら、ぼくは無意識にあるシーンをずっと探していた。……あった！　丸々一ページを使って描かれたその大きな絵に目が釘づけになる。

「この時のこと、あなたも気づいてただろうと思った。お父さん、かっこよかったわね」

あらためてあのシーンをまじまじとながめて、思わず息を飲んだ。やっぱり見事なファイティングポーズだ。ぼくは、お父さんの太ったお腹と短い脚の上に手をかざし、上半身、頭、あごの前にかまえたこぶしだけが見えるようにした。どうしてかわからないけど、激しい胸さわぎがした。

お母さんはスケッチブックをぱらぱらとめくり、あるページを見つけるとリングから切り離した。

「はい、お友達にあげて」

アレクサンドルの帽子の絵だ。あのふたつのイニシャルもちゃんと描かれている。きっとアレクサンドルは喜んでくれるだろう。紙に描かれた帽子は、どんなに時間がたっても、どこへ行こうと、何があろうと、ずっと変わらずそこにありつづけるのだ。

その時、お父さんが窓から顔を出してぼくたちを呼んだ。お客さんが来たらしい。

「ほら、あの、母さんに言い寄ってる人だよ」と、ひそひそ声で言う。

エドゥアールはサンタクロースみたいだった。カワウソの毛皮でできたロシア帽をかぶって、左右の耳当てのひもをあごの下で結んでいた。大きく膨らんだ布製ショルダーバッグを肩から下げている。丸顔で、顔色は青白いけど、突き出た頬骨の上は真っ赤だった。ぶかぶかのアフタースキーブーツを履いて、ファーの長い毛を床の上でひきずっている。鼻の下にはやしている濃い口ひげはそのファーにそっくりだ。ぼくはその奇妙なブーツから目が離せなかった。

「ヤクっていう牛の毛だよ。外モンゴルで買ったブーツなんだ」

ぼくの視線に気づいたエドゥアールはそう説明してから、お父さんとお母さんに自己紹介をした。

「エドゥアールです」と言って軽くおじぎをする。「わたしのことはすでにお聞きおよびかと思いますが」

ひと目見ただけで、顔立ちにアジアの叡智らしきものが感じられた。おじいちゃんと比較したらフェザー級にすぎないけど、ちょっとまぬけそうな顔にやさしい笑みを浮かべている。握手のために差しだした右手にはまだ包帯が巻かれていた。

「車のエンジンをいじってて、やけどしたんです」

それが嘘だと知ってるのはぼくだけだ。そう思うと親近感がわいてくる。今日は、おばあちゃんと話をしたくてやってきたんだろう。

「まだ起きてないんですよ、昨夜ちょっと……羽目をはずしたもんだから」

お父さんはそう言ってエドゥアールにソファを勧めた。とくに話すこともないので沈黙が続く。しばらく待っても、おばあちゃんが起きてくる気配はなかった。すると、エドゥアールがショルダーバッグをごそごそとあさりだした。

「ゲームをしないかい？」と、バッグから何かを取りだしながらぼくにたずねる。古い筆箱によく似た、飴色に光る木製のケースだった。「碁」という名のゲームだという。

エドゥアールが、ローテーブルの上にボードと駒を並べていく。

「説明しよう。碁は別名『爛柯』というんだ。腐った斧の柄、という意味だ」

「中国語で？」

「日本語だ。中国語だと『ウェイチー』。囲みのゲームという意味だ。こういう伝説もあるんだ。ある日、木こりが歩いていると、道端で碁を打ってる人たちがいた。木こりはしばらくそれを見物していたが、帰ろうとすると持っていた斧の柄が腐ってることに気づいた。碁を見ているあいだに何百年もの年月がたっていたんだ」

ぼくは「そうですか」というかわりに黙ってうなずいた。わずかな沈黙があった。

「わたしは説明するのが好きなんだ」エドゥアールが言い訳をするように言った。「だから、これからさらに説明しよう」

エドゥアールは、左右の耳がつながるほど口角を上げて笑顔をつくった。お父さんとお母さんは微動だにしない。マッチ棒でつくったお城を崩さないよう、一生懸命息を殺してるような表情だ。

「これが碁盤だ」と、エドゥアールが続けた。

「ゴバン？」

「説明しようか？」

「うん」

エドゥアールはとてもうれしそうだ。

「碁盤は、まあ、ボードのようなものだ。同じ直線上にあって、他の交差点があいだにないふたつの交差点は隣接するとみなされる」

「わかった」

「ここからが大事なんだ。説明しよう。対戦は白と黒に分かれて行われる。石が置かれていない交差点の集まりを、隣接しあう自分の石によって囲いこむと、その空間は自分の領域になる」

さらにエドゥアールは、セキにおける活き石の問題、死に石、欠け眼、ツケ、ハネ、相手の石を囲む一歩手前のアタリ、ハマ、後手に対するハンディキャップのコミなど、碁に関するさまざまな用語を次々と説明した。

碁はボウリングよりずっと難しそうだ。ボウリングで覚えるべき用語といえば、スペアとストライクのふたつだけ。しかも、覚えなくてもゲームをするのに問題はない。だって、モニターに映し出されるビキニの女の人が、腰をくねらせながらなんでも教えてくれるんだから。

お父さんとお母さんは、笑いだしたいのを必死にこらえているようだった。

「ほら、この交差点『b』にもう一度白を置いて、1番の黒を取ることはできないんだ、なぜなら……」

ギブアップ。ぼくはもはや、目の前の口ひげが動くのをぼうっとながめているだけだった。エドゥアールの話が無意味な音の集まりにしか聞こえない。意味のある単語がひとつとして頭に入ってこないのだ。

「どうだい、わかったかな？」

ぼくがうなずくと、エドゥアールは満足そうだった。

おばあちゃんは相変わらず起きてこない。間をもたせるために、お母さんが紅茶を出した。カップに口をつける直前、エドゥアールはぼくにこう言った。

「今説明したのは碁の基礎知識だ。お茶を飲み終えたら、今度は応用テクニックを説明しよう。いやあ、わたしの説明をきちんと聞いてくれる相手に出会えるのは、なかなかないことだけど、うれしいものだなあ」

そしてひと口飲んだあとで、急にまじめくさった顔になり、お父さんのほうに向きなおった。

「ご主人、ジョゼフィーヌが起きてこないので、あなたにお話しします」

「どうぞ、なんでも説明してください」と、お父さんが冗談っぽく言う。

「恐れながら申し上げます、どうか、お母さまをわたしにください」

水を打ったように室内が静まりかえった。お父さんが目を丸くし、眉間にしわを寄せる。言われたことの意味がわからなくて、必死に考えているような顔だ。

「ご説明します。ジョゼフィーヌはわたしの妻になることを了承してくれました。でも、ものごとには順番というものがあります。幸せを手に入れるには、順番を守ることが大切です」

「はあ、そうですか」

お父さんはそう答えて頭をかき、困ったようにお母さんと顔を見合わせた。エドゥアールは涼しい顔をして答えを待っている。

「でも、ふつうヨーロッパでは、女性と結婚するときには、息子ではなく父親に許可を求めるのでは？」

お父さんの反論を、エドゥアールは手を振りながらしりぞけた。

「どちらでも同じことです。ご説明します。神道の教えによると、父でも息子でも……」

「あー、はいはい、わかりました、どうぞお好きなように。ご説明いただくには及びません。あなたたちが結婚しようがしまいが、ぼくは……」

お父さんは最後まで言い終えずに、お母さんのほうを振り向いた。

「クソッ、なんで年寄りってみんなこうなんだ？」

お父さんは吐きだすようにそう言うと、自分には関係ないと言わんばかりに、ひとりクロスワード雑誌を読みはじめた。

「ええと……わたし、テレビでも見ようと思うんですけど、ごいっしょにいかがかしら。あまり小難しくなくて、笑えるのがいいですね。娯楽映画なんてどうでしょう？」と、お母さんがとりつくろうようにたずねる。

すると、エドゥアールがバッグからDVDのパッケージを取りだした。

「いいものがあります」うれしそうに言う。「本当はジョゼフィーヌといっしょに観るつもりだったんですが、今ここで観てもかまいません。いずれにしても、わたしはもう何十回となく観てますから。すごくおもしろいですよ。絶対に夢中になります。ご覧になりたいですか？お宅の大画面でしたらなおさら楽しめますよ。なんといっても字幕つきオリジナル版ですからね！」

「コメディーですか？」と、お母さんが聞いた。

「もっといいものです。能楽（のうがく）です」

「え、何ガク？」

お父さんが雑誌から顔を上げてたずねた。

「ご説明します。能楽、あるいは雅楽でもいいです。いえ、正確を期するのなら舞楽というべきでしょう。もしかして、お義父さんは通でいらっしゃる？」

「まさか。ちょっと聞いてみただけです」お父さんが答える。「いえ、説明はけっこうです。ぼくの今の望みは、今日一日が何ごともなく終わることだけですから」

窓の外では、冷たい雨が降りだしていた。一日が終わるまでまだ時間はたっぷりある。

「みなさん、これは笑えますよ！」

DVDプレイヤーにディスクを入れながら、エドゥアールが力説する。

「お腹を抱えて笑うこと請け合いです。でも、もし意味がわからないところがありましたら……」

「説明してくださるんですね」と、お母さんが言葉を継いだ。

「そのとおり」

テレビ画面に、黒いサテン地のような着物を着て、赤くて太い帯をしめた男の人が現れた。広くてがらんどうなステージの上にひとりきりで、左右を見回して何かを探しているようだ。斜めにつり上がったまつげと、化粧をした黒い目は、怒っているようで、とても強そうに見える。突然、その人がぴたりと動きを止めて、「ひいいい」という甲高い叫び声を上げた。そして、強風にあおられるアシのように全身を揺らしはじめる。

「怒ってるの？」と、ぼくはエドゥアールに質問した。

「いや、喜んでるんだ。ひょうきんな性格で、なんでもポジティブに考えるタイプだ」

画面の男の人は大きく一歩前に踏みだすと、床を踏み鳴らし、雷のように大きな音を立てた。眼球をぐるりと回し、耳をぴくぴくと動かし、歯をかたかたと鳴らし、お尻をくねらせ、お腹を膨らませ、おへそを空に向かって突き上げる。そして、舌の先で鼻の頭をぺろりと舐めると、甲高い叫び声を上げた。お父さんとお母さんとぼくはびっくりして飛び上がった。

「かわいそうに！」と、エドゥアールが嘆く。

「どこがかわいそうなんですか？」と、お父さんが驚いてたずねた。

「見ればわかるでしょう、あんなに悲しんでるのに」

「ああ、たしかに、そう言われると」

「ほら、観てください」エドゥアールが画面を指さす。「集中して！　ここからがいいところなんですから！」

男の人は相変わらずステージにひとりきりだ。見えない雲が上空を流れるのを追うように、顔を上げて視線を動かしている。風向きを確かめるように、人さし指を高く上げる。

エドゥアールが大声で笑いだす。

「観ました？　すごくないですか？　ここ、観るたびに笑っちゃうんですよ。もう、おかしいったらないでしょう？」

「おもしろすぎますね」と、お父さんが小声で言った。

「でしょう？　そうだ、このシーンだけ、もう一度巻きもどして観ませんか？　またみんなで笑いころげましょうよ」

「いえいえ、そんなことをすると作品全体のリズムが狂いますから」と、お父さんがあわてて反論する。

「なるほど、たしかに。そうそう、このあとは激しいアクションシーンがあるんですよ」

ステージの袖から、ほっそりした女の人が現れた。スモークに覆われて、まるで大きな翼が生えてるように見える。しずしずと歩いて男の人に近寄るけど、男の人にはその姿が見えないようだ。女の人は男の人のまわりを二十分ほど歩きつづけた。

女の人がステージから姿を消す。男の人は床にうずくまり、床に体をぺったりとつけて横たわる。

「いやあ、ここはいつ観ても驚かされるなあ」エドゥアールが感心する。「まさかこんな結末になるとは思わなかったでしょう？」

「たしかに……これは驚きですね。まさかこんなことになるとは。ええと、これで終わりでいいんですね？」

「ええ、第一部は。全部で十五部あります。いずれも、アクションあり、笑いあり、ロマンスありで素晴らしいですよ。よかったら明日またお持ちしましょうか？」

外はまだ雨が降っていた。ぼくはおじいちゃんとアレクサンドルのことを思った。アレクサンドルは帽子がなくても大丈夫だろうか。

お母さんはアームチェアで居眠りをしていた。肘掛けからだらりと手がたれ下がり、スケッチブックがカーペットの上に落ちている。

その瞬間、時間がぼくたちの上を通りすぎていくのを感じた。

エドゥアールは、ロシア帽をかぶり、ヤクの毛のブーツを履いて帰っていった。おばあちゃんは夕方になってからようやく起きだした。顔がすっきりして、頬はふっくらとし、足元もしゃんとしている。お父さんがエドゥアールが来ていたことを告げる。おばあちゃんは大きな伸びをし、あくびをしてからたずねた。

「何しに来たの？」

「結婚のためだよ」

「結婚？」おばあちゃんが驚いて声を上げた。「誰の？」

「エドゥアールの」

「へえ、あの人、結婚するの？」

「そうだけど」

「なんだ、言ってくれればいいのに！　で、誰と？」

「母さんとに決まってるだろう！」

おばあちゃんがくるりと回って後ろを振り返り、さらに半回転して再び前へ向きなおった。

「あたしと？」

「そうだよ、オーケーしただろう？　昨日、電話でそう言ってたじゃないか」

おばあちゃんはアームチェアに倒れこみ、目を閉じた。昨日の記憶を必死にたどっているらしい。

「いい人じゃないか。ちょっと変なところもあるけど、なかなか感じがいい」

「ちょっと黙っててよ、思いだそうとしてるんだから。ああ、そうね、霧が晴れたような感じだわ。思いだしてきた。あの人、変な顔をしてたわね」

「え、いつの話？」

「あなた、あの人にあたしが酔っぱらってるって言ったじゃない。で、すでに先約済みだって、この人はボヌールさんのものだって」

おばあちゃんはきっと夢でも見ていたんだろう。お父さんが唇をかむ。お母さんは思わずぷっと吹きだした。おばあちゃんは椅子から立ち上がった。

「ちょっと待って……まさか……」

「母さん、しっかりしてくれよ。『人生を再スタートする』んだろう？　いっしょにパタゴニアに行くって言ってたじゃないか」

おばあちゃんは両手で頭を抱えて、体を前後に揺らした。

「嘘よ！　嘘だわ！　そんなの、言葉のあやよ！　冗談に決まってるじゃない！　クリスマスジョークよ！　そんなこともわからないなんて大バカだわ！」

お父さんは、気持ちを落ち着かせてくれる何かを探しているらしく、視線を左右に動かしていた。そして、とうとう見つけたというようにテーブルランプに向かってほほえみかけた。古いレモネードの空き瓶でつくられた、わらのシェードをかぶったランプだ。お父さんはそれに向かってぶつぶつと話しかける。

「本当にさ、母さんもあの男の人も、ぼくにはまったく理解できないよ。人生を再スタートしたい、生まれ変わりたい、タペストリーが完成した、さあ、パタゴニアに行きましょう！　とか言うもんだから、向こうさんはロシア帽をかぶって、ヤクの毛を足と鼻にくっつけて、にこにこしながらやってきて、『説明しよう』とか言いながら碁のＤＶＤを再生したり、能のゲームを説明したり……」

「お父さん、逆だよ。能のＤＶＤと碁のゲームだってば。ぼくが説明しようか？」

「どっちでもいい！」お父さんが怒鳴った。「本当にどうでもいいんだ！　能だろうが碁だろうが、何がどうなってるのかも、もうどうだっていい！」

さらにぶつぶつと何かをつぶやくと、またしても怒りを爆発させた。

「離婚するだの、結婚するだの、再スタートするだの、『あたしだって不滅になってやる』だの……いったいなんなんだ？　何かのゲームか？　さっぱり訳がわからない！　いや、知りたくもない！　だからもう二度と『説明しよう』とか言わないでくれ！」

おばあちゃんは両手で顔を覆ってしくしくと泣いていた。

「いったいどうしたらいいの？　どうしよう、あたしはナポレオンのところに帰りたいのに。アジアになんか行きたくないのに」

第二十一章

その夜、いつもと同じあの夢を見た。木が次々と倒れていく。大きくて、高くて、節くれだった木ばかりだ。ずっと長く生きてきた木だ。ところが不思議なことに、どんなに高くても、幹や枝が太くても、力強さは感じられず、もろくて弱々しい印象しかない。堂々としている木ほどもろいのだ。アレクサンドルと句点改行とぼくは、積もった落ち葉の上を歩いている。地面から浮いてるみたいに足音がまったくしない。ぼくたちは、木を順番に点検して回った。ところが、ぼくたちが触れたとたん、木はバタバタと倒れだすのだ。アレクサンドルは例の帽子をかぶっている。帽子はすごく大きくて、木と同じくらいの高さがあった。

その木はまるで、森を徘徊(はいかい)する獣のようだった。どう猛だけど忍耐強い獣。ぼくは数歩後ずさりし、上を向いた。空が隠れるほど枝葉が生い茂っている。まず、てっぺんの葉が小刻みに震えはじめる。それから、幹が左右に大きく揺れだす。そしてとうとう、地面から根が抜ける。木は音も立てずに静かに倒れる。みしみしときしむ音さえしない。ただ、ざわざわというささやき声と、猫のうなり声のような音だけが聞こえる。

木が倒れると、ようやくそこに何が隠されていたかがわかった気がした。だからぼくは少しだけホッとする。ところが実際は、目の前にまた別の木が現れるだけだ。新たな森の皇帝がまた倒れようとしている。

そして、ぼくは泣きだした。

電話の音で目を覚ました。まだ真夜中だ。お父さんとお母さんがあわてて起きだす気配がする。ぼくも部屋からリビングに下りる。おばあちゃんは起きていない。

おじいちゃんだ、そうに決まってる。

「消防士だ」と、受話器を押さえながらお父さんが言った。

お母さんが、部屋にもどるようぼくに命じた。でもぼくは部屋にはもどらずに、階段に座ってリビングの会話に耳をすました。お父さんは会話の内容をお母さんに知らせるために、相手から言われたことを声に出して繰りかえしている。

「火事？」

沈黙。

「ああ、よかった！　いやあ、ホットなだけに、ホッとしましたよ！　え、冗談を言ってる場合じゃない？　すみません、おっしゃるとおりです……。最近ちょっと疲れてて、つい」

沈黙。

「なるほど。シャツにアイロンをかけてる途中で、パンツ一丁でボウリングへ行ってしまった、と。ええ、それは父に間違いありません」

沈黙。

「なんですって？　父にはほとほと困ってる？　わはは、あなたもですか、親近感がわくなあ。え？　笑いごとじゃない？　すみません、おっしゃるとおりです。なんだか最近時々……」

沈黙。

「自分がしたことを何も覚えてないらしい？　『おれを収容所送りにするためにおまえが火をつけたんだろう？』って言われた？　ぼくとグルになってるんじゃないかと？　言いかねませんね。で、父は今どこに？」

沈黙。

「なるほど、わかりました。トイレに閉じこもって『もうバラクーダほど貪欲じゃない』と叫んでると。いつものことです。で、ロッキーという人物のことを話してると。『ロッキーの残した宝がなんなのか誰も知らない』と言ってると。ぼくとしては、あなたが『面倒くさい性格の元ボクサーの扱い方』の特別訓練を受けていることを願うばかりです。でないと、今夜はそうとう大変なことに……え？　冗談を言ってる場合じゃない？　いや、これは冗談じゃないんですけど？　まあ、いいや、父にかわってください」

沈黙。

「なんですって？　ぼくとは話したくないって？　ぼくのことをふぬ……いや、笑いごとじゃないですよ。何がおかしいんですか、失敬な」

沈黙。

「え？　『帝国が危険にさらされてるから、部下の陸軍大将と話したい』と言ってる？　ええ、意味はわかります。『すぐに参謀会議を開きたい』？」

ぼくたちは、深夜に眠っていたおばあちゃんを起こして、すぐに帰らなきゃならないと伝えた。

「銀行が強盗にあったんだ」と、お父さんが説明する。

おばあちゃんが外まで見送りに出てくれた。寝起きのぼさぼさの髪で、古めかしいガウン姿が車のヘッドライトに照らされる。まるで神話の登場人物のようだ。

「母さん、かけたら電話をつくからね！」と、お父さんが叫んだ。どうやら「着いたら電話をかける」と言いたかったらしい。

お父さんはアクセルを踏みつづけた。闇を切り裂くように車が走る。ぼくは、うとうとしたり飛び起きたりを繰りかえした。不思議なことに不安はなかった。むしろ、このままずっとこのドライブが続けばいいのに、と思った。

眠気覚ましのコーヒーを飲みながら休憩するために、何度かガソリンスタンドで停車する。ぼくもそのたびにお父さんと車を降りた。朝方、高速道路を降りる少し手前のガソリンスタンドに入ると、ドリップコーヒーの自動販売機が故障していた。いくら小銭を入れてももどってくる。頭にきたお父さんが思いきり蹴りとばすと、自動販売機の表面がへこんでしまった。すると、がっしりした体格のふたりの男がやってきた。どちらも「安全」と書かれた腕章をつけている。でもちっとも「安全」な感じはしない。ひとりがお父さんに声をかける。

「おい、そこの小さいの、いったい何やってんだ？」

怒っている口調だ。まずい、殴られる、とぼくは思った。するとお父さんは、あごの前にこぶしをふたつかまえて、ひょこひょこと不器用にステップを踏んだ。男たちがバカにするような表情で見ている。ぼくはお父さんの腕をつかんだ。

「お父さん、行こう。この人たちにボクシングのことなんてわかるわけないよ」

「そうだな、わかるはずがない！」

自動ドアが開いて外へ出ようとした瞬間、お父さんはふたりのほうを振り返って捨て台詞（ぜりふ）を吐いた。

「ふん、ふぬけ野郎どもめ！」

ぼくたちは全速力で車にもどると、ロケット弾並みの勢いで車を発進させた。

高速道路を降りて、到着まであとわずかというところで、お父さんが車を急停止させた。目の前に白い雌鹿がいた。道路の真ん中でじっとしたまま、大きなやさしい目でこっちをじっと見ている。ほっそりして、エレガントで、触れるとこわれてしまいそうだ。雌鹿は少しのあいだそこにじっとしていたが、やがて軽やかにジャンプしながらどこかへ行ってしまった。ぼくはその姿を見て、ボウリング場でお母さんが言った「傷つきやすいものはすべて美しい」という言葉を思いだした。

「おまえの出番だ！」

おじいちゃんの家の前に車を停めると、お父さんがぼくに言った。

ぼくはひとりで家のなかに入った。電話をくれた消防士らしき人がキッチンにいた。冷めたコーヒーを前に、チェック柄の毛布にくるまり、椅子に座ったまま眠りこんでいる。家中に焦げたにおいが漂っている。壁が炭のように真っ黒だった。句点改行が、体を揺すりながらゆっくりと近づいてきた。すべてを見たという表情で、途方にくれた目をしている。ぼくの前に来ると、横向きに寝そべった。

「ぼくが陸軍大将です」と、目を覚ました消防士にぼくは言った。

「ずいぶんとおもしろい軍隊だな」

おじいちゃんを見た瞬間、一番恐れていたことが現実になったのだとわかった。おじいちゃんは確実に年老いていた。目の前にいるのはただのお年寄りだ。ぼくは、夢のなかでいつも感じるのと同じ不安に胸をしめつけられた。すごく恐ろしいことが起こる予感がした。

おじいちゃんは、ぼくが誰だかよくわからないようだった。まるで透明人間になった気分だ。食い入るようにぼくの顔を見て、どこで会ったたか、なんという名前だったか、一生懸命考えている。

蛇口から水が漏れている。メトロノームのように規則的に陶製の洗面ボウルを叩く音が、ぼくをいら立たせた。

ポタッ、ポタッ、ポタッ。

まるで時間をカウントしているみたいな音だ。数分後、突然、おじいちゃんがぼくに手招きをした。

「カマンベールを隠しておいたぞ。しっ、声には出すなよ」と、ぼくの耳元でささやく。ぼくが呆気にとられていると、さらにこう続けた。

「あの消防士、おれのカマンベールを盗みに来たんだ。すぐにそうだと気づいてよかったよ。あいつが冷蔵庫を開けた時の顔ったらなかったぞ。悔しすぎて自分のヘルメットを食いちぎりそうだった。おい、見にいってみよう」

おじいちゃんはうれしそうに笑った。ぼくたちは、いっしょにキッチンへ向かった。壁がすすだらけで気味が悪い。燃えた合成樹脂のつんとするにおいのせいで、喉がいがいがした。でも冷蔵庫を開けたとたん、思わずふきださずにはいられなかった。ぼくは、おじいちゃんのほうを振り返ってたずねた。

「ねえ、どうして冷蔵庫にトランクスが入ってるの？　だいたい、なんでこんなにたくさん持ってるの？」

少なくとも百枚はあるだろう。すべてきちんと畳んで並べられている。

ぼくの声は聞こえたんだろうか？　おじいちゃんはぶつぶつと独り言を言いながら、眉をひそめて天井をながめていた。

「ここはペンキを塗らないといけないな……」

「ねえ、どうしてここにトランクスを入れたの？」と、ぼくはもう一度聞いた。

「どうしてかって？　困らせるためさ！」

「誰を？　何を言ってるのかわからないよ」

おじいちゃんは笑いころげた。

「誰かって？　おまえ、冗談もほどほどにしろよ。頭がおかしいんじゃないか？　わかってるだろう、タイヤンデックに決まってるじゃないか！」

その名前なら知っている。おじいちゃんが小学生の時の女の先生だ。楽しかったこと、悔しかったことなど、先生との思い出をしょっちゅう聞かされた。

「タイヤンデック先生を困らせるために、冷蔵庫にトランクスを入れたの？」

「そうだ。先生と消防士をな。しっ、いいか、声には出すなよ。消防士は先生の息子なんだ、隠し子だ。そういう女さ、あいつは。それで、ふたりでグルになっておれのカマンベールを盗もうとしたんだ。ははは、だがおれもバカじゃない。とっくに安全なところに隠したさ。そのかわりにトランクスを詰めておいたんだ。おれはあいつらとはここが違うんだ、ここがな」

そう言いながら、自分のこめかみを指さした。


ポタッ、ポタッ、ポタッ。

数秒後、おじいちゃんがようやく自分を取りもどした。

「ああ、ココ！　ようやく来たか、待ってたんだぞ。おや、ずいぶんステキな帽子をかぶってるな」

「おじいちゃん、ありがとう」

「おれをおじいちゃんと呼ぶな！　おい、このざまを見たか？　いったい何があったんだ？　知ってるか？」

「知らない」

「漏電かな？」

「たぶんね」

「おい、聞いてくれ。今日はいろいろなことを思いだしたんだ。おれの脳みそは本当に頑丈だな。あらゆることがなかにストックされてる」

そう言って、自分の頭をこぶしで叩く。

「ところで、おまえの誕生日はいつだったかな」

「忘れたの？」

「忘れちゃいない。確かめるためだ」

「五月十八日だよ」

「ああ、そうだった、五月十八日」と、低い声で繰りかえした。

それから難しい計算をするような顔で考えこみ、しばらくすると突然目を輝かせた。

「そうだ、タクシーの件だ。おまえに与えた使命はどうなった？　ほら、砂浜の……」

「皇帝陛下、それならわかったよ。ウルガットっていう小さな村の砂浜だって」

「ああ、それだ！　どうしてもそれだけが思いだせなくてな。そうだ、ウルガットだ、ウルガット。うがいをする時に出る音みたいな名前だな。いや、そんなに小さな村じゃなかったぞ」

おじいちゃんは見るからにホッとしたようすだった。ぼくは心のなかで、この浜辺の名前を一生忘れないためにはどんなことでもすると誓った。

「ココ、おまえに見せたいものがある。地下室に取りに行ってくれないか。グローブやサンドバッグが置いてある棚はわかるか？」

「うん、わかる」

「そこに松脂の缶があるんだ。ほら、すべり止めのためにリングシューズにつける白い粉だ」

「わかった」

ぼくがそう言うと、おじいちゃんは大声で笑った。

「ははは！　だがなかに入ってるのは松脂じゃない。ジョゼフィーヌをだますためさ。松脂だと思えばあいつは開けないからな」

数分後、地下室から取ってきた缶を渡すと、おじいちゃんはすぐにふたを開けた。

「ほら、嗅いでみろ」

砂浜のにおいだ。おばあちゃんの砂と同じにおい。淡くて心地よいけど、すでに消えかかってるようなあの香りだ。おじいちゃんとおばあちゃんが砂浜を歩いている姿が見えるようだ。

砂の上に二十本の足の指の跡がついている。

「このことは誰にも言うなよ。防衛上の機密事項だ。おれの威信に関わるからな。おまえは陸軍大将として、この帝国の大切な宝を守りつづけてくれ」

そう言うと、おじいちゃんは再び缶にしっかりとふたをした。

おばあちゃんからの手紙

親愛なるレオナールへ

このあいだはあわただしく帰ってしまったから、残念だったわ、きちんとさよならを言いたかったのに、とくにクリスマスイブのあたしときたら、いつもどおりじゃなくて……ええと、あなたたちのような若い人の言葉だとなんて言うのかしら？……「ブチギレる」っていうの？いずれにしても次の日はすっかりシャンパンが抜けたし、雨も降ってるし、ナポレオンがいない初めてのクリスマスだし、そしたらエドゥアールから電話がかかってきて、将来について話がしたいって言うんだけど、あたしは将来じゃなくて過去の話しかしたくない気分だったから困ってしまったの。

しかたがないから喫茶店で会ったんだけど、あの人ったら結婚の話をどう切りだしたらいいかわからなかったみたいで、本当に大きな子供みたいで、もう見るからにおしっこを我慢してるみたいにお尻をもじもじさせて、でもまあかわいいわよね、それにこっちにとっても都合がよかったの、だってあたしも結婚を申しこまれてもどう答えていいかわからなかったから。ストレートに「できません」って言うのも残酷だし、だから返事をするのはもちろん、その話をすることさえ嫌だったの。そこで、話をしたくない時の必殺技として「映画を観に行かない？」って言ったのよ。映画ってこういう時は本当に便利よね。

コメディーがいいってあたしが言ったら、エドゥアールは、ちょうどいい、今すごくおもしろいのがやってるって、クロサワとかいう人の『七人の侍』っていう映画に連れていかれたんだけど、正直言ってまったく、本当に何ひとつ理解できなくて、白黒なんだけどむしろ黒黒って感じで、すごく昔の話で、登場人物がほとんど笑わなくて、ちょうどぴったり二百七分間上映してたんだけど、エドゥアールがこれはロングバージョンだから運がよかった、ショートバージョンならすでに六回観たことがあるって言うんだけど、侍が七人でよかったと思って、だってあれが二十人だったら映画館で二日間過ごさなくちゃならないところだったし、みんな同じカツラをかぶって、同じようなひげを生やしてるからほとんど見分けがつかなかったんだけど、そのうちのひとりがちょっとエドゥアールに似てて、最後のクレジットが流れる時に、彼（侍じゃなくてエドゥアールね）が「どうだった？」って言うから、場をなごませるために「サムライだけにサムイ映画だったわね」って言ったら、笑いもしないで怖い顔をしてこっちをにらんで、「きみはこの素晴らしい文化遺産をバカにしてる」とか「きみの言動は精神的な略奪行為だ」とかって怒りだしたんだけど、こういうところがあの人とあたしの大きな違いだとつくづく思って、二百七分間も日本人たちが喧嘩してるところを観せられたんだから、ちょっとくらいジョークを言ったっていいじゃない？　たしかにあまりおもしろいジョークじゃなかったけど、でもエドゥアールはなんでもかんでもまじめにとるから、そこが大きな問題なの、というか問題のひとつなの。もうひとつ大きな問題があって、それはあの人がナポレオンじゃないってことで、だからあたし、すねてそっぽを向いてしまったの。で、小さな子供みたいに十五分もそうしてたもんだから、あの人もあまりの険悪なムードにこれじゃいけないと思ったんでしょうね、突然、「ああ、ジョゼフィーヌ、わたしたちはまるで犬と猫のように言い争ってしまったね！　いや、それもたまにはけっこうじゃないか！」って言いだしたの。

でもある意味、結婚の話をしなくてすんでホッとしたのも確かで、だって何をどう言ったらいいかわからないし、とくにあの砂に触れたりあの地図を見たりしてからは、十五歳の少女みたいにナポレオンのことしか考えられなくなってしまって、でもこんなことは誰にも言っちゃだめよ、ナポレオンはサムライの映画なんて観ないけど、サムライと同じようにいろんな悪だくみをする人だから。

ようやくエドゥアールの怒りがおさまって、話題を変えようとしたんだけど、あの人もどうやらそれほど身を固めたいわけじゃなかったみたいで、自分で料理や家事をしなきゃいけないことにうんざりしてて、そういうのをかわりに毎日やってくれるお手伝いさんが欲しいんだって言いだして、急にあたしを申し訳なさそうな顔で見て、「この問題についてよく考えて、よさそうな人を探すためにあちこちに電話をしなきゃいけないから」って言い訳をして、いきなりあたしをその場に置き去りにして帰ってしまったから、あたしはちょっぴり悲しい気持ちになって、湖のそばを通ってひとりで帰らなくちゃならなくなったの。

難しいわねえ、っていうのも、サムライやロシア帽やヤクの毛のブーツなんてものが好きだとしても、エドゥアールはやさしくていい人だし、惜しいことをしたかしら、とも思ったのよ。ナポレオンとエドゥアールが、シーソーの両端に座ってぎっこんばったんと揺れてるところを想像して、ひとりでくすくす笑っちゃったんだけど、この歳になってこういう悩みを抱えるなんておかしいわね。湖に三羽の白鳥の家族がいて、水面にかすかな跡を残しながら三角形になって泳いでて、日が暮れてきて、あたしはもの悲しい気分になってきて、よく考えるとそれもこれもすべてナポレオンのせいで、こんなことを白状するのは悔しいのだけど、元気でいるのかしら、人生の再スタートはうまくいってるかしら、プライドが高い人だから、どんなにつらい目にあってもけっして口には出さないでしょうけど、やっぱり言いたいことは言うべきだと思うし、ナポレオンはあたしの人生のたったひとつの太陽だから、たとえ沈みかけてる太陽だとしても、今でもあたしをあっためてくれるし、そう考えるたびに、あの時と同じように、足の裏に砂浜を感じたり、波の音が聞こえたりするのだけど、過去はけっして消えないのね、それだけは歳を取ってよくわかったわ。ねえ、レオナール、心のなかのことってすごく複雑で、あまりに複雑すぎて、歳を取るほどわからないことが増えていくんだけど、自分で選ぶことができるとしたら、そうねえ、それについてあまり考えすぎないほうがいいかもしれないから、あたしはタペストリーの続きに取りかかるわ、ペネロペのように。

あなたのおばあちゃんより愛をこめて

第二十二章

　こうして、おじいちゃんの最後の戦いが始まった。いまだかつてない厳しい戦いだ。敵はかなり手ごわい。おじいちゃんの急所をよく知っていて、ピンポイントで狙ってくる。体、頭、心のすべてを痛めつけようとする。おじいちゃんを苦しませ、気力を失わせ、屈辱を与えようとする。あらゆる点で試合をリードしている。フェイントもディフェンスもうまいので、おじいちゃんに休む暇を与えない。昼も夜も執拗(しつよう)に攻撃してくるので、おじいちゃんは何度もギブアップしそうになった。でも、たとえ倒されて床に膝をついても、どうにかして必ずはい上がるのだ。一回だけでなく二回、三回……いや、十回もそうしたことが続いた。敵のテクニックは回を増すごとに洗練されていく。おじいちゃんの筋肉を削りとって体を痛めつけ、記憶を粉々にして心を弱らせてしまう。

　敵はずるがしこいモンスターだ。わざとおじいちゃんに「勝てるかもしれない」という淡い期待を抱かせておいて、こてんぱんにやっつける。弱った獲物をいたぶるのが好きなのだ。意地の悪い目つきをした猛獣、まさにハイエナだ。ときおり森へもどっては、もの陰に潜んでぼくたちのようすを観察している。

ハイエナが森へもどってしまうと、いつもどおりのおじいちゃんが帰ってくる。そして、元気そうな表情で毒舌を吐きはじめる。

「まだまだ収容所送りにはされないぞ！　ココ、ボウリングに行くか？」

「うん、いいね、行きたいよ、皇帝陛下」と、涙ぐみながらぼくは答える。

「『いいね』って言うなら、なんで泣くんだ？　ああ、そうか、ココ、おまえ、外出禁止を言いわたされてるんだろう？」

おじいちゃんは怒った顔をつくりながらも、目はやさしそうに笑っている。

「おれは陸軍大将にまで見捨てられたか」

ぼくは目を伏せた。もし家を訪ねた時におじいちゃんがいなかったり、急に外へ出かけてしまったりしたら、すぐに知らせるようお父さんから言われているのだ。お父さんは、おじいちゃんのためにパートタイムのお手伝いさんを雇った。とてもやさしい人で、一日数時間ほどおじいちゃんのお世話をしてくれる。おじいちゃんはその人を、おばあちゃん、子供の時の林間学校のインストラクター、郵便配達人、自分のお母さんなどと勘違いする。とても控えめな人で、廊下のくすんだ壁紙と一体化して、そこにいるのに気づかないことさえある。

「ああ、たしかにたまにもの忘れはするさ。だが大げさに考えることはない。ヨットで世界一周するのは無理かもしれないが、それ以外のことは大丈夫だ。でもまあ、バイクは二五〇ccにしておくかな。だが、余力は十分残ってるぞ。人生これからじゃないか」

「帝国がほんの少し縮小するだけだね、皇帝陛下」

「そのとおりだ、ココ。国の大きさなどどうでもいい。大事なのは統治することだ。よし、来い！」

腕ずもうのお誘いだ。以前はぼくたちの絆を強めてくれたこのゲームが、今はとても恐ろしい。ぼくは歯を食いしばるふりをし、全身の力をこめるふりをし、力尽きたふりをする。ぼくの手の甲がテーブルにくっつく。……セーフ？　演技だったとバレていない？　でももしそうだとしたら、せっかく勝ったのにどうしておじいちゃんはあまりうれしくなさそうなんだろう。

ハイエナが森からもどってくると、おじいちゃんはこてんぱんにやっつけられ、ぼくは透明人間になってしまう。もしかしたら記憶を取り戻すきっかけになるかもしれないと思い、エスペラント語で話しかける。

「セード・インペリースト・ミーア、イエン・ミー、ヴィーア・チェフゲネラル！　ブーボ・ヴィーア。インペリオン・ニ・ネプレ・デフェンデュ。ラ・ランドリモーイ・エスタス・アタキタイ！（皇帝陛下、ぼくだよ、陸軍大将だよ、ココだってば。いっしょに帝国を守らないと。国境が攻撃されてるよ！）」

だめだった。下唇をだらりと下げて、奇妙な笑みを浮かべている。

「ねえ、陸軍大将のココだよ」と、ぼくはあきらめずに繰りかえした。

「坊ちゃん、誰かと間違えてるね。わたしは皇帝じゃないよ。陸軍大将なんか知らないな」

ぼくはロッキーの写真を持ってきた。

「じゃあ、この人はどう？　ロッキーだよ。皇帝陛下にすべてを与えてくれた人だ」

記憶喪失という蜘蛛の巣に引っかかってるおじいちゃんを、唯一救ってくれそうなのはロッキーの写真だけだった。おじいちゃんは、汗をかいてるロッキーの顔をそっと指先でなぞった。やさしい笑みを浮かべている。ぼくはそれを見て泣きそうになる。はっきりと誰なのかは思いだせなくても、どこかで会ったとわかっていて、一生懸命記憶をたどっているのだ。でもやっぱり無理だった。おじいちゃんはため息をつくと、写真から顔を上げた。

「坊ちゃん、帰る時にその犬も忘れずに連れて帰ってくれよ。わたしは犬アレルギーなんだ」

ぼくは皇帝不在の陸軍大将だ。ある日、悲しみと絶望にとらわれていたぼくは、ふとあの浜辺の砂のことを思いだした。ぼくが松脂の缶から砂を取りだすと、おじいちゃんは興味深げにそれをながめた。

「坊ちゃん、自分は陸軍大将だと言い張ったかと思えば、またしても変なことをしてるな。え、この砂のにおいを嗅げっていうのか？」

「うん、皇帝陛下」

「うんこのにおいなんかしないだろうな？」

おじいちゃんは目をつぶり、くんくんとにおいを嗅いだ。この懐かしい香りが、もやのかかった記憶に一筋の道を開いてくれるかもしれない。

「ああ、何かを思いだしそうだ。なんだかよくわからないけれど、たしかに何かが……もう一度嗅いでもいいかな？」

ぼくは大きくうなずく。

「なんてやさしいにおいなんだ！」

「ジョゼフィーヌの浜辺の砂だよ。皇帝陛下、覚えてない？　小さな砂浜だったでしょう？」

「そんなふうに呼ぶのはやめてくれ。わたしのどこが皇帝陛下なんだ？　ふつうに『おじいちゃん』でいいじゃないか。だいたい、さっきから気になってたんだが、きみはどうしてここにいるんだね？　いや、どこかで会ったことがあるのかな？　わたしが知ってる誰かに似ているような気もするが」

その日の夜中、電話が鳴った。エヴルーのガソリンスタンドのオーナーからだった。おじいちゃんが、プジョー４０４に軽油を満タンに入れてしまったらしい。お父さんが万一に備えて、うちの電話番号を書いたメモをダッシュボードに入れておいたのが役に立ったようだ。

「エヴルーだって？」お父さんがあわてて着替えながら言った。「なんてこった。ノルマンディー地方の町じゃないか。家から百キロはあるぞ？　だいたい、どうしていつもノルマンディー方面に行くんだ？　レオナール、おまえ何か知ってるか？」

「ううん、知らない」

「エヴルーにボクシングジムでもあるのかな？」

そんなふうにおじいちゃんの病状が悪化していくなかで、頼みの綱となったのは、あのラジオクイズ番組『千ユーロクイズ』だった。ぼくは、その十五分のインターバルをいっしょにすごすため、学校の昼休みにおじいちゃんの家へ行く許しをもらった。おじいちゃんが以前のように闘志に満ち、ファイトにあふれ、ナイフのように鋭くて完璧な記憶力を発揮する、夢のような十五分間。

「さあ、青のクイズです」パーソナリティーの声が聞こえてくる。「よく考えてくださいね。ヴィクトル・ユゴーの娘のひとりは狂気に陥りました。さて、その娘の名前は？」

ふたりの挑戦者がうなりながら考えている。

「ユゴー！」と、そのうちのひとりが叫んだ。

「名字ではなく、下の名前です」

「うーん、それは難しいなあ！」

ふたりともぶつぶつと独り言を言っている。「うーん、これかなあ」、「やっぱり違うかな」、「もしかすると……」、「いや、そうに違いない！」

「ヴィクトリーヌ！」

「違います」と、パーソナリティーの「クイズのやつ」が言う。

「じゃあ、ユゲット？」

「違います」

「マルスリーヌだ！」

すると、おじいちゃんが叫んだ。

「適当なことばかり言いやがって！　アデルに決まってるだろう！」

「本当に？」と、ぼくはたずねた。

「当たり前だ！　あいつらに賞金などやる必要はない！　名前を聞かれてるのにユゴーだと？　クイズのルールさえわからないなんて、尻を丸太で引っぱたいてやれ！　丸太でルールだ。まるた・あでる・ーる。ココ、どうだ？　このジョーク？」

「……おもしろい、です」

ヴィクトル・ユゴーの娘の名前なんて、いったいどこで覚えたんだろう？　おじいちゃんが本を読んでいるところなんて今まで一度も見たことがない。でも、少しも迷うことなく即答していた。

「モンゴルの首都だって？　簡単すぎる！　ウランバートルだ！」

「ゲイリー・クーパーがリンク・ジョーンズを演じた映画のタイトルだって？　『西部の人』に決まってるじゃないか。一九五八年公開だ。こんな問題、おれたちをバカにしてるのか？」

「五本の足を持つ棘皮(きょくひ)動物？　そんなのヒトデに決まってるだろう？　誰でも知ってるぞ、そんなこと！」

次々と正解していく。ところが番組が終わってラジオを消したとたん、おじいちゃんのスイッチも切れてしまった。もしかしたら、おじいちゃんの意識をこの世に引きとめているのは、「クイズのやつ」の声と、会場の観覧者たちの声援だけなのかもしれない。

「お遊びは終わりだ。シリアスモードに突入する」と、おじいちゃんは最後に言った。

いったいどういう意味なんだろう？

ぼくは学校にもどらなくてはならない。スイッチが切れたおじいちゃんと、句点改行と、どう猛なハイエナを部屋に残して、玄関のドアをそっと閉めた。

おばあちゃんの家からもどるとすぐ、修理をしてもらった帽子をアレクサンドルに返した。お母さんの絵もいっしょに渡した。アレクサンドルは新品のようになった帽子に驚いて、さっそく頭にのせた。それからじっくりと絵をながめて、大事そうに通学カバンにしまった。

「一生大切にするよ」ぽつんとそう言った。「きみのお母さんは本物のアーティストだね。世の中のものを不滅にできるのは、アーティストしかいないんだ。きみがうらやましいよ」

学校の帰り道だった。アレクサンドルはその後急に黙りこんでしまった。胸がいっぱいで、何かが爆発しそうなのをこらえているように見えた。

いつものようにぼくの家の前で別れた。ぼくは、帽子の裏に書かれている『R.R.』というイニシャルの意味が知りたくてしかたがなかった。でももしかしたら、それは立ち入ったことかもしれないし、きっぱりと拒絶されるのが怖くて、どうしても聞くことができなかった。

それから数週間後のある日、ぼくは思いきって「うちに寄っていかない？」と誘ってみた。ところがアレクサンドルは、「急いで帰らないといけないんだ」と言ってあとずさりしてそそくさと行ってしまった。

そのようすを見たぼくは、アレクサンドルは牢獄のようなところに身を潜めて暮らしてるのかもしれないと思った。でも、自分の秘密を打ち明けるかどうかは、アレクサンドル自身にしか決められない。もしかしたら、その時は一生やってこないかもしれないけど。

お母さんは、話をするのが苦手なのと同じくらい整理整頓も苦手だ。いつもそこらじゅうにスケッチブックが散乱している。ある日の夕方、そうやって放置されたスケッチブックのひとつに、これまで見たことがない絵が描かれているのに気づいた。いろんな種類の昆虫だった。走り描きのような簡単なデッサンばかりだけど、似たようなのが何十枚もある。お母さんは、ひとつのテーマに取りかかるとそれにのめりこむタイプなんだ。

どうしてこんな絵を描きはじめたのかとぼくは聞いた。すると、ある日の夕方、アレクサンドルに偶然会ったのだという。顔は知らなかったけど、帽子ですぐにわかったのだそうだ。お母さんは、以前のぼくと同じように、アレクサンドルのあとをこっそり尾行した。そして、ふつうなら気づかずに踏みつけてしまうような小さな虫を必死に守ってる姿を見て、心を打たれた。そこで、ちょうど買ったばかりだった色鉛筆を取りだし、さっそくその姿を記録したのだ。

お母さんはアレクサンドルと話もしたらしい。アズキゾウムシ、カミキリムシ、オサムシなどについて、たくさんのことを教えてもらったという。

「あの子、自分が守ってる虫たちと同じくらい傷つきやすい子だわ。詩情はどこにでもあるのね。土ぼこりだらけの地面の上にさえも」

お母さんの言うとおりだ。そしてそれと同じ詩情は、夜中に失踪（しっそう）するおじいちゃんの心のなかにもあるはずだった。たったひとりで遠くの町へ出かけて、お父さんとぼくをとんでもない追いかけっこに巻きこむ……。これは現実なんだろうか、とぼくは時々考えた。アレクサンドルを除いて誰ひとり、こんな突拍子もない話は信じてくれないだろう。鼻で笑うか、耳も貸さないにちがいない。アレクサンドルだけは、まるで冒険小説のようにおじいちゃんの話を聞きたがって、ワクワクしながら耳を傾けてくれる。

「きみの話、すごくよかった。はい、ビー玉。いや、一個じゃなくて二個あげるよ！」

夜中にしょっちゅう電話が鳴るようになった。ぼくは、そろそろ来る頃かなと事前に予測できるようになり、そういう日は服を着たままベッドに入った。電話が鳴ると、すぐにお父さんが受話器を取る。そしてぼくの部屋のドアを開けて悲しそうな顔で言う。

「行こう。今日もかなりの距離だぞ」

ボクシングジム、国道二十号線沿いのサービスエリア、閑散としたガソリンスタンド、二十四時間営業のファストフード店など、おじいちゃんはあちこちに出没した。そして、ありとあらゆる人たちが連絡をくれた。ヒッチハイクをされたという車の運転手、ガソリンスタンドのオーナー、荷台に乗りこんで寝ていたという長距離トラックの運転手、高速道路料金所の従業員、自分が飼っている牛におじいちゃんが乗っていたという農家の人、パリ郊外の片田舎(かたいなか)のボクシングジムのトレーナー、駅の待合室におじいちゃんがいたという駅長、列車内の警報器をおじいちゃんが鳴らしていたという車掌……。それにしても、車椅子でいったいどうやってそんなところまで行けるんだろう？　謎は深まるばかりだ。

迎えに行っても、おじいちゃんはぼくたちのことがわからない。ある時は、お父さんをかつての自分のトレーナー、ジョジョ・ラグランジュと勘違いした。

「ジョジョ、グローブをなくしちまったよ！」と、小さくて骨ばった自分の手を見ながら、おじいちゃんは言った。

とんでもない騒ぎになったこともある。突然、おじいちゃんが「こいつらに誘拐される！助けてくれ！」と公衆の面前で叫んだからだ。その時、退屈しのぎに集まってきた深夜の野次馬たち（長距離トラック運転手、バイカーギャングのヘルズ・エンジェルズ、遠征中のバスケットボール選手たち）に向かって、お父さんは必死に言い訳をした。

「いや、ですから、この人はぼくの父親なんですよ！」

「違うぞ！　こいつはおれの息子じゃない！　あんたたちはだまされてる。みんなだまされてるんだ！」

暗闇のパーキングエリアに悲痛な叫び声が響き渡る。

「本当なんだ！　こいつはおれの息子じゃないんだ！」

怪訝（けげん）な目を向ける野次馬たちをようやく追いはらうと、今度はおじいちゃんを落ち着かせて、車に乗せなくてはならなかった。どうにか乗せて走りだすと、最初の数キロはぶつぶつ文句を言っていたが、やがてぐっすりと眠りこんでしまった。車のシートに縮こまった姿がすごく小さく見える。

深い夢から覚めたように、おじいちゃんが急に現実世界にもどってくる時もある。

「おや、ココ、こんなところで何をしてる？」

「皇帝陛下は失踪したんだよ。まったく、陛下は本当にバラクーダだね」

「バッラクーダッ！」

おじいちゃんはクロード・フランソワの歌を口ずさむと、お父さんをあごで示しながら言った。

「ニー・ヴェンコス・ペル・エローヴィオ！　チュー？（こいつを持久戦に持ちこんでやっつけような？）」

「ミー・トゥッツェルタース、インペリイスト・ミーア！（そうだね、皇帝陛下！）」

「なんて言ったんだい？」と、お父さんがたずねる。

「別に。お父さんがいてくれてうれしいってさ」

最近では、ほとんど一週間に一度の割合で、おじいちゃんは失踪騒ぎを起こすようになっていた。ぼくは、夜の静けさを破る電話の音を恐れていたのと同時に、その音が冒険が始まる合図のように思えて、ひそかに心待ちにするようになった。

おじいちゃんを探しに行く途中、お父さんとぼくは時々国道沿いの店に入って休憩した。夜遅くまで開いている小汚いカフェでコーヒーを飲み、店員に道をたずねる。現実離れした状況にいるせいか、お父さんはいつになくおしゃべりだった。内心の不安をぼくに打ち明けることもある。

「なあ、たまに思うんだよ。おまえのおじいちゃん、本当にボクシングをやってたのかな？」

じつは、ぼくもずっと前からそう思っていた。でもその考えが頭をよぎるたび、おじいちゃんに対する侮辱だと心のなかで打ち消してきたんだ。たしかに、若い男の人がリングで戦う写真はトイレにたくさん貼ってある。でもその人は、おじいちゃんにはあまり似てないように見えるのだ。それに、当時のボクシング関連の資料をいくら読んでも、「ボヌール」という名前はどこにも見当たらない。ロッキーと戦った「ナポレオン」というリングネームのボクサーは、本当におじいちゃんだったんだろうか？

もしかしたら、ぼくの皇帝陛下が築いた帝国は、嘘で固めた張りぼての国にすぎなかったんだろうか？

でも、どうやって真相を知ることができるんだろう？　誰に聞けばいい？　おばあちゃん？　いや、おばあちゃんも、おじいちゃんが戦っているところを見たことがないと言っている。ぼくたちと同じくらい何も知らないはずだった。

第二十三章

ある土曜の朝、ぼくの勉強机の上にノートのようなものが一冊置かれていた。お母さんが描いた絵だった。何枚かを毛糸で綴(と)じて、絵本として装丁されている。表紙にはタイトルも書かれていた。

ナポレオンの本

すぐにでも開きたかったけど、ぐっとこらえて、お母さんを探しに屋根裏のアトリエへ向かった。誰もいない。キッチンに行くとメモが残されていて、「留守にするけど心配しないように」と書かれていた。

ぼくは急いで着替えて自転車に飛び乗った。ペダルをこぐ脚を暖かい風がなでる。春の空気が希望に輝き、ゆらめいている。

おじいちゃんの家に到着した。おじいちゃんはぼくが来るのを待っていた。ひげを剃(そ)ってこざっぱりとし、白い髪をオールバックにしている。お父さんたちとボウリングに行った日と同じ白いスーツを着ていた。体調もよさそうだ。まるで敵をノックアウトし、永遠にどこかへ追いだしてしまったみたいに見える。リビングの真ん中には、小さなスーツケースと黒いボウリングボールが置かれていた。

「おお、やっと来たか。待ってたんだぞ。いい天気だな」

はきはきした力強い声だった。

「スーツケースなら気にするな」

ぼくの目がそこに釘づけになってることに気づいたらしい。

「バカンスに行くつもりだったんだが、やめて別のことをすると決めたんだ。ココ、そこの窓を開けてくれ」

雑草だらけの庭に向かって、ぼくたちは深呼吸をし、胸いっぱいに空気を吸いこんだ。

「春が来たな。ココ、春ほど素晴らしいものはないぞ。とくに人生の春は最高だ」

ぼくがほほえむと、おじいちゃんも笑顔になった。

「ココ、おれたちにあとどれだけの時間が残されてるかわからない。だから、時間を無駄にはできないんだ」

そう言うと、ぼくが腕に抱えていた絵本を指さした。

「それはなんだ？　見せてごらん。文字はあまり多くないだろうな？」

「ううん、絵だけだよ」

そう言いながら、ぼくは絵本を差しだした。

「文字を読んだりして余計な頭を使いたくないんだよ。少なくとも今日はごめんだ。第一、すでにこの頭は穴だらけだしな！」

おじいちゃんは大声で笑った。目の端に小さな涙の粒が光っている。

「どれ……ほう、きれいな絵本だな。おれにくれるのか？」

「うん、『ナポレオンの本』。誕生日のプレゼントだよ」

「おれの誕生日はまだ先だけどな……。いや、でも何があるかわからないから、先を見こしておくのはいいことだ。敵に対しても常に先手を打たなきゃならない」

ぼくたちは一瞬見つめあった。おじいちゃんは急にまじめな顔になると、長い指で絵本をめくりはじめた。

お母さんの絵は時系列に並べられていた。すべてのページにその時々のおじいちゃんの姿が描かれている。ロッキーとの最後の試合、おばあちゃんと初めて会ったタクシー、浜辺の砂の上に残された足跡、「蛍光ネクタイ」事件、白いピンにぶつかる黒いボール、ファイティングポーズを取るお父さん、十本のピンの間から顔を出すお父さん……。おじいちゃんは目を細めたり、にっこりほほえんだり、口を大きく開けて驚いたりしている。おばあちゃんが庭に立って、手招きをしている絵もあった。おじいちゃんはその絵をなでながら、おばあちゃんに話しかけた。でもなんて言ったのか、ぼくには聞きとれなかった。

「クソッたれっ。おれはこんなことで泣かないからな」

ぼくの目がうるんだ。

お母さん自身の姿はたった一回しか描かれていなかった。おじいちゃんと並んで、白い服を着た男の人の前に座っている。三人を包む空気はしんみりして悲しそうだ。

「これ、どこなの？」と、ぼくはたずねた。

「どこでもないさ。数ヵ月前にふたりであちこち散歩したんだ。楽しかったぞ。もし生まれ変わったら、おれはおまえのお母さんの絵筆になりたいな」

ぼくは確信した。これは病院だ。おばあちゃんと離婚する前、おじいちゃんはお母さんといっしょに病院へ診察を受けに行ったんだ。

絵本の最後の数ページは、病院の壁のように真っ白だった。これから先、おじいちゃん自身がこれらのページを完成させるのだ。

「さあ、読書はもうおしまいだ」急におじいちゃんが言った。「少し体を動かしに行くぞ」

そして、以前のように黒い革ジャンを羽織った。

「ここからズラかろう。行くぞ、ココ！　プジョー404で出発だ！」

ぼくが困惑するのを見て、さらに言った。

「いいから行こう。最後のドライブだ」

おじいちゃんが運転し、ぼくが助手席に乗った。急ブレーキをかけるたび、ぼくがフロントガラスのほうに投げだされないよう、腕を伸ばしてガードしてくれる。以前とまったく同じだ。信号無視を三回、右側優先無視を五回した後、美容院の前に急停止する。でも、駐車スペースはわずかキックボード一台分くらいしかない。

「皇帝陛下、ここに停めるのはちょっと無理じゃない？」

「何を言うか。丁重にお断りすれば大丈夫だ」

そう言うと、前の車を一突きし、後ろの車を一突きして、バンパーをへこませた。おかげで、404がぎりぎり入るスペースができた。

「ほら見ろ、ココ、これだけあれば十分だろう？　ふん、免許を取り上げたいなら勝手にすればいい。どうせもともと持ってないんだ！」

そのようすを見て、まわりの車がいっせいにクラクションを鳴らした。

「顔面を一発やられたいのはどこのどいつだ⁉」おじいちゃんが窓から顔を出して叫んだ。

「礼儀知らずなやつらめ！　ふふん、こうして怒鳴り散らしていると若返った気分になるな！」

ぼくは車から降りて車椅子を組み立てた。おじいちゃんはそれに座ると、目の前の美容院を指さした。

「それ以上カッコよくなりたいの？」

「人前に出ても恥ずかしくない格好にするんだ。第一印象が肝心だからな」

ぼくは店内の椅子に座って、カットされたおじいちゃんの髪が雪のようにはらはらと床に落ちていくのをながめていた。ひと房だけでも欲しかったけど、言いだす勇気はなかった。鏡を通しておじいちゃんと時々目が合った。そしてようやく美容師が、おじいちゃんの後頭部に手鏡を添えた。

「いかがですか？」

「完璧だ。なあ、ココ？」

「すごくカッコいいよ」

「少し立たせますか？」と、毛先をいじりながら美容師がたずねる。

「お？　立って歩けるようにしてくれるのか？」

ふたりで同時に声を上げて笑っている。店を出ると、おじいちゃんは少しためらってからこう言った。

「ココ、まだ帰りたくないな。一杯飲みに行こう！　これからはそういうこともできなくなるからな」

「どうしてそんなこと言うの？」

「どうしてもだ。今のうちに言っておきたい秘密の話もあるしな」

ぼくの心臓が大きな音を立てた。数週間前から、おじいちゃんとぼくのあいだで、いろいろなことがおしまいになってしまう予感がしていたのだ。

カフェはたくさんの人でごった返していた。若い人、年配の人、家族連れ、おひとりさま……地球上の人たちがみんなここに集まっているみたいだ。おじいちゃんの車椅子はベビーカーやキックボードだらけのなかでかなり目立っている。

「コーラにしよう。ココもか？」

ぼくは「うん」と言うかわりに笑顔でうなずいた。

「コーラふたつ！」と、おじいちゃんは指を鳴らして大声で注文した。

店内にいる人たちをじろじろながめるその瞳に、疲れの色が見える。それが何を意味するか、今のぼくにはわかっている。おじいちゃんがこの世界から消えてしまうまで、あとどのくらいだろう？　十五分？　それとも三十分？　残り時間を知っているのはおじいちゃんの敵のハイエナだけだ。

「ココ、おれが入院した時のこと、覚えてるか？　そうだ、ぎっくり腰で。あの時、『どうして人は同じ場所にとどまっていないんだろう』って言っただろう？　いつも右や左へ行ったり来たりしてる。五分たりと同じところにいやしない」

「うん、覚えてる」

店員がやってきて、ぼくたちの前にコーラをふたつ置いた。おじいちゃんはポケットから五十フラン札を取りだした。

「釣りはとっといてくれ！　……でな、今日、その答えがわかったんだ」

おじいちゃんが誇らしげな顔でぼくを見る。ぼくは内心がっかりしていた。てっきり別の秘密を打ち明けてくれると思っていたからだ。

「そう、答えは簡単だった。同じ場所にいると退屈するからさ、それだけのことだ。人間は退屈すると、変なことばかり考えてしまう。いや、むしろ、ひとつのおかしな考えに心がとらわれてしまう。だからいつもあちこち移動してるんだ。余計なことを考えないために、おかしな考えに心がとらわれないために」

「おかしな考えって何？」

おじいちゃんはストローを包んでいる紙袋を歯で引きちぎり、ストローを吹いて紙袋を飛ばした。紙袋は小さなロケット弾となってテーブルを越え、しばらく宙を漂ってから女の人の髪のなかに落ちた。女の人は気づいていない。

「なあ、おれは今八十六歳だ。自分の意志でそうしたんじゃなくて、いつの間にかそうなった」

「うん」

「八十六年をサッカーワールドカップで換算してみよう。さあ、算数の勉強だ。この紙のテーブルマットの上で筆算をしてごらん。どれ、うん、そうだ」

「二十一・五」

おじいちゃんの人生は、ワールドカップ二十二回分にも満たないのだ。ぼくもすでに二回分経過している。お父さんは十二回分だ。結局、人間の人生なんてワールドカップ二十回分ほどでしかない。それでホイッスルが鳴って試合終了だ。

「ちょっと考えさせられるだろう？」

声を上げて泣きたいほど悲しかった。まわりの雑音が分厚い布となって覆いかぶさってきて、ぼくはそこから逃れようともがいてた。カウンターの上でグラスがぶつかり合うのが、釘を打つ音のように聞こえて身震いする。思わず、おじいちゃんを置きざりにしてその場から逃げだしたくなった。

「ココ、もう時間がない。まったく、またしてもメーターに急かされるな。もうひとつ、もっと大事なことを言っておかなくちゃならない。いいか、よく聞けよ。この秘密は……」

そこまで言って、おじいちゃんは口をつぐんだ。ぼくの目を見ながら、続きを言おうかどうしようかためらう顔をする。

「誰にも言わない。約束するよ」と、ぼくはおじいちゃんを勇気づけた。

「トップシークレットだぞ」

「絶対に他言はしないよ」

おじいちゃんは、スパイが近くにいないか確かめるように、あたりをきょろきょろ見まわした。タカにおびえる小鳥のようだ。

「ココ、じつはな、あー、なんというか、数字ならどうにかなるんだが、他のやつは……ええと、おれは……」

おじいちゃんはそこでいったん深呼吸をすると、続きを早口で一気につぶやいた。

「じがよめないんだっ。ふう、言えたぞ！　ああ、言えた言えた、すっきりした！」

「え、じがよめ……よめ……？　まさか」

「字が読めないんだ。もちろん、書くこともできない。おい、『言ってることがわからない』みたいな顔をするな。簡単なことだ、ひと文字も読めないんだ」

おじいちゃんは、壁に貼られている競馬グランプリのポスターを指さした。

「たとえばあのポスターだ。あれも何が書いてあるかさっぱりわからない。馬の写真にしか見えない。読めるようになりたいと思って勉強を始めたことはあるが、いつもすぐに飽きてしまう。だからこれまでずっとまわりをだましながら生きてきたんだ。あのタイヤンデック先生さえ気づかなかった」

おばあちゃんはどうだったんだろうとぼくは思った。するとおじいちゃんはぼくの心の声が聞こえたかのようにこう言った。

「ジョゼフィーヌも知らないさ。ずっと言いだせなかったんだ。最初にタクシーで会ったあの日、あいつ、名前は忘れたけど、なんとかっていう小説は好きかっておれに聞いたんだ。もちろん大好きだって答えたさ。でもそれがよくなかったんだ。最初に嘘をついてしまうと、本当のことが言いにくくなって、どんどん嘘を上塗りするようになる。実際は、アルファベット、記号、アクセント、どれもどうやって使うのかさっぱりわからない。それに、ボクサーという職業柄、世界中を旅してると、国境を越えたとたんに文字や記号の使い方が変わっちまう。だから余計に覚える気をなくすんだ。ボクシングでは、対戦相手の表情から恐れや不安を読みとる。でもそれは、いくら本を読んだからってできるようになることじゃない」

「タクシー運転手になってからはどうしてたの?」

「勘でどうにかなった」

「すごい! 皇帝陛下はだましの天才だね」

「ありがとう。なあ、ココ、おまえの父親は何歳で字が読めるようになったと思う? 四歳だぞ。たったの四歳で字を読みはじめたんだ。せっかくボクシングを観に行こうと誘ってやっても、家で本を読んでるほうがいいって言いやがるんだ、あのクソガキ。もっと小さい頃は、毎日のように本を読んでくれとせがまれた。おれはそのへんにあった絵本を適当に選んで、絵を見ながらいいかげんな話をでっち上げたよ。あいつはそれを全部うのみにしてた」

そう言うと、おじいちゃんはバカにするように笑った。それから指をクイッと曲げて、もっと近くに寄るようぼくに命じた。

「ココ、よく聞け。おまえにだから言う。おれは覚えたいんだ」

「読むのを？」と、ぼくは小声で言った。

「そうだ、陸軍大将。文字の読み方だ、服の縫い方じゃないぞ。敵がどこまで迫っていて、どのくらい時間が残ってるかわからないが、これが最後の戦いになるだろう。使い道もそれほどないだろうが、まったく役に立たないわけじゃない。これからは、いろいろな用紙に記入する必要が出てくるだろうし」

ぼくはうつむいた。予感はあった。美容院でのヘアカット、「人前に出ても恥ずかしくない格好にするんだ。第一印象が肝心だからな」というセリフ、リビングの真ん中に置かれたスーツケース……。顔を上げると、おじいちゃんと視線がぶつかった。目にあきらめの色が浮かんでいる。やっぱりそうだ、おじいちゃんは家を出る決心をしたんだ。

「ココ、これは撤退じゃないぞ。もちろん降伏でもない。牽制(けんせい)をかけるだけだ。相手を油断させておいて、隙を狙ってやっつけるんだ」

「だますんだね」

「そうだ、だますんだ。さすが、よくわかってるな。だから絶対にめそめそするなよ、相手につけこまれるからな。作戦もある。書くものはあるか？」
ぼくは思わず不審そうな顔をする。

「違う、おれが書くんじゃない。これからおれが言うことをおまえが書くんだ。忘れちまうと困るからな」

ぼくはおじいちゃんが話す一字一句をそのまま紙に書き写した。大事なところになると「ここはアンダーラインを引いてくれ」と、おじいちゃんは言った。

一枚の紙を文字で埋めつくした頃、おじいちゃんはようやくホッとした顔をした。

「皇帝は最後まで戦うぞ。けっしてあきらめない。だからこれからもいっしょにやろうな」

「うん、皇帝陛下。ずっといっしょだよ」

「変だな、寒くなってきた。帰ろうか」

ポタッ、ポタッ、ポタッ。

蛇口から漏れる水の音が、今日も残り時間をカウントしていて、ぼくを不安な気持ちにさせる。陶製の洗面ボウルを叩く音がどんどん大きくなっていく。聞いているとイライラする。リビングの真ん中にあるスーツケースを蹴り飛ばしたい気分だ。おじいちゃんは、まるで初めて見る場所のように家のなかを見まわしている。

「皇帝陛下……」

おじいちゃんが驚いて飛び上がった。ぼくたちの視線が交差する。その青い目は、ジャングルのように深くて険しい記憶の森を一生懸命探っているようだ。過去と現在がツタのようにからまっている。

「おじいちゃん、聞いて。いい？　『水滴の音　窓の外の木　風を受け』」

「ほう、きれいだな。戦時中にイギリスのラジオから流れた暗号メッセージみたいだ」

「日本の詩だよ。俳句っていうんだ」

「ハイク？　誰がどこへハイキングに行くんだ？」

「誰もどこにも行かないよ。俳句は『もののあわれ』をとらえるんだ」

おじいちゃんが眉をひそめた。

「『もののあわれ』っていうのはね、命あるものが消えかかっている時、完全に失われてしまう前につかまえようとすることなんだ」

おじいちゃんは、熱いものをつかんでやけどをしたみたいに、胸の前で手を振った。

「その『もののあわれ』とやらを、もうひとつやってみてくれ！」

ぼくは目を閉じた。おじいちゃんがこっちを見ている気配がする。

「よし、できた。『カバンひとつ　タイルにボール　誰もいない』」

「いいな。文字が少ないところもいい。おれもやってみていいか？」

そう言うと、おじいちゃんは気持ちを集中させて、大きく息を吸った。

「ストレート　鼻から流血　ケーオーだ」と、ひと息に言って、ぼくの反応を待つ。

「悪くないよ！　うん、なかなかいい」

おじいちゃんは、ほっそりした顔に憂いを帯びた笑みを浮かべた。白い髪と同じように美しくて、同じように柔らかい笑顔だ。

そして、またしてもおじいちゃんがぼくから遠ざかっていった。

馬にまたがって、振り返りもせずに、「老い」という名前の広くて何もない平野の向こうに消えていく。ポタッ、ポタッ、ポタッと、凍った大地を駆ける馬のひづめの音が響く。

「皇帝陛下……皇帝陛下……」と、ぼくはつぶやいた。

玄関ドアの鍵が開く音がした。

「ジョゼフィーヌ！　遅かったな！」と、おじいちゃんが叫ぶ。

ぼくの心が凍りついた。違う、おばあちゃんじゃない。お父さんが雇ったパートタイムのお手伝いさんだ。おじいちゃんは右手でぼくを指さした。

「この青年のおかげで、ようやく夢のマイホームを手に入れたよ。おいで、なかを案内してあげよう。おれたちはこの家でともに年老いていくんだ。これからずっとここでいっしょに暮らそう、なあ、ジョゼフィーヌ？」

「ええ、ナポレオン」と、お手伝いさんが答えた。

「おれの靴のなかにはまだあの浜辺の砂が入ってるよ」

レオナールの手紙

おばあちゃんへ

大事なお知らせがあります。だからこの手紙を読みはじめる前に、まずはきちんとどこかに座ってね。もしタペストリーを編んでるならちょっと手を止めてほしいんだ。もう編み終わったっていうなら、また十列分くらいほどいてよ。ぼくたちにはまだおばあちゃんが必要なんだ。

このことはおばあちゃんには言うなって釘を刺されたんだけど、もういろいろなことが今までと変わっちゃったから、やっぱり言うことにします。おじいちゃんはすごく痩せて、しわだらけになって、まるでアイロンをかけてないシーツみたいになっちゃいました。あの白くて美しかった髪もごっそり抜けて、頭皮が丸見えになってる。ひとりで別の世界へ行っちゃって、みんなのことがわからなくなる時もあるんだ。お母さんはそれを「人生のヴェネツィア」って呼んでるよ。「時間の流れの外側に浮かんでて、穏やかで静かな迷路のなかを歩いてるから」なんだって。それ以外の時は、前のように威張ったり怒ったりしてるけど、そういうこともだんだん少なくなってきた。だけど、変わらないこともあるんだ。おじいちゃんは今でも昔のようによく笑う。あんまり大声で笑うので、廊下中に響きわたって、そのせいでこのあいだは警報器が鳴ったくらいなんだよ。人間のなかで最後まで残るのは笑いなんじゃないかってぼくは思うんだ。

　どうしておじいちゃんがおばあちゃんと離婚して、再スタートをするなんて言いだしたのか、今ならぼくにもよくわかるよ。ずっと皇帝のままでいたかったんだね。今のような自分をおばあちゃんに見せたくなかったんだ。施設に入ってる姿なんて……そう、今おじいちゃんは、ひとりでは生活するのが難しいと言われる人たちといっしょに暮らしてるんだよ。

　大事なお知らせっていうのは、そのことなんだ。先週、おじいちゃんは、おばあちゃんと暮らしたあの家を出る決心をしました。施設には、『千ユーロクイズ』を聞くためのトランジスタラジオと、ロッキーの写真だけを持ってきたんだ。写真はおじいちゃんのベッドの正面に飾ってある。時々、おじいちゃんの本当の家族ってロッキーだけなんじゃないかなって思うことがあるよ。ロッキーは「こっちへ来いよ、怖がらなくていい。またふたりで楽しくやろうぜ」って言って、おじいちゃんを安心させてるんだと思う。他の家具や日用品は施設から支給されたけど、なぜかテレビのリモコンには電池がなかった。でも別にいいんだ、おじいちゃんはテレビなんか見ないから。「こんなのはじじいが見るものだ」って言ってる。そういう意味で、おじいちゃんの戦いはまだ続いてるんだ。

　おじいちゃんの部屋は三階にあって、窓からはぼくが通う小学校の校庭が見える。ぼくは窓辺にいるおじいちゃんの姿が見えるし、おじいちゃんも校庭にいるぼくの姿を見下ろせる。それに、週に二回学校に来て、ぼくの隣で授業を受けてるんだよ、すごいでしょう？　感心するほど授業をきちんと聞いてるし、すごくいい生徒なんだ。たしかに今のおじいちゃんは、おばあちゃんが聞いたらびっくりするような話し方をするし、書き言葉もめちゃくちゃで、すべての単語を一から並べなおさないと意味がわからないんだけど、目と目で見つめあうだけでみんなと理解しあえるんだ。

ぼくたちはお互いを見守りあってる。もしかしたらそのせいで、いつかふたりでここから脱走しちゃうかもしれない。すべてを捨てて、どこかへ逃げだすんだ。ステキでしょう？　でも、それは単なるぼくの夢。本当はわかってるんだよ、おじいちゃんはいつかひとりぼっちで行ってしまうってことを。以前はそんなことはありえないって思ってたけど、今はそうなることをちゃんと知ってる。もうすぐおばあちゃんに会いたがると思うので、準備をしておいてね。もうあんまり時間がないんだ。セーターを編んでくれてるって知ったら、すごく喜ぶと思う。手紙が来ないからって怒らないであげてね。いつかぼくがその理由を教えてあげるから。

レオナールより

大好きです。

第二十四章

数週間がたった。

休み時間、アレクサンドルとぼくは校庭に出て施設の窓を見上げた。おじいちゃんが姿を現わす。その顔はナイフの刃のようにほっそりとして、視線はロウソクの灯のように揺れていた。でもしっかりとこぶしを握ってこっちに向かってかかげている。ぼくたちも同じ動作をしてみせた。

ぼくたちはやっぱりおじいちゃんが大好きだった。

透明な窓ガラスの向こうで、おじいちゃんは以前と同じ笑顔を見せてくれた。どんなに帝国が縮小しても、屋内に閉じこめられていても、おじいちゃんはこれまでと同じようにワイルドな反逆者で、その瞳は今も反抗心でキラキラ輝いている。

「おじいちゃん、廊下でボクシングやボウリングの大会をやってるんだよ」

「へえ！」

「あと、深夜二時までクロード・フランソワのバックダンサーグループ、〈クローデット〉の特訓をしてるんだ。それから……」

「それから？」

「それから、みんなを困らせてる。ルールに縛られるのが我慢できないんだ」

「ぼくも！」と、アレクサンドルが叫ぶ。

「ぼくも！」と、ぼくも同意する。

「今の話、すごくよかった！　はい、あげる！　ビー玉を一個あげるよ！」


おじいちゃんがあんまり勝手なことばかりするので、とうとうお父さんとお母さんはお団子頭の施設長から呼び出しをくらった。ぼくもその場に同行した。

「クロード・フランソワの『アレクサンドリ・アレクサンドラ』と『よこしまな恋』を深夜二時まで熱唱するんです。しかも、腰をくねらせて踊るバックダンサーグループの〈クローデット〉をしたがえて。それだけでも問題です。ですが……」

「うちの父親は一筋縄ではいかないって言っておいたと思いますけど……」と、お父さんが口をはさんだ。

「待ってください、話はまだ終わってません。『バラクーダ以上に貪欲だ』とかいう曲を何時でしたっけ……とにかく夜中まで唄うのは、たしかに困ることは困るんですが、まあ我慢の範囲内と言えるでしょう。わたしだってそういう遊び心は理解できるつもりです」

施設長はそこまで言って口をつぐむと、両手の指を組んで再び話しはじめた。

「ですが、今日はその限界をはるかに超えました。ええ、ボーダーラインを大きく超えてしまったんです。こればかりはけっして許すことができません！　わたしは高齢者を尊敬していますが……この施設にも守るべきルールというものがあるんです！」

「まあ、たしかにルールを守るのはあまり得意じゃないですね、うちの父親は」

どうやら、仲よくなった六人の入居者たちとグルになって、水泳インストラクターのシルヴィオをプールのロッカールームに閉じこめたらしい。

「しかも、シルヴィオの水着を盗んだあとにですよ」施設長がつけ加える。「かわいそうに、あの人はショックで精神科病院行きです。でもそれも序の口にすぎません。あの七人ときたら、食堂からたくさんトマトを盗んできて……いったいどうしたと思います？」

ぼくたちは首を横に振った。

「アコーディオン奏者にぶつけたんです！　二十年前から毎週水曜に慰問に来てくれる男性で、その心あたたまる演奏をみんな楽しみにしてるんです。それをおたくのお父さまがいきなりやってきて、顔にトマトを……」

「たしかに、アコーディオンの音って、ちょっと神経を逆なでするっていうか……」と、お父さんが言う。

「おたくのお父さまたちは、ポップスやレゲエを演奏しろって言うんです。『ノリのいいやつをやってくれ』と。他にも、もっと広い部屋に入れろ、ボブ・マーリーのポスターをくれ、マリファナをやらせろなど……無理に決まってます！　おたくのお父さまのやることはあまりにも度がすぎます！　あの人がみんなの首謀者、リーダー、ボス、親分なんです！」

「皇帝、ですね」と、お父さんが小声で言った。

「ええ、皇帝と言ってもいいでしょう。実際、他の人たちはあの人をそう呼んでるようですし。プール事件の時は海軍大将を名乗ってましたが」

どうやらおじいちゃんは、絵本の最後の空白ページを最前線での戦闘行為で埋めつくすつもりらしい。わずか一ヵ月足らずで、平和だった『フレンドリー・レジデンス』に反逆の風を吹かせ、笑いと活気をもたらしたのだ。これらの出来事は、おじいちゃんがこの世を去ったあとも語りつがれ、みんなの心に残りつづけるだろう。

施設長からさんざん文句を言われたお父さんは、翌日、おじいちゃんに説教するしかなくなった。

「このししぇつにはりゅーるがありしゅぎるんだ」おじいちゃんが反論する。「おりぇはりゅーるはきらいだ」

「ルールがありすぎるだって？」お父さんは驚いて声を上げた。「父さんがいじめた水泳インストラクターも、父さんにルールを強いたっていうのか？」

「おりぇはぷーりゅでくぁいてんをするためにしゅうりょうじょおくりにしゃれたわけじゃない」

「あのさ、何度も言うようだけど、『収容所送り』って言うのはやめてくれ。それから、プールで回転するのは健康のためなんだ。父さんのためを思って運動を指導してくれてるんだ。わかった？　すべて父さんのためを思ってやってくれてるんだよ！」

おじいちゃんは肩をすくめた。

「しょんなにどぅなりゅなよ。ちゃんとききょえてるんだきゃら」

「怒鳴ってない！　説明してるだけだ！」

「あいちゅのひょうぎゃらみじゅぎがむきゃつくんだ」

「ヒョウ柄水着がムカつく？　だからってあんなことをしていいわけないだろう！」

突然、おじいちゃんはニヤリと笑うと、目を輝かせた。人差し指を曲げてお父さんを近くに呼び寄せ、耳元で何かをささやく。お父さんはそれを黙って聞いていたけど、突然飛び上がってあとずさりした。大きなショックを受けたという顔をしている。

「なんだって？　すごく小さいって……何言ってんの？　父さん、完全にどうかしてるよ。まったく、本当に理解できないよ」

「そうさ、おれちゃちはりきゃいしあえにゃいんだ。じぇも……」

「ぼくたちは理解しあえない、じぇも、じゃなかった、でも、何？」

お父さんはつま先立ちをしながらたずねた。

「なんでもない。ラジオをつけてくれ。『千ユーロクイズ』の時間だ」

カン、カン、カン。ゴングが三回鳴る音が聞こえる。休戦の合図だ。

これからの十五分間は、すべてのものごとがあるべき場所に帰る。

おばあちゃんからの手紙

レオナールへ

あなたの手紙をもらってからずっとセーターを編みつづけてるので、手にマメができてしまって、バスルームのマメ電球さえ取りかえられないんだけど、これってクロクロみたいで危険じゃない？（こんなジョークを言ってごめんなさいね）だからできることなら足の指を使って編みたいんだけど、一日中、それこそ、夜も朝も昼もずっとひとつのことしか考えられなくて、それはナポレオンがあたしを呼びもどしてくれて、編み上がったセーターを手渡すことで、だってそうすれば「人生のヴェネツィア」でも寒い思いをしなくてすむでしょう、あの町はじめじめして寒いからね。

でももしあたしを呼びもどさずにひとりで行ってしまっても、それはそれでしかたがないって言っておいてね、だってあたしは生きてる限りずっとあの人のことを思いつづけるし、それはあの人がいなくなっても同じだから、でもひとつ後悔してるのが、あの砂浜にもう一度行きたかったのにかなわなかったことで、あれは何歳だったのかしら、計算すればいいんでしょうけど、なんだか怖くて。あの浜辺は本当に存在したのかしら、そう思いながらずっとあの地図をながめてるんだけど、どうしてもう一度行っておかなかったのかしらね、あたしたち、チャンスはいくらでもあったのに、やりたいことがあるならできるうちにやっておくべきなのよ、それだけが心残りで、それ以外のことはすべてゴミ箱に捨ててしまってもかまわないんだけどね。

人生の再スタートの件だけど、あたしのことが嫌になったんだろうなんて一度も思わなかったのは、もうすぐ死ぬかもしれないって思うと、この先どうやって生きたらいいか不安になるのは当たり前だし、あのナポレオンが唯一恐れていたのも死ぬことだったから、最近、夜寝る前につらつら考えるんだけど、あの時に意地でも家を出ないであのままそばにいたほうがよかったのかしら、いや、こうして別れたのはあの人のためにやっぱり正解だったはずよって、だってあたしの目と心にはあの人のステキな姿が今も焼きついてるし、それがあの人の望みだったはずで、だからあたしもナポレオンがナポレオンでいつづけられるように離婚を受け入れたんだし、あなたにはまだよくわからないだろうけど、人間っていろいろ複雑なのよね。

そうそう、複雑っていえば、あのエドゥアールがすごくステキなお手伝いさんを見つけて、それがアジアに詳しい若いお嬢さんで、おかげであの人、もうほとんどあたしに連絡をくれなくなって、このあいだもらった電話では「碁の試合が長引いてるから今週は会えない」って言ってたんだけど、どうやらお嬢さんは碁のプロみたいで、ふたりで『七人の侍』を二回観に行ったっていうんだけど、全部で十四人になるからもはやひとつの村みたいなものね、そのお嬢さんはこれまで仕事でいろいろな苦労をしてきたみたいで、今はふたりでうまくいってるらしいし、エドゥアールはその子を養女にしたいようで、「そうなったら、わたしはこの歳で父親になるんだよ、信じられるかい」って言ってて、あたしがタペストリーを編みはじめたって報告したら、「急がなくていいよ、ぼくはお手伝いさん、いや、将来の娘といっしょに日本へ行くから」って猫なで声で言って、クルージングをしたり、能楽の公演めぐりをしたりするらしいんだけど、そしたら電話口で長い沈黙があって、エドゥアールは申し訳なさそうにしてるんだけど、あたしもタペストリーを急いでるのは別にあなたのためじゃないって言いにくくて、そしたら最後にしみじみとしたやさしい口調で、「きみと若気の至りに陥るところだった」って言うから、あたしは泣きだしたくなっちゃって、でもそれがなんの涙だかよくわからなかったんだけど。

だから言ったのよ、「お互い幸せになりましょう」って。だって、あたしにはすでに「ボヌール＝幸せ」がいるからね。

手紙って編み物と似てるわね、いったん手をつけると終えどきがわからないわ、でもそろそろペンを編み針に持ちかえることにします。

じゃあ、元気でね

第二十五章

週に二回、午前中の休み時間のあと、おじいちゃんが教室にやってくる。ナポレオンの最後の遠征に参加することを許された三人の仲間たちもいっしょだ。それぞれの名前が書かれた学習ノートを手にしている。儀仗兵（ぎじょうへい）のアレクサンドルとぼくは、敬礼をして四人を迎え入れる。クラスメートたちはバカにするけど、そんなのへっちゃらだ。ぼくたちの夢を奪えるやつなんか誰もいやしない。

ある日、おじいちゃんがアレクサンドルの目の前で立ちどまると、奇妙な帽子とぼろぼろのスニーカーをじろじろとながめた。

「ラウツィック兵士だよ」と、ぼくは小声で教えてあげた。

「ラウ……ラウなんとか、おまえはよく戦ったな。中将に任命しよう。皇帝がいなくなったらココも助けが必要になるからな」

おじいちゃんとぼくは、ひとつの勉強机をいっしょに使った。大きな机なのでふたりでも十分なはずなのに、おじいちゃんは自分の荷物を広げてほぼ独り占めしてしまう。肘でぼくの腕をわざと押すので、ノートの字がぐちゃぐちゃになる。でも許してあげよう。おじいちゃんはやっぱりおじいちゃんだ。どんな時でも重要なポジションをひとり占めしようとするんだ。おじいちゃんの仲間にも、人生での心残り、やりたかったのにできなかったことがあるようだった。おじいちゃんにとってのタイヤンデック先生のように、見返してやりたい相手もいるみたいだ。ひとりは割り算が、もうひとりは図形の面積の計算が、三人目は動詞の活用がわからない。そして、世の中がなぜこれほど不公平なのかということも、誰ひとりわからなかった。でもこの最後の問題については、学校の先生も、黒板の上の額に入ったヴィクトル・ユゴーでさえも、答えを見つけられないだろう。

おじいちゃんが通学していた数週間、敵は退散したかのように見えた。もしかしたら学校の敷地内には入れなかったのかもしれない。

「きみのおじいちゃん、すごく元気だね」と言って、アレクサンドルも喜んだ。

ぼくもそれを信じようとした。時には現実を忘れることも大切だ。おじいちゃんは、文章を指でなぞりながら、一生懸命教科書を読む。ぼくたちは、まるですべり台をすべるように、文字の上で指をすべらせる。もしぼくたちが同い歳に生まれていたら、おじいちゃんといっしょにすべり台をすごい勢いですべっただろう。

ある日の放課後、ぼくはアレクサンドルといっしょに帰らずに、おじいちゃんに会いにひとりで施設を訪れた。おじいちゃんは黙ったまま、やすりで爪を磨いていた。ボクサー時代の習慣が今でも続いているのだ。

額に入ったロッキーがこっちを見ている。

「おじいちゃん、ロッキーが見える？」

おじいちゃんは顔を上げて写真のほうを見た。表情がほころぶ。

「ロッキーはずっとここにいる。おじいちゃんがロッキーのことを覚えていて、毎日ロッキーのことを考えてるからだよ。ロッキーは今も生きてるんだ。誰かが覚えててくれる限り、その人は死なない。覚えてる人がいなくなって初めて、その人は本当に死んでしまうんだ。でもそうじゃなければそれは死じゃない。だから本当の敵は、死じゃなくて、忘れられることなんだ。そう思わない？」

「ロッキーか……たしかにあいつは自分の痕跡（こんせき）を残していった。だから忘れることなんかできやしないよ。まったくいい手を思いついたもんだ、頭のいいやつだよ！　おれたちがみんなでかかっていってもかなわない」

おじいちゃんは、写真を見つめたまま軍隊式の敬礼をした。

「名人に礼！　脱帽だ。……なあ、ココ」

「何？」

「人生でいちばん大切なことが何だかわかるか？　そんなに難しいことじゃない、好きなやつといっしょに楽しい時間を過ごすことだ。他のことなんか忘れてしまえばいい、たいしたことじゃないんだから。おれたちふたりも楽しい時間をすごしたな。いっしょによく笑ったな。そのことをずっと覚えててくれるか？　おれがおまえを好きだったように、おまえもおれを好きでいてくれたか？　なあ、楽しかったって言ってくれ。おまえにそう言われるとうれしいんだ」

「うん、皇帝陛下、すごく楽しかった。ぼくたちみたいにたくさん笑った人なんて他にいないよ」

「おれがいなくなったら、周りのやつらにただこう言えばいい、『ぼくにはおじいちゃんがいて、いっしょに楽しくすごした』って。それだけでどういう意味かわかるはずだ」

「うん、そう言うよ。ちゃんと覚えておく。『ぼくにはおじいちゃんがいて、いっしょに楽しくすごした』。一語一句忘れないようにするよ」

「おれが書いてやろうか？」

そう言うと、おじいちゃんは満面の笑みを浮かべた。

「え？　書けるの？」

「だいたいな。どうやらおれは難しく考えすぎていたようだ。たぶん、一度は覚えたはずなのに忘れちまってたんだろうな。だが、どういうわけかおまえの隣にいるとすらすらと思いだせるんだ」

ぼくは自分の学習ノートを取りだした。おじいちゃんは、ボールペンの先を舌の上にのせて軽く湿らせると、ノートに文字を書きはじめた。罫線(けいせん)からはみ出さないよう、慎重にペンを動かしている。

「ほら、できた。これでおまえも忘れないだろう」

ほくにわ　おしひちやんかいて　いつしよに　たのひく　すこひた

しばしの沈黙。胸がしめつけられる。ぼくは声を振りしぼりながらこう言った。

「まだまだいっしょに楽しもうね」

「そうだな。そのうちおもしろいものを見せてやる」

おもしろいもの？　いったいなんのことだろう？　見たいような怖いような気持ちでいっぱいになり、ぼくの全身がぶるっと震えた。

突然、おじいちゃんがもじもじしはじめた。

「おまえに頼みたいことがあるんだがな」と、もごもごとつぶやく。

おじいちゃんは枕の下に手を伸ばすと、四つ折りにした紙を一枚取りだした。それをこっちに差しだしかけたけど、ぼくがつかもうとした瞬間にさっと手をひっこめた。疑わしそうな目つきでこっちを見ている。

「皇帝をバカにしたりしないだろうな？」

「しないよ」

「誓うか？」

「誓う」

「おれが書いたんだ。なんだかんだ言ってやっぱり文字って便利だな。いくつか間違いはあると思うが、そんなに多くないだろう。悪いが直しておいてくれ。文末に句読点をつけ足しておいたから、それを使ってくれ。大至急頼むぞ。できあがったら速達で出してくれ。だが忘れるな、これは……」

「降伏じゃなくて作戦、でしょう？」

「そうだ。わかってくれるのはおまえだけだな」

「ぼくとロッキー、ね」

「おまえとロッキーだ」

ぼくは家へ向かって走った。果たすべき使命で頭のなかがいっぱいだった。ひと気のない通りに陽がさんさんと差し、現実世界をくっきりと浮かび上がらせている。時間はどんどんすぎていく。世界が大きな砂時計になって、時間の粒が次々とどこかへ流されていくようだ。頑張れば、今日の夕方の回収に間に合うようにポストに投函できるかもしれない。そのためには一秒も無駄にしたくない。

家に着くと、玄関が半開きになっていた。ドアを押す。嫌な予感がした。何かよくないことが起きたのかもしれない。ぼくたちをおびやかす存在はいくらだっているんだから。誰もいない廊下にぼくの足音が響いた。キッチンに入ると、お母さんのバッグがテーブルの上に無造作に置かれ、鍵が床のタイルにころがっていた。それを見て、ぼくの胸の動悸が激しくなる。その時、リビングからうめき声が聞こえてきて、ぼくはすくみあがった。

リビングの中央にアレクサンドルが立っていた。その正面には椅子に腰かけたお母さんがいて、赤チンを浸したコットンボールでアレクサンドルの顔をポンポンと叩いている。

「ぼく、ピエロみたいに見えるかな？」と、アレクサンドルは笑顔でぼくに言った。あざや傷がついた痛々しい顔には、少し鼻血もついていた。

「ひとりだったから、あいつらに狙われちゃったんだ」

そう言って笑ったあとで、あわててつけ加える。

「でも、ぼくは戦ったんだよ。だから、ナポレオンのビー玉も、ぼくの帽子も無事だったんだ」

昔の人が挨拶をする時のように、アレクサンドルは頭からうやうやしく帽子を取った。

「じっとしてて」お母さんが小声で言った。「じゃないと、治療できないわ」

アレクサンドルがピタリと動きを止めた。脚をきちんとそろえてまっすぐに立つ。

「もう動かない。約束するよ」

その約束が破られてしまうことを恐れて、ぼくは声を出すことができなかった。

でも、頭のなかは聞きたいことでいっぱいだった。アレクサンドルがいじめっ子たちにやられてたところに、たまたまお母さんがいたんだろうか？　お母さんがあいつらを追いはらったのか、それとも、他に行くところがないアレクサンドルが助けを求めてうちにやってきたんだろうか？

お母さんが絆創膏（ばんそうこう）と湿布をしまって、アルコール瓶のふたをした。それからアレクサンドルの両手を取って、左右の手のひらをながめた。まるで水彩パレットのように、緑、青、黄色の絵の具がついている。お母さんが声を上げて笑うと、アレクサンドルもつられたようにふきだした。

「もう全部使ったの？」

「うん」

「わたしもあなたの年頃には、指のあいだにいっぱい絵の具をつけたものよ。次の時にまた別の色をあげるわね」

「たくさんくれる？」

「ええ、たくさん」

頭のなかにあったたくさんの疑問が次第に消えていった。ぼくは大好きなふたりがいっしょにいるのを見て、すごくうれしい気持ちになった。

でも、ぼくは何も言わないことにした。だって、ふたりとも余計なことは決して言わないし、それこそがぼくがふたりの好きなところだからだ。

ナポレオンの手紙

添削前

しよせふいぬ　しんせいのさいすたあとわたいひはいたつたよ　りこんなんかひてわるかつた　おいたひたりひてもうひわけない　なにもかもさいこのたたかいかこわかつたからなんたてもかんはれはししいになんかならない　くそつたれ　とあくたいおつけはおいなんておいはらえる　そおおもつてた　てもためたつた　てきわてこわかつた　おもつてたよりすつとなしんはんわはいしうされてるひよ　こまつたことに　おれのこふひわもおなんのやくにもたちやひない　りちもなひし　あひもともふらふらて　けしようはふおたたくらひのちからしかてない　いままてせひひはいたたかつてきたけれと　もおこれいしおうわむりた　おれわなかくないたろお　いまわたひてえわよこになつてねてるひ　あまりしやへれなくなつた　きれひたつたかみもほとんとなくなつてしまつた　たかそれわとおてもいい　おまえかかみおなててくれたかんしよくわまたのこつてるからな　そおそお　はもいつほんうしなつたよ　これかこ
とものはならねつみのよおせかとりにきてくれるんたか　まあ　おれのわむりたろな　いまの

おれののそみわ　おまへにもおいちとあうことと　のこりのちかんおおまえといつしおにすこすことたけた　もしおまえかきてくれたら　あむまりうすつへらたからおれおかけふとんとみまちかえるたろお　たかおれわふとんのなかにいるそ　なるえくおとろいてないふりおしてくれよ

ああ　それから　おまえたけかひつていて　いままてたれにもいわなかつたあのけんについてたか　これおうちあけておかないとおれはろつきにあわせるかおかなひよ

。。。。。。。。。。。。。　、、、、、、、、、、、、　！！！！！！！！！！

ここ　くとおてんおくわへてくれ

添削後

ジョゼフィーヌ、人生の再スタートは大失敗だったよ。離婚なんかして悪かった。追いだしたりして申し訳ない。何もかも、最後の戦いが怖かったからなんだ。でも、頑張ればじじいになんかならない、「くそったれ」と悪態をつけば老いなんて追いはらえる、そう思ってた。でもダメだった。敵は手強かった、思ってたよりずっとな。審判は買収されてるしよ。困ったことに、おれのこぶしはもう何の役にも立ちやしない。リーチもないし、足元もふらふらで、化粧パフを叩くくらいの力しか出ない。今まで精いっぱい戦ってきたけれど、もうこれ以上は無理だ。おれは長くないだろう。今はたいていは横になって寝てるし、あまりしゃべれなくなった。きれいだった髪もほとんどなくなってしまった。だがそれはどうでもいい。おまえが髪をなでてくれた感触はまだ残ってるからな。そうそう、歯も一本失ったよ。これが子供の歯ならネズミの妖精が取りに来てくれるんだが、まあ、おれのは無理だろうな。今のおれの望みは、おまえにもう一度会うことと、残りの時間をおまえといっしょに過ごすことだけだ。もしおまえが来てくれたら、あんまり薄っぺらだからおれを掛け布団と見まちがえるだろう。だがおれは布団のなかにいるぞ。なるべく驚いてないふりをしてくれよ。

ああ、それから、おまえだけが知っていて、今まで誰にも言わなかったあの件についてだが、これを打ち明けておかないとおれはロッキーに合わせる顔がないよ。

ナポレオン

ぼくはこの手紙を翌朝早く投函した。

あとは、待つだけだ。

第二十六章

その夜、ぼくは原因不明の高熱を出して、そのまま寝こんでしまった。でもそれはきっと神さまからのごほうびだったんだろう。学校を休んでベッドに横たわり、頭の後ろで手を組んだまま、ぼうっとした頭で何時間も考えごとをしていた。おじいちゃんが手紙に書いていた「今まで誰にも言わなかったあの件」って何だろう？　もし、「おれはボクサーじゃなかった。ずっと嘘をついていたんだ」って告白されたらどうしよう？　どんな顔をして、なんて返事をしたらいい？　どうせなら、最後まで何も言わないでいてくれればいいのに。金銀を運んだスペインのガリオン船が、人々の体と心を犠牲にして何世紀ものあいだみんなに夢を見させてくれたように。

考えながら、たまに眠りに落ちる。そしてまた森の夢を見る。前線で勇敢に戦う兵士たちのように、木々がバタバタと倒れていく。目が覚めると、汗でシーツがぐっしょり濡れていた。雨が屋根を叩く音がする。時間がゆっくりと過ぎていく。心も体もすっきりしなくて、どうしたらいいかわからない気持ちだった。

お母さんはアトリエでずっと絵を描いていた。時々、ぼくの部屋へようすを見にやってくる。

「大丈夫？」と、ドアを半開きにしながら言う。

「もうちょっと休めばよくなると思う。お母さんは何してるの？」

お母さんは絵の具だらけの両手を開いてみせて、「急がないといけないのよ」と小声で答えた。

午後遅く、アレクサンドルがやってきた。玄関のベルが鳴ったとたん、ぼくはその訪問を予感していたことに気づいた。

「今日はきみが話をする番だよ」と、ぼくはアレクサンドルに言った。

「おじいちゃん、学校に来なかったよ」

「午前も午後も？」

「午前も午後も。窓辺にも姿を見せなかった。もしかして、そうなる気がしてた？」

ぼくはこっくりうなずいた。

「たとえ窓辺には現れなくても、ずっとぼくたちを見守ってくれてるよね」

アレクサンドルは笑顔でそう言うと、視線を落として、ベルトにぶら下げた小さな布の袋に手を伸ばした。

「あとふたつしか残ってない。はい、両方ともあげる」

ぼくは手を開いて、アレクサンドルから受けとったものをながめた。手のひらのくぼみにふたつのビー玉がのっている。

「ひとつずつにしよう」と、ぼくは言った。

「ナポレオンの遺産じゃないか。血がつながった人じゃないと受けとれないよ」

遠慮がちにそう言うアレクサンドルに、ぼくは無言でビー玉をひとつ押しつけた。そして、自分のビー玉を親指と人差し指でつまんで高くかかげた。カラフルな色合いが陽の光を受けて輝いている。

「きれいだね」と、アレクサンドル。

「うん、キラキラしてる。なんだか、このなかにたくさんのものが詰まってるような気がするよ」

「秘密のものがね」

「この先、これを見るたびにきみのことを思いだすよ」

「もしぼくたちがどこかでまた出会ったら、このビー玉が目印になるね。たとえ長い時間がたって、見た目では相手が誰だかわからなくなっても。ビー玉は変わらずに輝きつづけるはずだから」

アレクサンドルが帽子を手に取った。ぼくはそのようすをじっと見つめた。目と目が合う。瞳がキラキラ輝いていた。

「この帽子、ようやくお父さんに返せるよ。今日、刑務所から出てくるんだ。これからはふたりで暮らすんだ。きみにも会わせてあげたいけど」

「写真はないの？」

「もっといいものがある。見て」

アレクサンドルのお父さんの肖像画だった。シンプルな線で描かれてるけど、とても美しい絵だ。お母さんのと同じ厚紙と絵の具が使われている。

「たとえ離れていても、好きな人とはいつだって近くにいられるんだ」と、アレクサンドルが言った。

カバンのなかにそっと絵をしまうアレクサンドルの姿を見ながら、ぼくは小声で言った。

「うちのお母さんから、絵の描き方を教わってたんだね」

「教わったのは、希望を捨てないことと、楽しく生きることの大切さだよ。きみも教えてもらったんだろう？」

ぼくはこっくりうなずき、帽子に手を伸ばした。この帽子に触れるのは、おそらくこれが最後になるのだろう。「じゃあ、これは……」と言って、帽子の裏のイニシャルに視線を落とす。

「うん、お父さんのイニシャルだよ。ラファエル・ラウウィックで、R.R.。でも、この帽子はお父さんだけのものじゃなくて、一族で受け継がれてきたんだ。ひいおじいちゃんからおじいちゃん、そしてお父さんへとね」

「やがてきみのものにもなるんだね」

アレクサンドルがうなずいた。

「この帽子は長い旅をしてきたんだ。そのことを忘れないために、みんなからずっと大切にされてきた。だから失うわけにはいかないんだよ」

「忘れないためって、どんなことを？」

「二度ともどらない土地の記憶さ」

アレクサンドルは走って帰っていった。あんまりあわてていて、玄関のドアを閉めるのを忘れてしまったほどだった。

その夜、またしてもたくさんの木々が倒れた。アレクサンドルはもういない。句点改行もいなくなって、森のなかはぼくひとりきりだ。お父さんの車のエンジン音で目を覚ました。これから出かけるのではなく、帰ってきた音だ。時計を見るとお昼前だった。どうしてこんな時間に？　ぼくの頭はもうすっきりして、熱も下がっていた。お母さんがあわてて階段を下りていく音がする。玄関ドアが閉まり、車が砂利の音を立てながら再び出ていった。家のなかはしんと静まりかえって、物音ひとつしない。

最後に会ったアレクサンドルのことを繰りかえし思いだした。ぼくは、とうとうひとりぼっちになってしまったのだ。

ふと、部屋のドアの下に何かがはさまっていることに気づいた。お母さんの絵だ。出かける前にそっと置いていったんだろう。

ベッドから下りて見に行った。ナポレオンの新しい絵が数枚あった。絵本の最後につけ加えられるのだろう。教室でぼくの隣で授業を受けているところ、施設の窓辺にいるところ……おじいちゃんの顔は見えない。ぼくの姿もまるでぼくじゃないみたいだ。実物よりかなり年上に見える。ページをめくるにつれて、だんだんと絵の色合いが淡くなる。

最後のページは、またしても空白だった。真っ白だ。

ぼくは目を閉じた。

立ち上がると、急いで着替えて外に出た。まだ雨が降っていた。道路に大きくて深い水たまりができている。走ってくる車はスピードを落としてその上を通りすぎる。空や木々がぐるぐる回っている。ぼくは無我夢中になって走った。でもまるで悪夢のなかのように、ちっとも前に進んでいないように感じる。それでも必死に走りつづけた。頭がガンガンして、耳がキーンと鳴る。自然な流れに逆らって走ってるような気がした。きっと誰もその流れには抵抗できないのだ。雨粒が頬を伝い落ちる。

ようやく到着した。鍵穴に鍵を差しこむ。

おじいちゃんの家はがらんどうだった。室内の空気はひんやりしている。ほとんどの家具がなくなっていた。お父さんたちが売ったんだろうか？　いったいどこへいってしまったんだろう？　庭は雑草に覆われてジャングルのようになっていた。草をかき分けて探検したい気分にさせられる。するとその時、白い雌鹿が現れた。あの鹿だ！　ガラス窓をへだてて、わずか数メートルのところにあの鹿がいた。庭にじっとしたまま、顔をこっちへ向けている。緑色の宝石箱のなかで輝く、純白の宝物のようだ。吸いこまれそうな、やさしくて暗い瞳をしている。ところが数秒後、突然、鹿は消えてしまった。いったいどこへ？　もしかしたら今のは夢だったんだろうか？

トイレの壁紙には、ロッキーの写真をはがしたあとの四角い跡が残っていた。

「おじいちゃん……皇帝陛下……」

ぼくの声が壁に吸収される。これからは、この沈黙にひとりで立ち向かわなくてはならない。このがらんどうに慣れていかなければならない。

「たとえ離れていても、好きな人とはいつだって近くにいられるんだ」というアレクサンドルの声が、ぼくに勇気を与えてくれる。

地下室も空っぽだった。あれほど物が散乱していたのに、すべてきれいに片づけられている。唯一、おじいちゃんのボクシンググローブだけが棚からぶら下がっていた。革の香りと、勝利の汗のにおいがする。ぼくはそれを自分の首にかけた。

外はまだ雨。空は灰色で、地面に覆いかぶさるように低くたれこめている。ぼくは大通りに出るために、舗装されてない土の小道を歩いた。

その小道沿いに、分厚い樹皮に覆われて、節くれだったナラの大木があった。何があってもびくともしなさそうだったその木が、いつの間にか横倒しになって道をふさいでいた。水をたっぷり含んだ砂まじりの土から根こそぎにされている。ぽっかりあいた穴に向かって、何千という虫たちが縦列を組んで進んでいた。ぼくは足元に気をつけながらそっとあとずさりする。一匹も踏みつぶしたくなかったのだ。根から離れると、両手で樹皮に触れ、幹を抱きしめた。顔を傾けて天を仰ぎ見る。空は一面灰色で、停止したまま動かない。ぼくたちの人生のようにミステリアスだ。

そのまま、数分間が、あるいは数時間が過ぎた。

それからまた、おじいちゃんのところへ向かって走りだした。止まない雨のなか、ぼくは自分で笑っているのか泣いているのかよくわからなかった。

第二十七章

部屋にはおばあちゃんがいた。おじいちゃんの枕元に座っている。何も言わず、笑顔でぼくを迎えてくれた。立ち上がってバスルームへ行くと、白いタオルを持ってすぐにもどってきた。そのタオルでぼくの濡れた髪を拭いてくれる。

おじいちゃんの容体は落ちついていた。少し若返ったようにも見える。おばあちゃんが編んだだぶだぶのセーターを着て、両腕をまっすぐ伸ばし、こぶしを握ったままベッドに横になっている。

「腕ずもうをしに来たのなら残念だな、もうできないぞ」と、弱々しい声でぼくに話しかけた。機械から伸びた管が体につながっている。その機械のモニターにはひっきりなしにいろいろな数字が現れる。

「ココ、メーターからは逃げられないな！　完敗だよ。だが、おまえはメーターなんかに負けるんじゃないぞ。それから、先が四角い靴にもな！」

おじいちゃんはそう言うと、この上なくやさしい笑顔をお父さんに向けた。

「おい、めそめそするんじゃない、バカめ」

「いいじゃないか、ぼくの勝手だろう」

おじいちゃんがぼくのほうに向きなおった。

「時間か？」

ぼくはこっくりうなずき、トランジスタラジオをつけた。「クイズのやつ」のいつもの声が室内に響きわたる。今日の挑戦者は定年退職したばかりの裁判官だ。「クイズのやつ」は、いつもちょっと変わった職業の人に対して、仕事上でいちばん心に残っている思い出をたずねる。今日もそうだった。

「そうですね、裁判官をやってるといろいろなことがあります。でもいちばん心に残ってるのは、元ボクサーの男性です。もうすぐ八十六歳になろうというのにものすごくエネルギッシュで、人生を再スタートするために離婚したいっていうんです。正直言ってその時、『この人は不死身にちがいない』って思いましたよ」

おじいちゃんは、挑戦者が最終問題に取り組んでる途中で眠りこんでしまった。ぼくは番組の途中でラジオを消した。部屋中が重たい沈黙に包まれる。機械が一分おきに発する電子音しか聞こえない。

「おまえは外に出なさい」お父さんがぼくに言った。「子供は……」

「だめだ」

おじいちゃんだった。かろうじて聞きとれるくらいの弱々しい声だ。

「帝国の統治に関して伝えておきたいことがある」

ぼくはおじいちゃんに近づき、口元に耳を寄せた。

「ココ、まずはこのバカげたメーターをはずしてくれ。もうカウントすべきものなど何もないんだから」

機械が突然止まった。

「ココ、しんみりしてる暇はないぞ。単刀直入にいこう。まず、今日からおまえはおれの陸軍大将じゃない。今ここで、帝国の最高権力をおまえに譲渡する。これからはおまえの好きなようにすればいい」

「ぼくにまかせて。安心していいよ」

「それから、おれが最後まで戦ったことをおまえにわかってほしい。だがどうしようもなかったんだ。敵はあらゆる点でおれより強かった」

ぼくはグローブを取りだした。おじいちゃんの両手はするりとなかにおさまった。しっかりとひもを結ぶ。

「あっちでもボクシングをして、たくさんのパンチを出してよね。前半も中盤も後半も全力で打ちまくって、最後は……」

「ノックアウトだ」

そう言って笑うと、おじいちゃんはおばあちゃんのほうを見た。ふたりで長いあいだ見つめあった後、とうとうおばあちゃんが目を伏せた。

「ココ、言葉で説明するのは難しいんだが、おまえにどうしても知らせておきたいことがある」

おじいちゃんはそう言うと、グローブをつけたこぶしを上げ、正面の壁を見つめた。視線の先にロッキーの写真がある。そこから一メートルもしないところで、お父さんが壁によりかかっている。声を上げて泣きたいのを必死にこらえているようだった。おばあちゃんもおじいちゃんもこっちを見ている。ぼくはかわるがわるふたりの顔を見た。まさか……いや、そんなはずはない。ぼくの思いちがいに決まってる。これは夢の続きなんだろうか？　それとも熱がぶり返したんだろうか？

ぼくは、おじいちゃんの誕生日の出来事を思いだした。キッチンでの動き……お母さんが描いたあの姿……使い古したグローブ……あれはロッキーのもので……それをお父さんに……。

心臓が止まりそうだった。つばを飲みこむことができない。叫びだしたいのを我慢するために、手で口をふさいだ。ぼくはおじいちゃんに近づき、ぴったりと寄りそった。

「わかったか？」

おじいちゃんが聞きとれないほどの小声で言った。

「たぶん……」

「おれはだましの天才だろう？」

「まさかこんな……」

「最高傑作さ」

「じゃあ、あの試合はやっぱり八百長じゃなかったんだね」

「八百長だったさ。ただし、仕組んだのはおれだがな。だが嘘はついてないぞ」

「なんて言ったんだい？」と、お父さんがぼくにたずねる。

「別に。お父さんのことが大好きだって。他にもいろいろ言ってるけど、それはとくに重要なことじゃないよ」

「トラーフェ、ブーボ（よく言った、ココ）。こっちへおいで。もう少し話したいことがある。あの試合のインターバルで、ロッキーは病気のことをおれに打ち明けた。重い病気であと数週間の命だと。やつの体は病魔にむしばまれていた。ボクサーは嘘をつかない。とくにロッキーはな。あいつの目を見て、本当のことを言ってると確信した。その瞳には、ボクサーがグローブを置かなくてはならない時の悲しい光が輝いていた。その時だ、やつはおれに言ったんだ……」

「勝たせてくれって？　人生の最期を勝利で終えたかったんだね？」

「違う。あいつを勝たせるというのはおれのアイデアだ。気前がいいだろう？　当時、あいつには小さな子供がいた。生まれたばかりの男の子だ。どういうわけか知らないが、すでに母親はいなかった。ボクサーってのは奇妙な人生をたどるものなんだよ。やつはおれに、自分のかわりにその子を育ててほしいと言った。自分のグローブを与えて、本物の偉大なボクサーにしてくれ、と。ロッキーのようなチャンピオンだ。いや、ロッキーができなかったことさえ成し遂げてくれるチャンピオンだ。あいつはその子が自分に似てるはずだと信じこんでいた。……残念ながら、間違いだったがな。それから、本当の父親が誰かをけっして本人に告げないよう釘を刺された。結局、おれはあいつとの約束をほんの少ししか果たせなかった。あとはすべて失敗だ。あと数時間もしたら、おれはロッキーにカンカンに叱られるだろうな」

「そんなことないよ。失敗なんかしてない。だっておじいちゃんは皇帝だし、帝国はずっと繁栄しつづけるんだから」

「エブレ・ヴィー・ライタス。エブレ・ミーア・マルスクツェサード・エスティス・プレツィーペ・コニ・リン・ヴェルヴェーレ。ミー・トロ・ストゥルティス！（そうかもしれないな。おれが本当に失敗したのは、あいつのことを本当にわかってやれなかったことかもしれない。おれはバカだったよ！）」

「なんて言ったんだい？」と、お父さんがぼくにそっとたずねる。

「別に。お父さんは最高の息子だったってさ。それから……」

涙にうるんだ目で、ぼくは部屋中をぐるりと見まわした。みんながぼくの言葉にじっと耳を傾けている。

「それから、最後に……」

ダメだ、これ以上はもう言葉が出ない。おばあちゃんが目を閉じる。やっぱり無理だ、そんなことできるはずがない。すると、お母さんが絵をかかげた。

ナポレオンの本の最後のページだ。あの浜辺の絵だ。

廊下を走るぼくたちを施設長が追いかけてきた。入居者たちはみんな部屋の外に出てぼくたちを見送ってくれる。この数週間、本当の人生を教えてくれた恩人にお別れの挨拶をしたいからだ。ぼくたちがおじいちゃんの両脇を抱えて走ると、最後におじいちゃんに触れようとたくさんの手が伸びてきた。まるでリングを去るボクサーを見送るファンたちのようだ。

「待ちなさい！」施設長が叫ぶ。「こんなことは許されません！　外出するなら、しかるべき書類に記載をしてサインをしてください！　許可証を発行する必要があります！　あなた方のしていることは完全なルール違反です！」

すると、お父さんはきっぱりと反論した。

「ルール、ルールって、あなた、恥ずかしくないんですか？」

どうやら帝国を守る人間はふたりになったようだ。おじいちゃんが目を開け、感心するようなまなざしをお父さんに向ける。それに勇気づけられたお父さんは、全身を震わせながら振り返り、廊下にいる入居者たちに向かって腹の底から声を振りしぼった。

「みなさん、この人はぼくの父親なんです！」

ガラス張りの事務室のなかで、施設長が電話をしているのが見えた。

お父さんの車は馬力があるから、かなりスピードが出るはずだ。急いでナビを設定する。ルートが表示された。音声ガイドが案内を開始する。

「出発進行！」

このガイドはロッキーの声だ。間違いない。

エンジンがうなる。助手席にお母さん、後部座席にはおじいちゃんを真ん中にしておばあちゃんとぼくが乗りこんだ。足元には句点改行もいる。レザーシートが体をゆったりと包みこむ。

「父さん、まだ大丈夫だね!?」

今まで聞いたことがないような声でお父さんが叫ぶ。おじいちゃんは無意識と意識の間を行ったり来たりしながら、とぎれとぎれの声でつぶやいた。

「わからんな。長くはないぞ。おまえ、免停になるなら、今日がチャンスだぞ」

目的地までおよそ二百キロ。高速道路を猛スピードで走ると、あちこちでオービスが光った。ピカッ、ピカッ、ピカッ。全部で十二ヵ所だ。

ぼくは、目を閉じているおじいちゃんの耳元でささやいた。

「おじいちゃんは有名人だね。みんながフラッシュを焚いて写真を撮ってるよ」

聞こえただろうか? わからない。おばあちゃんは黙ったままだ。おじいちゃんのグローブを握りしめて、移り変わる外の風景をながめている。吐く息で窓ガラスに丸くて白い輪ができている。おじいちゃんの頭が揺れて、おばあちゃんの肩にもたれかかった。まるで小さな子供のようだ。

お父さんが急に進路を変え、ガソリンスタンドに車を入れた。給油が必要なのだ。お父さんが財布を探す。ところが、ありとあらゆるポケットをひっくり返しても財布は見つからない。

「ちくしょう、忘れてきた」

そして、少し考えた末にこう言った。

「しょうがないな。まあいいや、一か八かだ。とりあえずガソリンを入れよう」

ガソリンを入れ終わったお父さんは、事務所へ向かった。ぼくもつきそった。お父さんがオーナーの男の人に事情を説明する。目に涙をため、唇をぎゅっと結び、大げさなジェスチャーで嘆き悲しんでみせる。まるで頭がおかしい人みたいだ。オーナーをうんざりさせて、あきらめさせるのが目的なのだ。でもそれには時間がかかる。時間がかかりすぎる。

お父さんが声をはりあげる。ポケットに小銭が入ってることに気づいて、ドリップコーヒーの自動販売機に入れる。水のように薄いコーヒーが出てきたのを見て、「なんだこれ、猫のおしっこか？」と毒づき、機械を二回蹴りとばした。ビンゴだ。ふたりのガードマンが飛んできた。例の「安全」の腕章をつけている。

「おい、何をやってるんだ？　おや、おまえ、見覚えがあるぞ。ああ、わかった、おれたちに向かって『ふぬけ野郎』ってぬかしたやつだな。うちの自動販売機に何かうらみでもあるのか？」

パンッパンッ。体が勝手に動いたという感じだった。長いリーチの右ストレート。ハドソン川の水深のように深いパンチだ。ガードマンがひとり床に伸びてしまった。ふぬけ野郎をひとりやっつけたのだ。お父さんが不思議そうに自分のこぶしをながめているあいだに、ふたり目があとずさりする。突然、お父さんがぼくの手をつかんで走りだした。振り返ると、床に伸びていないほうのガードマンが無線でどこかに連絡しているのが見えた。ぐずぐずしてはいられない。

再び車を走らせる。ぼくたちはいまや「おたずね者」だ。車は静かな叫び声を上げながら前進しつづけた。おじいちゃんはすでに抜け殻のようだ。でも、残る力を振りしぼってたどたどしく話をする。

「さっきの、スタンドでの、ストレート、すごかったな！」

「ありがとう、父さん！」お父さんが叫んだ。「ありがとう、父さん！」

「あとは、足さばきだけ、練習しろ」

そう言うと、今度はぼくのほうを振り向いた。こんな体でもまだ話をしようとするなんて、まさに超人だ。何度も口を開けたり閉じたりした後、ようやく糸のようにか細い声をしぼり出した。

「ココ、これからもいっしょにやろうな」

おそらくこれが、ぼくに対する最後の言葉になるんだろう。ぼくも答えた。

「うん、ずっといっしょだよ」

お父さんはもう何も話さなかった。時間がどんどん過ぎていく。ぼくたちは五匹の蝶だ。料金所という大きな網がぼくたちを捕まえようとしている。

料金所の前で、三台のパトカーが進路を阻むようにして停車していた。お父さんが車を減速させる。

「万事休すだ」

おじいちゃんは、こんな料金所なんかで、警官たちに囲まれたまま死ななくちゃならないんだろうか？　あるいは、ぼくたちがパトカーで連れていかれるあいだに、たったひとりきりで……？　お父さんが小声で言った。

「父さん、ごめん。せめて最後に父さんを喜ばせたかったのに」

お父さんが事情を説明するために車から降りた。ところがそのとたん、ふたりの警官がお父さんをつかまえてボンネットに押しつけ、両腕を背中にねじり上げた。ふたりの警官の上司らしい警官がやってきて、車のまわりをぐるりと一周する。お母さんが窓を開けた。

「わたしたち、浜辺へ行くんです」

「浜辺？　冗談はやめなさい。着く頃には真っ暗になってるじゃないか。たしかに混んではいないだろうし、日焼け止めも要らないが」

そう言って、探るような目つきで車内をじろじろと覗き見る。後部座席のおじいちゃんに気づくと、突然表情をこわばらせた。セーターを着てぐったりしている姿を、眉をひそめて凝視する。おそらく、施設長からおじいちゃんの脱走の通報があったんだろう。ところが、ボクシンググローブを見つけると、目がその上に釘づけになった。

「ボーン・トゥー・ウィン……」

警官とぼくの目が合った。

「一九五一年の決勝の、ロッキー戦の？」と、警官がぼくにたずねる。

「一九五二年です。八百長試合の」と、ぼくは笑顔で答えた。

警官は、ボンネットに押さえつけられているお父さんのほうを振り向くと、きびきびした口調で質問した。

「あとどのくらい持つ？」

「もうアディショナルタイムですよ」と、お父さんは答えた。

三分後。サイレンがあたりに響きわたった。ぼくたちの車は、猛スピードで走る二台のバイクに先導されていた。誰もが道をあけてくれた。他の車はすべて路肩に停止し、ぼくたちが通りすぎるのをおとなしく待っている。赤信号もおかまいなしで、街灯たちがうやうやしく敬礼するなかをひたすら突っ走った。

おじいちゃんが目を開けてつぶやいた。

「ヴィクトル・ユゴーも顔負けだな」

ナビがロッキーの声で告げた。

「目的地に到着。お疲れさま」

数秒後、さらにナビがつけ加えた。

「グッドラック」


浜辺にやってきた。太陽が海に沈みかかっている。ぼくたちは、おじいちゃんの両脇を抱えて、波打ち際まで歩いた。おじいちゃんは砂の上で足をひきずりながら、顔に笑みを浮かべていた。その表情のおかげで、まだこっちの世界にいるのだとわかる。ぼくはもう泣きたくはなかった。おばあちゃんはおじいちゃんの靴を持って歩いている。

砂の上におじいちゃんを横たえた。おばあちゃんの膝の上に頭をのせる。句点改行が「伏せ」をした。あとは待つだけだ。波の音を聞きながら待つ。泡立つ波が砂の上でそっと弾けた。数メートル先に子供がつくったらしい砂の要塞があったけど、高波に飲まれてあっという間に消えてしまった。その向こうに、手をつないで歩く恋人たちがいた。砂の上に足跡が残っている。おじいちゃんは、最後の力を振りしぼってささやいた。

「エスタス・ベーラ・ロコ・ポル・モルティ」

その言葉が波の音と混ざり合う。お父さんがためらいながらぼくにたずねた。

「なんて言ったんだい？」

ぼくは笑顔で答えた。

「ここは死ぬには最高の場所だってさ」

エピローグ

数ヵ月後。年度末がやってきて、ぼくは小学校を卒業した。

バカンスが終わると、中学校が始まった。新しい人生のスタートだ。

中学校には、休み時間や放課後にぼくたち生徒の面倒を見てくれる、生徒監督と呼ばれる人たちがいる。そのうちのひとりは若い男の人だったけど、部活動の顧問もしていて、ほぼ毎日のように校内で姿を見かけた。その人は、ぼくたちが学校の外でどんなふうに過ごしているかに興味津々のようだった。ある日、ぼくはその人に、数ヵ月前からボクシングを始めたことを打ち明けた。

「でも、おじいちゃんほどの才能はないんだけど」

そう言いながら、いったい自分はどのおじいちゃんのことを言っているんだろうと思った。ナポレオン？　ロッキー？　それとも、ふたりとも？

生徒監督の男の人は、自分の眉の下にある小さな傷を指さした。

「見えるか？」

「うん」

「ボクサーならおれもひとり知ってるよ。すげえやつだった。去年のことだけどさ、思いだすだけで震えちまうよ。当時、仲間といっしょによくボウリングをやってバカ騒ぎをしてたんだ。ある日、ちょっと酔っぱらって、次々とストライクを出してるじいさんをからかっちまったんだよ。悪気はなかったんだ。冗談を言っただけさ」

「それで？」

「それでさ、そいつ、冗談が嫌いだったんだな。おれたちは十人だったんだけど、じいさんひとりにみんなこてんぱんにやられちまった」

「まさか」

「本当だって。この傷が証拠だ。あのじいさん、少なくとも八十歳にはなってたな、クレープみたいに薄っぺらな体をしてやがるのに、おれたちを次々と殴り倒すんだ。パンッ、パンッ、パンッってさ。みんな、射的ゲームの的の人形のように伸びちまったよ……おい、どうした？　聞いてるか？　おーい」

どこかで、ボウリングのピンが倒れる音がする。みんなが拍手喝采（かっさい）をし、おじいちゃんがスターのように堂々と挨拶をする。

ぼくの手には、アレクサンドルと分け合った永遠のビー玉が握られていた。

Born to Win

謝辞

カリーヌ・オシヌと、ジャン＝クロード・ラッテ社のスタッフ一同へ。この物語を丸ごと受け入れて熱烈に支持してくれたことに、心から感謝の意を表する。

エスペラント語の達人であるアクセル・ルソー氏のおかげで、本書の登場人物たちはこの素晴らしい言語を話すことができた。深く感謝申し上げたい。

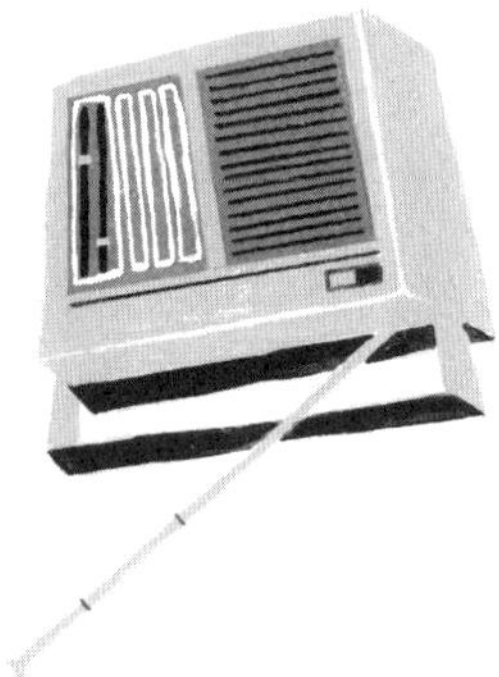

訳者あとがき

本書の著者、パスカル・リュテルは、パリ郊外の中学校でフランス語教師をしながら、これまで十五作以上の小説を執筆・刊行している。いずれも主人公は少年少女で、本国フランスではヤングアダルト文学に分類されるのだが、「大人が読んでもおもしろい」と幅広い読者層を獲得している。実は、著者はもともと大人向けに小説を書いていたという。二〇一二年、処女作『点字で書かれたハート（Le Cœur en Braille／未邦訳）』の原稿を複数の出版社に持ちこんだがいずれも却下され、ようやく認めてくれたのがヤングアダルト文学の出版社だったそうだ（ところがこれが大ヒット！）。本書『ナポレオンじいちゃんとぼくと永遠のバラクーダ（Barracuda for ever）』は、その五年後の二〇一七年に刊行された。著者の作品群でもっとも高い評価を得たものの一つで、すでに英語、スペイン語、ドイツ語、イタリア語に翻訳されている。日本でもこうして著者の作品が初めて翻訳出版されることになり、喜ばしい限りである。

本書の主人公は、十歳の少年レオナール。銀行員の父親サミュエル、画家の母親エレアと、パリ郊外で生活している。祖父母も同じ町に暮らしているが、ある日突然、祖父ナポレオンは「人生をやり直す」と宣言し、八十五歳で電撃離婚してしまう。傷心の祖母ジョゼフィーヌは故郷の南仏へ。ナポレオンは「皇帝」を名乗り、「副官」のレオナールと常に行動を共にする。愛犬の「句点改行」、レオナールの親友アレクサンドルもふたりの味方だ。ところがレオナールの父親にはある計画があって……。

読者の皆さんはおそらく、ナポレオンのあまりに破天荒な性格に呆気に取られることだろう。高齢離婚、チンピラとのケンカ、誘拐計画と、突拍子もないことばかりしでかす。おやじギャグと下ネタを連発し、エスペラント語を流暢に話し、往年のヒット曲に合わせて軽快に踊り、ボウリングでパーフェクトを達成しと、まさにスーパー高齢者なのだ。え、こんな人いるはずがないって？ いや、フランス人ならあながち……（訳者は近いタイプを知っている）。ともあれこのナポレオン、ボクサー時代のことで大きな秘密があるらしい。そして、本書を読みながら主人公と一緒にその秘密を探ってきたわたしたち読者は、最後に思いもかけない真実を知らされるのだ（しかも三つも！）。読者の皆さんには、すべてを知った後にもう一度本書を読みかえしてほしい。ナポレオンの冗談めかした発言の一つひとつに、複雑な思いが隠されていたと知ってハッとさせられるだろう。

ユーモアとジョークが次々と繰りだされ、コミカルなトーンで物語は進むが、その裏にあるテーマは深い。読後は、人生、家族愛、友情、介護、いじめ問題などについて考えさせられる。だが、決して重くはない。スラップスティック、ロマンス、ファンタジー、シリアスが絶妙なバランスで融合しているところに、著者が敬愛するチャップリンやバスター・キートンの影響が感じられる。登場人物がみな個性的で愛らしく、会話が軽快で、すべてのシーンが生き生きしている。映画を観ているように脳内に情景がはっきりと浮かび、読んでいてとても楽しい。訳出にあたっては、原文のこうした雰囲気を伝えることを一番に心がけた。力不足かもしれないが、読者の皆さんが思いきり笑ったり泣いたりしてくれることを願っている。

物語の舞台について、本文では明記されていないが、一九五二年にナポレオンとロッキーの最後の試合が行なわれたことと、サミュエルの年齢（五十歳）を考慮すると、二〇〇〇年以降の出来事であるようだ（パソコンや携帯電話が登場しないので時代色が希薄だが）。家族が暮らす町については、「森があって、皇帝ゆかりの城館があって」（57ページ）、「かつては川船が牽引されていたという静かな小道」（62ページ）などの記述から、リュエイユ・マルメゾンを想定していると思われる。皇帝ナポレオン（本物）が所有し、離婚後はジョゼフィーヌ（本物）の邸宅となった、マルメゾン城で知られる町だ。パリから郊外電車RER—A線で西方向へおよそ二十分と近く、首都のベッドタウンという顔も持つ。ここからジョゼフィーヌ（レオナールの祖母のほう）の故郷エクス゠アン゠プロヴァンスへは、パリ経由でTGV（高速列車）に乗って約五時間、車なら高速道路を使って約八時間。物語で重要な意味を持つノルマンディー地方へは約二百キロ、車で二時間くらいだ。

本書には、舞楽、碁、寿司、俳句、映画と、日本文化が多く登場する。ほとんどがジョークのネタ扱いだが、俳句だけは例外。登場人物たちが気に入って、まじめに一句ひねっている。おかげで訳者は、フランス語の意味と雰囲気を尊重しつつ「五・七・五」にまとめるという苦労を強いられた（パズルのようで楽しかったが）。

本書のタイトルにもなっている「バラクーダ」は、一九六〇〜七〇年代にかけてフランスで絶大な人気を誇った歌手、クロード・フランソワの最後のヒット曲『アレクサンドリ・アレクサンドラ』の歌詞から取られている（77ページ参照）。動画サイト（https://www.youtube.com/watch?v=kt3r3KdGQ90）には、本人がバックダンサー〈クローデット〉を伴って唄い踊るようすがアップされている。ナポレオンのダンスシーンに興味を抱いた方は観てみてほしい。

末筆になるが、本書の翻訳の機会を与えていただき、企画段階から校了まで訳者を支えてくださったリベルの山本知子氏、芝瑞紀氏、本書の魅力を見いだし、訳者に常に的確な指示と助言を与えてくださった編集の皆川裕子氏に、心から深謝申し上げる。

田中裕子

TAXI

著　パスカル・リュテル　Pascal Ruter
1966年、パリ南郊外生まれ。現在はフォンテーヌブロー在住、中学校のフランス語教師として教壇に立つ傍ら、中高生向けの小説の執筆活動にいそしむ。代表作に『Le Cœur en Braille 点字で書かれたハート（未邦訳）』(2012)、『Dis Au Revoir à Ton Poisson Rouge! 赤い金魚にさよならを言おう！（未邦訳）』(2018、ミッキー新聞読者大賞、ジュ・ブキヌ若手作家大賞を受賞）がある。

訳　田中裕子　Yuko Tanaka
フランス語翻訳者
訳書に『魔法使いたちの料理帳』(原書房)、『パーフェクトな女なんて目指さない！』(早川書房)、アラン『幸福論』(幻冬舎)、『じいちゃんが語るワインの話』(エクスナレッジ)などがある。

編　集　皆川裕子
翻訳協力　リベル

ナポレオンじいちゃんとぼくと永遠のバラクーダ

2020年 8月 31日　初版　第一刷発行

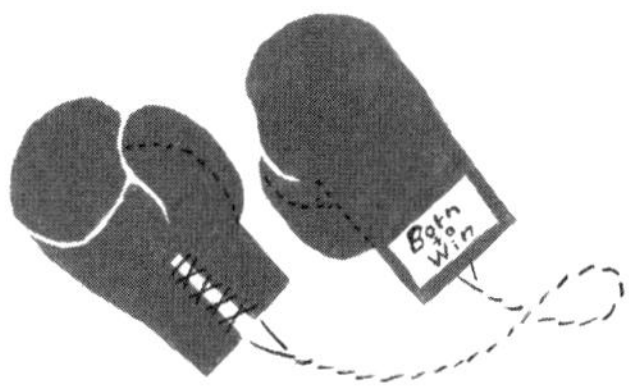

著　者　パスカル・リュテル
訳　者　田中裕子
発行者　飯田昌宏
発行所　株式会社小学館
〒101-8001　東京都千代田区一ツ橋2-3-1
編集 03-3230-5720　販売 03-5281-3555
ＤＴＰ　株式会社昭和ブライト
印刷所　萩原印刷株式会社
製本所　株式会社若林製本工場

ISBN978-4-09-356727-5